SHIGE BIANJI ZHAJI

诗歌编辑札记

墨梳／著

中原出版传媒集团
大地传媒

大象出版社
·郑州·

图书在版编目(CIP)数据

诗歌编辑札记 / 墨桅著.— 郑州 : 大象出版社, 2016. 10

ISBN 978-7-5347-8938-0

Ⅰ. ①诗… Ⅱ. ①墨… Ⅲ. ①散文集—中国—当代 Ⅳ. ①I267

中国版本图书馆 CIP 数据核字(2016)第 158039 号

诗歌编辑札记

墨 桅 著

出 版 人 王刘纯
特约策划 何 弘
特约编辑 谢景和
责任编辑 卢海山
文字编辑 王栾生
责任校对 毛 路 吴春霞
装帧设计 付锬锬

出版发行 大象出版社(郑州市开元路 16 号 邮政编码 450044)
发行科 0371-63863551 总编室 0371-65597936
网 址 www.daxiang.cn
印 刷 新乡市龙泉印务有限公司
经 销 各地新华书店经销
开 本 787mm×1092mm 1/16
印 张 24.75
字 数 366 千字
版 次 2016 年 12 月第 1 版 2016 年 12 月第 1 次印刷
定 价 58.00 元

目 录

001 序一/南 丁

002 序二/何 弘

诗 人

003 爱斐儿

005 丛小桦

008 陈雨门

011 陈有才

013 程民生

017 程光炜

021 丁慨然

024 邓万鹏

027 冯 杰

029 范 源

033 樊 城

038 公 刘

041 耿占春

043 顾 城

046　　扈珍珠
048　　孔令更
052　　康　洁
054　　李白凤
056　　李根红
059　　李清联
061　　李　双
063　　刘士林
066　　刘向阳
070　　刘海潮
072　　刘静沙
076　　郎　毛
080　　蓝　蓝
084　　雷雨川
086　　孟应灵
089　　马新朝
091　　苗得雨
094　　梅艺辛
096　　牛　汉
102　　南　丁
104　　南　北
106　　牛燕芳
108　　萍　子
112　　青　勃

117 齐遂林
119 苏金伞
122 深 耕
124 瘦 谷
126 田 桑
130 唐上上
136 谭德生
138 王恩宇
141 王绶青
144 王鸿生
146 王宇秀
150 吴元成
153 汪 洋
155 温 青
158 邬显荣
161 许 军
163 西华老人
165 徐保越
169 徐 琴
173 徐根泰
176 项丽敏
179 痖 弦
182 易殿选
185 云从龙（信）

189 尹清轶
193 洋中冰（一封未发出的信）
197 岳　杰
200 张俊山
203 张庆明
206 张洪波
209 郑纯方
212 甄　嘉

作　家

217 艾　云
219 半　夏
222 何向阳
224 胡　文
226 黄浦生
229 李苏鹰
232 李焕振
235 刘　恪
240 罗　锐
242 墨　白
244 马建华
246 庞嘉季
249 钱文忠
253 任崇喜

256 师 陀
258 宋天仓
263 田中禾
266 唐 晋
269 王立群
271 王不天
274 王少华
279 王连明
281 萧 耳
285 杨银娣
288 杨稼生
294 郑克西
297 周同宾
299 赵 瑜
304 张 瑞

艺术家

311 曹俊亮
313 曹增军
317 蠢 风
321 胡秋萍
323 李抱一
325 李中华
327 孙 戈

330 孙润田
332 一 了
334 张家顺
337 赵世超
340 赵媛媛

窗　外
345 李师傅
346 老 葛
348 女清洁工
349 张 斗
351 郑德存
353 周海婴
359 赵明善
362 赵福运
365 赵博文
367 梁 园
369 烟 花
371 京都偶遇

377 **短论中森** / 何 弘
378 **中森其人其文** / 王立群
380 **白衣羽士** / 谢景和

382 **后 记**

序　一

南　丁

中森：

你的短文，精粹，动情，意蕴深远。

组合起来，也能化为一个时代。

2013 年 8 月 29 日

序　二

何　弘

中森大兄：

惠寄刊物收到，并已转交南丁老师。

大作业已拜读，俗务繁杂，迟复为歉。

我与你虽相识较晚，但很有一见如故之感。你写的开封的文字和诗歌编辑小札的一些篇章我都读到过，这些文字既是宝贵的历史记忆，本身也是优美的文学作品，殊为难得。

你是真正而纯粹的文人，我一向深为敬佩，交流虽不多，心中常挂念。

保重！

月底有杨稼生与痖弦通信集《两岸书》研讨会召开，请你参加，到时面谈。

何弘顿首

2014 年 5 月 7 日子夜

诗人

他就是这样走过来，
并且一直要走下去的：
在厄运面前，
他直直地站着，
拳头攥得嘎巴嘎巴响；
在乡亲乡土面前，在诗神面前，
他总是低低地垂下他沉重的头颅，
表示一个游子的感激和思念，
表示一个诗人的愧疚和虔诚。

——牛汉

爱斐儿

搭笔起草，便命令自己：绝不许使用诗人书中九十九个让人肃然起敬的题目。

但我不能不说拿入药的草木入诗绝对是作者的慧眼与创举。这让我立刻联想到法布尔的《昆虫记》；而《非处方用药》的作者分明又超脱了法布尔对于大自然昆虫世界的潜心观察与纪实。

书，大概是出版社按作者提供的名单直接寄来的。拆开包装，书已有些皱褶，仿佛写着路途的艰辛。这也让我很自然地想到，前年，书的作者清明节回故乡时，居然和我在同一条蜿蜒、有一座简陋水泥桥的乡间公路上交错而过。想起佛陀说过的：五百年的修炼才换来今生的擦肩。

她故乡的名字叫五女店，我那龙凤胎的妹妹莲，成家后就住在那里。“一颗温良而微苦的心”（见《非处方用药》第 83 页），说的不正是幼稚时被婶母从城市抱回乡下的二妹吗？婶母家离五女店不足十里地。

爱斐儿，本名王慧琴，1966 年 5 月出生于河南许昌，诗人。主要作品有《废墟上的抒情》《河流的指纹》《逆光》《非处方用药》等。现为《大诗歌》的编委，《现代青年》散文诗专栏特邀主持。

她出生的时候，21 岁的我正在许昌市一个叫小领口、入夜还需点亮气灯（一种安有灯罩和气阀、需要不停打气的煤油灯）的地方当兵执勤。

散文诗集《非处方用药》一书，九十九个题目，没有中药店堂常见的那种一方方漆黑底儿贴有标签的抽屉的繁杂与琐屑，不见悬着的秤盘与铺开方纸上药材的那种苍白与枯萎。目光所至，包括嗅觉，你会感触到山野中原生态本草的毛茸茸的质感和芬芳，甚至能感觉到端坐在键盘前的作者纤指间还沾染着的恁些植物汁液的痕迹。

女性。

母亲。

医生。

诗人。

这便决定了作者注定比寻常人更加具有充沛的生命体验，而从事超声医学影像的职业，又让这种体验直抵每个人乃至社会肌体隐秘的病灶；加上作者诗人的敏锐的认知能力,《非处方用药》这部书已经完成了惊世骇俗的使命。

玉心琢文。

澡雪精神。

爱斐儿，拥有一颗本草心。

本草，乃人类最优秀的哲学和宗教。

《非处方用药》，一部21世纪的《诗经》。

附：爱斐儿的话

墨桅先生是我的同乡，也是来自我家乡的最早关注我诗歌写作的一缕温暖的光。平时交流不多，唯一一次相逢的机遇，也成了一次擦肩而过。但是，因了博客的缘故，倒是有种近如邻舍的感觉。时常会抽空去先生博客读先生平静简约的文字，却也透过先生洞彻幽微的目光，包容万象的襟怀，智慧练达的笔触，遍观人间正道与世道沧桑。因了这篇温暖文字，在这个冬天，我已没有了言说寒冷的理由。

爱斐儿

2011年12月4日

丛小桦

1990年7月，我收到丛小桦寄给我的诗集《夜郎村》。

扉页上写有几行字：

中森大兄：

从你身上，我看到也学到了一种人的精神！

谢你了！

书的勒口上，是小桦的小传和黑白照片。正当而立之年的诗人，长发抵肩，目光斜视，一副桀骜不驯的神态，使得诗人视野右方一番肺腑之言的题字多少有些“失重”。这，也正是当年小桦区别于其他诗人的真实。

我存有小桦两部诗集，另一部是《蓝火焰的夏天》，距《夜郎村》后不到半年出版，比前一部要厚出几倍。

我读到诗人的自白：

狂热而浮躁的夏天就要过去了，接踵而来的将是宁静、深远的秋天。面对成熟的果实，我将如何？

这些文字，连同诗集中的长短字句告诉人们，诗人成熟了许多。

和小桦相处的日夜，是1990年新乡黄河诗会。

随同小桦来的，有他的妻子杨冬梅，还有油田的两个漂亮女孩儿。

诗会第二天入夜，小桦叫我去他住的房间里玩，冬梅和俩女孩儿都在。我嫌宾馆的大彩电太闹，提议用盖电视的绒布蒙住，原来电视里的音乐节目还继续保留，音量调小点儿，大家欣然同意。紫红绒布覆盖后的彩电让室内有了某种神秘的色彩效果。几个人轮流唱歌，讲故事，猜谜语。小桦那晚喝高了些，谈话中突然情绪激动，声震屋瓦。原来是对诗会的一些细节不满，扬言要去打某某人。我拦腰抱住了他。还好，小桦听从了大他 15 岁的“大兄”的劝告；我知道，小桦这种时候是很少听从他人相劝的。

小桦，是那种眼里容不得沙子的山东义气汉子，也是我所认识的写诗群体中最具诗人气质的。不知我哪根神经作怪，在我敲击这篇文章时，居然鬼使神差地联想到小桦童年时采挖中草药的经历，小小年纪的他已经能很快辨认出手里的丹参是真是假。

那次参加诗会的还有外省诗人或诗歌编辑旭宇、李松涛、罗继仁等。

后来，我从朋友那里知道，小桦有了单人徒步全程考察万里长城的壮举。

再遇小桦，已是 2005 年的秋天。

那日，我在开封最大的新华书店书库的书架上惊喜地发现了河南文艺出版社隆重推出的丛小桦的系列丛书（4 部）；也就是那一刻，我知道，才华横溢的诗人一直活泼在我的心畴。

2005 年 11 月 21 日，诗坛泰斗牛汉先生从北京给我寄来他新出版的诗集《空旷在远方》。

接到诗集后，我立刻给先生打电话，80 岁的先生像个孩子似的对我说，你不知道，我就剩 5 本了，一定要给开封的中森寄 1 本……我明白，先生对曾经生活、战斗、流过血的城市，有着特殊的深厚情感。

该书的选题策划是我熟悉的诗友张洪波。

封面摄影：丛小桦！

诗人摄影师极其精确地抓住了当代卓越诗人的精气神，尤其是牛汉先生镜片后那一双能穿透铜墙铁壁的深邃的眸子，令人震撼！

或许，这一幕，也构成了耳顺之年的我对小桦今天的那句“人过了四十，再没有什么比喻了；看见什么，就是什么”诗歌思想的理解。

附： 从小桦的信

中森兄：

好！

大作拜读，留用！

请快寄 50 字小传及黑白照片来，与诗并用。

让令更也寄照片及小传！

忙死了，不多写了！

冬梅向你致敬！

小 桦

1990.5.19

陈雨门

灯草

烧开了一朵灯花……

这是一册轻得如灯草几乎掂不出重量、薄得与当之无愧大师称谓极不成比例的诗集。今日重返诗翁浓荫之下，恁多熟悉而亲切的诗句与话语，竟如七朝古都远去的晨钟暮鼓，依然鲜活在今朝文化阡陌，鼓舞并滋润着有良知的后生。

与其说久闻先生大名，倒不如说是先生早已熟稔古城学诗的青年男女。那些岁月，大学骄子、车间蓝领、田头耕者、军营士兵、白衣天使、报刊编辑、卖报少年，乃至旧时江湖闲杂，无论见过面的或者从未谋面的，先生提及他们便眉飞色舞，如数家珍。工人作者郑纯方一首《胭脂河》发表于《人民日报》，先生兴奋得如同过节，托人四处打听作者的信息。

先生寓所无梦楼，是繁华都市鲜见不设防的门户，昼夜不锁。无论长幼，约定俗成，入或出，一律自觉以一折叠旧报纸掩门。斗室白壁上唯一的奢侈，是端木蕻良、姚雪垠、李白凤的几轴墨迹。先生多是面南，或坐或卧，或凝睇或阖目，窗外高楼走廊呈“品”字形影壁，时常融入先生与来访者话题：文品、诗品、人品，而这一切又如同电影手法，引你注目书桌间方格纸页上工整的文字，连床头枕畔纸片上的字句也无一笔一画潦草，映照着先生的做事与做人。

记得学生曾有意讨先生墨宝，答一爽朗大笑：我只用曹素功。当时居然不识“曹素功”本意，以为“颜柳欧赵”外又一书体。日后方知乃与“一得阁”皆墨汁商标。如今，先生已驾鹤西去，成为永久缺憾。

《二十世纪开封书法作品选集》专为先生辟一隅天地。

寒雨连江夜入吴，
平明送客楚山孤。
洛阳亲友如相问，
一片冰心在玉壶。

作者简介曰先生“工书法，善行书，风格遒逸”。唐人王昌龄诗境亦不失为雨门前辈生平写照。

诚实地说，写作并没有给先生带来多少物质上的享乐，反而因一诗罹难。先生囹圄四冬，正巧置于学生服兵役部队所羁押下黄泛区农场，我不止一次想象过诗人清癯面庞掠过站岗士兵刺刀阴影的情状。“平反”后的岁月里，除了坚持写诗，先生相继有《江湖三百六十行初探》《河南方言探源》《汴京琐记》《古汴娼妓血泪录》《灯下集》《文虎集》《灯谜大观》《灯谜趣话》等著作问世，计百万字之多，即便风华正茂之辈，这也是创作之奇迹。切去三分之二胃的无梦楼主人，“一箪食，一瓢饮，在陋巷，人不堪其忧，回也不改其乐”（见《论语·雍也》），其清贫现状与乐观心态，怕是会使今日大多文人墨客汗颜的。先生19岁成名，受闻一多先生欣赏，将其作品收入《闻一多全集·现代诗抄》，成为享誉中外全国十位新诗人之一，并作为河南早期新诗运动的垦播者，载入华夏文学史册。正是勤恳、简朴、淡泊的优秀民族传统美德，铸成先生献身文化红烛之蕊，与倾吐生命与智慧之丝；春蚕到死丝方尽，蜡炬成灰泪始干，先生的逝世，无疑是一种文化涅槃。

醒者多苦志，醉者好贪恋。时下经济腾飞，文人圈中致富唯恐不及，不惜投机钻营，造势炒作；更有怨天尤人，颓废沮丧，乃至失节堕落；亦有沦落靠乞讨富翁贵妇一杯羹者，如此之类诗人作家，纵然“著作等身”，与雨门先生不足5毫米厚的诗集相比，不啻高山抔土之别。缘此，今天我们缅怀先生品节，继承优秀文化传统，也就显得尤为珍贵和紧迫。

1994年8月11日，文庄火葬场（这个村名今天极具意义）。

万里穹隆骤现一抹淡虹，空气中飘溢着菊焚的苦香。

学生含泪默吟起先生的诗：

你是为了民族的延续

不惜自己的死

……

祖国的一切

一粒砂

一株草

都成了你的名字

陈有才

这个名字，很容易诱导读书人想到《李有才板话》。

认识这位才华横溢的信阳诗人很早。第一印象，他像水银一样爱动，而且酷爱歌吟，如同大山里热情单纯的男女，会面对一棵小草、一只翠鸟情不自禁地载歌载舞。陈有才高亢嘹亮的嗓音有些类似海豚音，在众多的声音中间很容易分辨出来。

记得某年某届全国青年歌手大奖赛，参赛歌曲中有一首民歌，主持人报出歌词作者陈有才的名字，顿时感到很是亲切。我给一旁的妻子说，歌词作者是河南信阳的，我认识他。

那是省作协组织的一次诗歌活动，和木讷的我相反，陈有才总会率先跑到所参观采风的文物名胜面前，抄写楹联，并大声朗诵。那是“十年动乱”后河南省的第一次诗人聚会，大多诗人们都还显得拘谨，正是因为有了他才显得活泼丰富了许多。

我和陈有才数十年的交往，对话不多，不出作者与编辑的范围，我还为他的诗配过插图。

最近一次见面，是由漯河市作协组织的河南作家看临颍活动。参观结束，南街村主人邀请作家题词。马新朝、冯杰、陈有才等都挥毫留墨。我最后一个捉笔，用冯杰没写满的宣纸裁下半页，写了“前无古人”四字横幅。我手中的毛笔未落，一旁陈有才响亮地应了一句“后无来者”。这，是迄今为止我俩唯一一次亲密的合作。

有一件事挺对不起诗人的。

刊物上我开创了《脱颖集》，是一个诗歌栏目。最初是出于发现和培养诗歌新生力量而设的园地，后来渐次成为编排短诗的版面，不再顾及作者的出道与成就。一次陈有才寄来一组短诗，就在筹划版面时安排在了《脱颖集》中。后来听说他对此很有意见。细想来，我作为编辑，的确有失误。在此我郑重向陈有才先生道歉。

陈有才确实有才。

我没有统计出诗人至今出版过诗集的数目，但是可以肯定，陈有才的诗无疑属于乡土诗，但他浓郁乡土味的诗中却体现了明显的现代意识。当然，有心人也注意到诗人创作道路上所面临的窘迫。例如诗人在《啥时才能活成我自己》一诗的前面，引用智利诗人聂鲁达的诗作为题记：

我们钓的是鱼
你却在钓自己
你钓到了自己
却又扔回海里

这首诗映现出人的生存状态陷入悖论的困惑，同样也是诗人自身困惑的写照。

不久前，我应邀出席杨稼生作品研讨会，在舞钢山城之夜，漯河市作协主席南豫见向我说起他和陈有才的友谊。他知道我正在写《诗歌编辑小札》（原定书名），建议我写一写陈有才，还郑重推荐陈有才一首打油诗；并告诉我，在陈有才向他朗诵题目为《皮影戏》的诗句时，他十分中肯地告诉陈有才："有才，你写了大半辈子的诗，这一首足可以传世。"

南豫见读给我，我在抄写的过程中，立刻沉浸在诗境和对诗人的敬佩之中。

帝王将相任演绎，
金童玉女万人迷。
待到灯熄戏散时，
都是一堆老驴皮。

程民生

程民生，早年写诗。

如今他已经是蜚声海内外的宋史专家。我整理这篇文章时，他刚从台湾讲学、交流归来。

20 世纪 80 年代初的一天，他由当时在三中当语文老师的齐遂林领着来编辑部找我，送来一首诗。我忘记诗歌的题目了，诗中有“叶绿素”的句子，我建议不要这么直接。通常业余作者对编辑的意见多是毕恭毕敬，不想血气方刚的河南大学历史系学生程民生当场就表示了拒绝。我做诗歌编辑不久，从来没有遇到这种情况，一时无措。程民生倒挺干脆，那我往别的刊物投投试试。几个月过去了，程民生单独来编辑部找我，手里拿了一册新出版的《作品》，上面有他的那首诗。他来找我的主题思想是，人家编辑就没有改动那句“叶绿素”，弄得我哭笑不得。

程民生第一次来送稿时说过一句话，是很真诚的。他问我，你看我以后是写诗呢还是做学问？当时我还在气头上，应付了句，随你便吧。

1985 年，程民生考上了发表他作品的城市广州的暨南大学历史系，硕士研究生毕业后，又考取了河北大学宋史研究室读完博士。

可谓“不打不相识”，身为河南省特聘教授、河南大学宋史研究所所长、《河南大学学报》主编的程民生，成了我的良师益友。十多年来，每临新年，我都会给程教授寄上大号的贺年卡，他也十几年如一日从来不落给我回赠那种邮局发行的贺卡，一次我还中了一个四等奖。

在我写长篇小说《李师师》《宋潮》时，没少给程教授添忙。记得那次是查阅太学生领袖陈东的资料，程教授亲自领我到历史系的地下藏书馆。正当资料员苦苦搜寻时，程教授啧啧两声，大步流星赶到一个书架前，顺手抽出一册书："这不，在这儿呐。"程教授还破例让一位老师陪同把书拿到室外为我复印了全部资料。手捧着沉甸甸的雪白 A4 纸复印出的珍贵资料，想起当年和程民生的"交锋"，真是百感交集。

《李师师》一书在台湾出版后，百忙中的程教授又为该书写了评论《李师师赵中森合论》（附后）。

我 60 岁生日，在当时开封最有名的豫菜高档酒店请程教授吃饭。事先我没告诉他我过生日。考虑程教授是回民，我还专门请市饮食公司书记、著名饮食专家、我的街坊孙润田给厨师们下了一道命令，饭菜一律用清油。不想程教授恪守伊斯兰戒律，自始至终，只几根黄瓜佐酒，弄得我心里觉得很对不起他。

程教授饮酒的方式很特别，他是在酒杯距嘴唇 2 寸时，把杯中的酒浆干净利索地在空中划过一个半圆的弧，然后滴酒不漏地掷入口中，构成闻名遐迩的程式绝技。我想，宋朝时诗人词家大概就是这样饮酒的。

附：程民生《李师师赵中森合论》

这篇小文，原本是要谈一部历史小说的，叫《李师师》。写的是北宋末年京师开封的奇女李师师。作者中森，赵中森也。我要说的，是女主角李师师和男作者赵中森。

原因有多种。

女主角李师师和男作者赵中森，至少具有两个共同点：第一，两人都是开封人；第二，两人都是搞艺术的，而且一个色艺俱全，一个德艺双馨。

说到不同点，那可就太多了。李师师是宋朝人，要是活到现在，应到900岁左右了；而赵中森是本朝人，不过60岁。李师师是鲜花一般的女人，号称“白牡丹”。人家长得，不笑就倾城了，一笑就倾国了。据说秦观写过《赠汴城李师师》云：“远山眉黛长，细柳腰肢袅。妆罢立春风，一笑千金少。归去凤城时，说与青楼道。看遍颍川花，不似师师好。”那是何等的美丽！赵中森是老树一样的男人，人家长得……这个，这个……十分谦虚，极其内秀，反正打死我也联想不到鲜花什么的，其水平和《伊索寓言》的作者接近。李师师个性张扬，是开放型的人物，善于登台演唱，惯于交结名流权贵，甚至勇于干预国事；赵中森生性内敛，口讷而不能言，甚畏抛头露面。

就这，赵中森敢写李师师，而且写得那么典雅，那么凄婉。

历史上确有李师师其人。《宋史》虽然没有记载，但《靖康要录》《三朝北盟会编》《建炎以来系年要录》等堂堂正正的史书，都记载着她的名字；在《四库全书》中，“李师师”一词出现于37部书中，凡59次，径呼“师师”者更多；而且还有《李师师小传》单行本流传于当时。她虽然是个艺妓，身份低贱，但色艺绝伦，有胆有识，得到了风流皇帝宋徽宗的宠幸，名气极大。毕竟，历史上集美女、妓女、歌女、才女、侠女于一身者，实属少见。因而，关于她的传说很多，当代也有不少影视作品。无论是当时还是当代，李师师都是个公众人物，作家们可以任意按自己的兴趣演绎，总是一种爱怜。在此，我不准备介绍真实的李师师，免得与艺术家们的艺术形象相冲突——小说家言，史学家只有责任告诉读者，那并非完全是史实就够了，最好不要再多说话。

中森兄暂且尚无史书记载，但已经是位作家了，近年痴迷于宋代历史小说。其人如灯笼，内燃火，却总也不会烧破那层纸；如核桃，内藏脂膏，外裹疙里疙瘩的硬壳。这条汉子极有情趣，常自制些小贺卡之类的玩意儿，用大巧若拙的文字和至诚的语言，送给朋友。这一次奉献给大家的，就是他用李师师制作的精美贺卡。

胡谓其不解风情？赵中森想破除美女是王朝终结者的魔咒，他想塑造一个侠肝义胆而柔情似水的千古第一情人。李师师、赵中森两人外表不像，但在内里，似乎有点仿佛呢。

程光炜

我调到《梁园》编辑部不久，孔令更带领在河南大学中文系上学的程光炜、易殿选、康洁到我家玩，那是一套18平方米的工厂家属楼。记得8岁的儿子曾小心地问大人，该怎么称呼客人？漂亮的康洁笑着说，叫姐姐吧。

程光炜，典型的白面书生，头发梳得很整齐，说话时一脸谦恭，流畅的普通话中有隐约的南方口音。

当时的谈话内容不外乎诗歌、投稿，也说到我在《诗刊》上发表的作品。我忘了他们是否在我家吃饭了，妻子会做一手地道的天津风味的菜肴，多少年了，孔令更没少品尝。

后来，程光炜请我到他们学校寝室做客，他从学校食堂打来满满一碗面条，是那种白底儿带暗绿花纹的铁瓷碗。他去打饭时我注意了他的床铺收拾得很整洁，床头放着一摞书，床下有淡淡的鞋油气味。

1981年第4期《梁园》，由我策划、编辑、插图的诗专辑《脱颖集》，编发了程光炜的组诗《山村抒情》和易殿选的《寄故乡》，两人各占了两个页码，这在当时是够慷慨的了。

程光炜在题记中写道：

> 过去了的，永远不会再回来，但那一切却给人留下了无穷无尽的苦恼和欢乐……

1983年，我和孔令更、程光炜、易殿选应邀到洛阳参加了第一届牡丹诗会，有幸见到中国当代诗坛泰斗级的前辈严辰、曾卓、牛汉、郭风、邹荻帆、蔡其矫、流沙河、公刘、青勃、骆文等。正是这次与大师们的接触，改变了我以后的诗歌创作道路。也正是这次诗人兴会，老诗人公刘听说程光炜大学毕业后在基层的经历，说，抄抄写写，没什么意思，激励年轻诗人走向广阔世界。

会后，程光炜给我寄来了诗会的几张合影，是黑白照，如今照片中许多泰斗级诗人已经作古。

程光炜、易殿选、康洁在大学期间，我多次编辑发表了他们的诗歌和组诗。

他们毕业后，我与分到河南人民出版社的易殿选和开封市委宣传部的康洁联系多些。程光炜调到信阳师范学院。听说后来到中国人民大学任教，当上教授，做了博导。

和程光炜有过一次联系，那时他还在信阳教书。他打电话通知我，说他和孔令更合著的诗集《相聚在雨后的密林》已发货到开封火车站，当时孔令更正在行进黄河的路上，程光炜让我帮助把书提出来保管。

那天，我骑着父亲亲手制作的小三轮车，从车站货仓取出满满两（也许是三）编织袋的诗集，沿中山路朝编辑部的方向骑去。无奈小三轮超载，不巧的是天还下着蒙蒙小雨，车子几次险些颠覆。最后在大南门下坡时，连车带人翻倒在马路上，胳膊磕出了血。那时还没有创可贴，我用唾沫抹了下伤口，以防感染。

那几袋诗集一直等到孔令更走黄河归来，我如数交给他。

从南方到北方
我不只是为了渴求一个广袤的平原
我的心更需要驶向生活的丰富和多彩……

今天在北京的程光炜教授，已经实现了他三十年前在诗中的理想。

附：程光炜的信

中森、令更兄：

你们好！

信和刊物均已收到，勿念。

你们近来在诗的追求中所表现出的勇敢和坚定，很让人钦佩。在《青年诗人》一栏中，确也有几位开始显露出了艺术才华。至于本省青年与中年的冲突，不应仅看作艺术观点的不同，其中还有人格的差异等。因而，付之以坦然更为合适，你们说呢？

新近我和鸿生（王鸿生，上海大学文学院教授，评论家，当年在河南省文联就职——墨桅注）一直在探讨咱们几位诗作的成败，及至今未能在国内产生较大影响的原因。其他环境因素如不算在内，那么，我们几位的气质过于女性的柔弱而缺乏男性的奔放狂悍，题材的狭窄、诗境的不宽，以及过于追求形式而忽略对思想和诗意的注意，再加之视野的不够辽阔，境界还不高等等，这些都严重地限制了我们的发展。鸿生说得很准确，即缺乏一股“气”。这几年，我们都未走出我们本人早已限定的圈子，新的追求中所出现的我们始料不及的新的迷信，反而又使我们陷入了新的僵化中。你们身边的几位诗友，恐怕仅仅是在走着我们早已走过了的路，太缺乏大手笔了，实在让人忧虑。

像你们的宣言中所说，脚下既然有这么一方多难而古老的土地，我们的诗为何却不是那上面所开的花（北方人的所特有的花）？公刘在今年《星星》第6期里的那封信，对我们应是一个深刻的启示：

> **要想站起来，就应立足这一方土地，而不是去作做作的歌吟，就应该写出北方的特色来，唯其如此，才有可能产生“中原诗派”，否则，实在叫人不敢想象！**

我已写了一篇《关于诗歌创作通信》，寄老孟，对象中有我们自己。

恕我率直。

鸿生问你们好！

你们真诚的朋友　光炜

6.13

丁慨然

这是一位从未见过面但是我一定要感谢的人。

做诗歌编辑伊始，如何把自己手中的园地耕耘好，我很是费了一番头脑。除了注重培养发现本地作者，还要放眼五湖四海，邀请诗坛大家高手关注刊物。

我从自由来稿中看到北京一位叫丁慨然的作者，老诗歌编辑李怀发告诉我，这人是老诗人丁力的儿子。

也许是自己有过一段做工的经历，我对丁慨然的《谈谈工业诗的新发展》很感兴趣，呈报给主编的同时，我也暗暗策划着在刊物上推出“工业诗”栏目。丁慨然的这篇长达 5000 字的评论，发在 1981 年第 5 期《梁园》。文中提到我在《奔流》发表的组诗《写在工厂的春天》。

令人难忘的是，他提出我国第一位写工业诗的诗人是李白，这位唐代伟大诗人在其《秋浦歌》中唱道：

炉火照天地，
红星乱紫烟。
赧郎明月夜，
歌曲动寒川。

从此，我和丁慨然建立起了友谊。

20 世纪 80 年代的人们很单纯，一门心思把自己的工作做好，尽力做到完美。我给丁慨然写了封信，请求他给杂志推荐一批优秀诗人，并强调了写工业诗的作者。

很快，丁慨然给我列出了一个长长的名单，其中不少为耳熟能详的诗歌的主人，例如不久前在《诗刊》以《第五十七个黎明》轰动诗坛的赵恺，这首革命理想主义和现实主义完美结合的诗篇，通过享用56天产假后、推着婴儿车走过天安门广场的中国女工的形象，唱出“动乱”后的人民“温饱而又艰辛，劳累而又坚定”的生存状态，和“青春在尘絮中跋涉，信念在噪音中前行”的精神面貌。名单中还有孙友田、刘镇、聂鑫森、李向晨、韩忆萍、王恩宇、黄淮等。

那一阵子，我和丁慨然书信来往频繁，包括他热心举荐的诗人。刊物上不断有他们的新作发表。

后来，诗人丁慨然转向编辑诗歌名人录一类的事业，他曾多次邀请我参与其中。诚实地说，我对此一直不感兴趣，对于身边一些朋友沾沾自喜跻身于从世界级到国家级的各类“名人录”，我丝毫不羡慕。没想到丁慨然不屈不挠，坚持要我走入他所编辑的名人名家辞典，并答应不收费用。碍于面子，我勉强同意，并动员孔令更也参与。书稿出来后，丁慨然寄来了校样，嘱咐还要适当缴费若干。于是我果断放弃，和丁慨然的联系也渐次冷落。

不久前在网络上看到一则消息，石头诗人丁慨然诗歌50年印象座谈会在北京召开。我不明白为何称呼丁慨然为“石头诗人”。

消息说：2011年3月26日下午，石头诗人丁慨然诗歌50年印象座谈会在北京中础宾馆召开，王学明代表《黄河诗报》诗刊社为丁慨然先生送了花篮；峭岩、鲁煤、石祥、石英、岳宣义、唐逊、熊元义、王竞成、高昌、毛梦溪、殷德江、陈有才、孙伟、王德祥、许庆胜等100余人参加了研讨；诗人阮章竞之女、艾青之子先后在会上发言；诗人蔡诗华宣读了贺敬之的贺词以及丁国成的短信发言。大家对丁慨然50年诗歌创作进行了热烈的研讨。丁慨然现任中国作协萧军研究会副秘书长、《新国风》主编。

另附有丁慨然的简介：

丁慨然，1941年3月出生，本名丁楷，笔名李子慷、蓟门、荆公等。男，汉族。出生于湖北省洪湖市，籍贯湖北省嘉鱼县。毕业于社科院研究生院专科班。1964年参加工作,曾任清洁车辆厂副厂长,中国城市文化研究中心主任。现为华夏新诗研究会会长,《新国风》诗刊主编,《诗之国》诗词刊主编,中国萧军研究会常务理事,新中国开国元勋诗词研究会会长,世界华语诗人促进会会长。1962年开始发表作品,1986年加入北京作家协会,2006年加入中国作家协会。著有诗集《夏日的苦恋》《秋日的相思》《丁慨然诗选》,评论集《慨然诗论》《蓟门诗话》《荆公诗评》《国风诗说》等。主编《毛泽东诗词大辞典》《中国新诗人成名作选》《中国中青年诗人传略》《国风诗千家》《时代抒情诗选》《中华民族抗战诗选》《中华魂颂歌》《贺敬之,永远的诗》《高大的银杏树——丁力研究文集》《世界华语诗人代表作选》等,与人合编《中国诗人诗歌大典》。

屈指算来,为诗歌做出过不小贡献的丁慨然,如今已是70开外的老人了。

衷心祝愿丁大哥健康长寿!

邓万鹏

作为诗歌编辑，我一向不大看重阵营、旗帜乃至口号，说穿了，文坛叫响的“荷花淀派”“山药蛋派”，是后来评论家给封的，人们所记住的，也只是一两个人。

诗人，把诗写好了，这比什么都重要。

最初知道邓万鹏的名字，是他在平顶山时偶尔给我寄诗。

平顶山有几个熟悉的写诗的朋友：老一点的禹本愚、田万宪，年轻的罗羽，和后来通过一次电话的森子，还有，一次作协开换届会，给大伙讲了一通宵红色间谍故事、一人喝去两暖瓶水（那一夜我不停地去茶炉房打水）的大器晚成的于天命。

邓万鹏，不是司空见惯的那种将写好的作品复印后雪片一样撒向许多报刊的作者，他的诗写得很慢，很努力，正如我在 1987 年第 3 期《东京文学》编发他的《开犁》中写到的：

紧紧把握着犁
就是把握着自己
不许有一寸疏漏
一寸的失望和偏离

犁，深深地犁
只要不失时机

身后的脚印就能开花

并结出果实

在《开犁》（外一章）中，万鹏借甜菜抒怀：

从未想到抛头露面

埋在泥土中，

只是

默默地吸取……

然后甘愿用自己的身躯

以沉默的经历

年复一年地提炼着

生活本来的意义

可谓文如其人也。

1986年冬，兰考青年诗人李锐锋给我抱来一捆中原青年诗丛编委会编辑的诗集，他当时负责印刷这一批诗集。其中有邓万鹏的《苦果》。也许是看我不写诗的缘故，万鹏前几年赠送我的不再是诗集，而是散文集《不敢说谎》，看了日期，这本书距我编辑他的《开犁》已过去整整10年。

这期间，邓万鹏先后出版了诗集《走向黄河》《牧鹅少女》《冷暖》《落花》《火与流水》《邓万鹏的诗》和《时光插图》。

并非玩笑话，我是被诗歌淘汰的人，诚实地说，我更不具备评说诗人、诗歌的能力，尤其是这些年来，被评论界誉为“在近十年的时间里以涅槃式的自我突变、于汉语的颠覆间产生了卓越不凡蜃景”中的万鹏，其作品早与以往的作品判若天壤。尽管我会坚持万鹏当年诗歌步履的朴素、坚实、创新，但是诗人在新世纪对诗歌全新的理解和义无反顾的探索，不得不让人们换一种全新的眼光看待被划分在先锋派的万鹏和他的诗。

也正是为了这个目的，我阅读了万鹏博客上所有的诗歌，还有不少名人大家论述邓万鹏诗歌创作的文章，其中不乏我的好朋友郎毛和蓝蓝。但最触动我的，是2011年旧历大年初三，旅居加拿大的痖弦先生写给万鹏的信：

……你创了一条新路，值得开掘。我对平顶山诗人群充满了好奇，感到咱们河南少壮一代创作风力强劲，平顶山这个诗窝子孕育着各种可能。

我想，痖弦先生至今仍把早已是省会资深报人的邓万鹏当作平顶山人，是有一定寓意的，我注意到先生使用了“开掘”这个特殊词语，尤其符合平顶山这个地域特点，还有那句暖洋洋的“诗窝子”。

看到万鹏简历上的出生地吉林省梨树县梨树镇，我开心地笑了：如此和诗人一样实实在在的地名啊！

梨树，让我油然联想到闻名遐迩的朱仙镇木版年画。千百年来，印刷年画的木版，梨木，是唯一被选定的木材。为此我请教过朱仙镇木版年画传人，张挺旭大师告诉我，几百年来，之所以用梨木，是因为它坚硬不走形，耐磨性强，不容易开裂。字码到这儿，突然觉得不需要再啰唆什么啦。

附：邓万鹏的话

墨梳为文讲究。

结尾一箭几雕！

感谢中森的注满心血的劳动，为朋友们的劳动，还有诗友之间毫无功利目的的不一样的友情。看见你的菜地深耕细作的农人精神，敬意深深！

邓万鹏

2011.12.16

冯 杰

和诗人冯杰的几次见面，都很有意思。

最早的一次，是那次新乡黄河诗会。第几届忘了，几天下来，只记住冯杰的一句俏皮话儿，也是初次见面留下印象最深的。

那句话是：“这次笔会，要是安排一场‘美人计’就好了。”

我把这话写入后来的中篇小说。后来冯杰对我说过，他一定要追加版权金的。

第二次，是省作协换届开全体会。会场上，老一届作协主席张一弓有些动气，我听见他移过麦克风时说了句，“总得让我行使我的权利吧”。

开会和用餐，我一直是挨着著名小说家张有德先生坐，他脸膛红润，对人和气。没想到后来先生会被肺癌夺去生命。我读过他的获 1978 年全国优秀短篇小说奖的《辣椒》。我知道当年先生还是业余作者的时候，德高望重的庞嘉骥老编辑曾跋山涉水亲自跑到张有德的家乡帮助他改稿子。

宴会散后，我和事先约定好的蓝蓝姊妹、冯杰一道，去会场附近的医院看望病重的苏老。站到苏老病榻前时，我曾想到，苏老也许听到了宴会大厅觥筹交错间的谈笑风生，那里有他众多的同事、诗友和崇拜者。苏老一眼就认出蓝蓝姊妹，接着叫出冯杰的名字。苏老没认出我。蓝蓝拼命给苏老介绍我的情况，苏老还是想不起来赵中森是谁。冯杰老实地站在一旁，始终没有说一句话。

再次见面，是开封河道街的邂逅，冯杰的母亲在这条街的市第一人民医院住院。依礼我不能空着手去看望诗人的母亲，问明了病房告别。后来我专程带着慰问品探望了冯杰年轻的母亲。和当时在长垣银行工作的冯杰的书信来往也从此开始。

不久，我收到他的诗集《一窗晚雪》，我也以此书名，给冯杰画了幅字。

最近的一次见面，是在2010年4月漯河市作协主席南豫见召集的“河南作家看临颍”笔会上。在那个红色的集体农庄，人们似乎找不到话题。我和冯杰除了散步，也没多少接触。这时候的冯杰，已经是省文学院的专业作家，自然也是硕果累累的季节。在网上点击诗人冯杰的名字，立刻会告诉你他的诗、小说、散文、书法、美术作品及其获奖情况。我最感兴趣的，是艺术界评论冯杰“文画结合，富有情趣，文画合璧，创意独特，余韵回味，内蕴精致，方寸之中弥漫浓厚的文化气息”。他以极强的画外功夫被当代收藏界看好，作品先后被中国现代文学馆等多家机构和中国港台地区、美国、加拿大、日本、东南亚地区等海内外各界人士收藏。

有趣的是，一年冬天，冯杰去台湾领奖时见到了著名诗人余光中，余光中第一句话就开玩笑说：“冯杰，你不要把台湾的文学奖都得完，得给我们留一些啊。”冯杰早年开始写诗时就读余光中的诗，而且余光中多次当过冯杰作品的评委，这位文坛前辈第一次见面就以如此幽默的话语鼓励他，令冯杰终生难忘。

笔会上，我除了和南丁老师合影，另一位合影者就是冯杰。这次会面，冯杰在参观的大巴上和我邻座，他在车厢里给我拍了一张照片，我很满意，发到博客上，有不少人叫好。

我检讨过自己，和以多才多艺、风趣幽默闻名的冯杰相处的时候，大概是自己的矜持影响了诗人的发挥。不过俩人在一起时，从来都很自然，宛若同村两个年龄相差快20岁的男人在村口麦场相遇，招呼也不用打，偶尔你一句我一句的搭话儿，说着桑杈是三齿的好使还是四齿的得劲。没话茬儿了，俩人就地坐下，岁数小者递上一根“红旗渠”，帮长者点上烟，然后俩人盘起腿，一块儿看蚂蚁上树。

范　源

黄河北岸，安阳滑县。

青年诗人范源做客一位朋友的家。

可以看见，院里有两株树，一株是核桃树，还有一株也是核桃树。

就因为门前那一棵核桃树；

就因为他要亲自攀上树热情地为朋友摘取新鲜的核桃；

就因为他不小心触动那一棵核桃树上的蜂巢；

范
源
和
他
手
里
的
一
颗
绿
色
核
桃

同
时
坠
落
在
豫
北
平
原
那
结
实
的
土
地
上
……

一位英姿勃发的诗人就以这样的方式告别了他所热爱的世界与诗歌。

那一天，是 1989 年 9 月 7 日，诗人 35 岁。

最初听到这个噩耗，我和许多诗友只当作一个误传。

记得他的长诗《神农》在《星星》诗刊上发表，引得中原多少诗人的羡慕乃至妒忌。后来，《神农》获得了诗歌创作奖，范源，也成为耕耘在诗田的诗友心目中的神农。

他是当时河南诗人中极少数的国家级作协会员。

不久，范源又以长篇诗报告《国宝》、长诗《我是农民》震惊诗坛。

《星星》主编白航破天荒在诗刊发表范源的诗小说并发起大讨论。

艾青给范源的诗集题写书名。

张志民给范源题辞“改革之歌就是时代之歌”。

丁力为其诗集写了长序《大风起兮云飞扬》。

艾青、臧克家称誉范源为“中国改革时代的热情歌手”

……

范源是诗人的笔名，本名为范钦佩，河南滑县人。范源最初的诗集，名为《神矢》；范源的视野也多瞄准《诗刊》《星星》《莽原》《奔流》等国家级、省级刊物，很少给地市级刊物投稿。我做诗歌编辑以来，只收到他寄来的散文诗。一次我看到他在刊物上写评论我的文章，太多溢美之词。我给他写信“纠正”，也顺便约稿。不久，他寄来了题为《种子》的散文诗。这首散文诗发表在1983年第4期《梁园》。

今天重读这篇文章，仿佛是作者为自己提前写下的祭文：

醒来吧，伙计！你的梦该没有冻僵吧？

多少风雪，在你的梦外咆哮着，撕扯着你，要强迫你连同梦一起死去；你死去了吗？没有鼾声，也没有梦呓，就那样静静地躺着，像一具具小小的死去的尸体……

但，我知道你没有死呀，你只是在做梦，梦里用嫩嫩的小手举着绿叶，举着花儿，举着沉甸甸的果实，多么痛苦又多么甜的梦啊！

醒来吧，伙计！春姑娘让我告诉你：你的梦哟，就要变成现实！

附：范源的信

赵中森兄：

您好！

往日如冰已淡远，并且已渗透到土里去了，新的时光在萌芽。所以，我就遵君之嘱不再对往日加以任何解释。对，把头低下去，把笔举起来！

寄上一组散文诗，是您逼鸭子上架逼出来的，哈哈！就请老兄随便处置好啦，不必为难，不行就随手掷还。

不赘述。代问孔令更诸兄好！盼有机会来豫北一游。

恭颂春祺。

范　源

1983.3.20

樊 城

一部散记，不可能包罗万象，正如近几年我写作中的《诗歌编辑小札》（原定书名），注定会遗漏一些诗人和作家。不久前在诗云书社，被大学生唤作娜姐的陈尧的贤内助就曾问我：“赵老师，你的新书里写啊威了没有？90后才俊智啊威，是萧开愚先生看好的后生，荣获过第四届光华诗歌奖。目前正努力从诗歌走向小说创作（一次他在信息中向我报告，《天涯》将发表他的小说）。只是认识他的时候，我已经年近七旬，我做编辑的后期时他才来到这个世界。

而樊城，这座城市文学圈公认是我的学生，相识的过程他文中（见附《月光下的阅读》）已有交代，若让我写的话，也大致不会脱开这个范围。我有个毛病，也可称作偏执，一旦熟识的人升迁或发达，便会自觉地与之疏远。樊城从县文联调入市文联，做了副主席，来往明显少了许多，当初所规划的写作，也就没有把他列入。

樊城的太太沈洁霞考上大学前，曾在开封小南门里的玻璃厂学工，和我妹妹一个车间。俩人在同一转盘机上，把流水线上的玻璃管加热后拉成医用的安瓿，我曾想象过她们于机声隆隆火焰熊熊下劳作的瑰丽和辛苦。有次聚会，江南出生的沈洁霞特意用开封话向我亲切问到梅姐，她的这一称呼让我胸口一热，竟立刻联想到巴金小说《家》中的人物。

新世纪伊始第七天，在今天已经不存在的东苑大酒店，瑞雪中的诗会，樊城两口盛情邀请我参加。久违的诗氛，让我领略到一种久居浑噩石屋忽一日推开窗户的清冽。落地窗外，雪花无声地撒撒着，沈洁霞发言中说到赵老师是第一个在刊物上发表她诗歌的编辑，是她的启蒙老师。听了我很温暖，告别诗坛已多年，仍有人记得为自己作嫁衣裳者的劳动，这无疑是一种做人的珍贵品德。

手头有樊城十年前写的文章，流丽坦畅，只是把我写得有些过。

诚实地说，文字城郭，充其量我不过是彳亍于开封胡同终生摆脱不了饥馑的墨桅，永远成为不了苏州弄堂间优哉游哉的美食家陆文夫。但无论如何，这是一段历史，更何况是那样单纯、无私与真实的季节，把它收入这本书中，权当是一种纪念吧。

附：樊城《月光下的阅读》

夕阳把楼群参差的影子叠印在一起，城市显得柔和而生动。穿过古城墙内一条横街时，我看到中森颀长的身影在车流人影中和修剪整齐的冬青上浮动，使我忽然想起他的笔名墨桅。辽阔的海面上，一根桅杆在水天相接处浮现，那感觉是孤独，也是亲切。

那天，中森和我谈起，他准备把自己的散文结集，不想凑丛书出版的热闹，“只印一二百本，送给文友。”我一向以为，热烈喧嚣处的风景未必一定就好，所以对他的想法表示赞同。“书的校样出来后，你帮我校对一遍。”我脱口答应：“好啊，正好让我系统地学习一下。”

我说的“系统地学习一下”，绝不是客气或者谦抑，乃是发自肺腑。十多年来，我断断续续在报刊上读过不少他的散文，常为其文字的洗练鲜活，思绪的渊阔凝重，情感的率真清澈，感觉的精致细腻所折服，但总觉是云龙现爪，以不能得窥全貌为憾。现在有机会在其文集付梓前品味之、揣摩之，自然深以为荣幸，拊掌称快。

对中森，我一直以“赵老师”称之。说起来，我所接触的第一个开封作家就是中森。1987 年，我 20 岁刚出头，在开封县八里湾乡团委工作，偷偷摸摸写诗已有几个年头，知道自己稚嫩浅薄，几乎连投稿的勇气都没有。一个偶然的机缘，在郑州市工会、作协主办的首届“二七”诗歌大奖赛上，得了个一等奖。从苏金伞老手中接过证书，回到八里湾后，我才敢把第一批诗稿寄出去。正当我的等待变成绝望时，收到《东京文学》寄来厚厚的信件，战战兢兢地撕开封口，一张便笺轻轻飘出，赶紧捧起来品读，那别致优美的文字，传达着对我的肯定和鼓励，下面的署名便是中森。待打开还散发着墨香的1987年第4期《东京文学》，在“开封新老诗人专辑”一栏中，我的《锻铁者》一诗竟然忝居首篇，连带题图占了整整两个页面。作为一位诗歌编辑，中森能够对一个未出道的诗歌爱好者如此关爱，彰显出他的真诚，他的纯粹，他的胸怀。

我是个非常疏懒的人，诗虽然还断断续续地写着，但第一次“拜见编辑老师”却直到20世纪90年代初。那天，我穿过市委南楼阴沉沉的走廊，来到《东京文学》编辑部。荧光闪烁的日光灯下，中森正在阅稿，伏出一个优美的弧度。待他站起身，挺拔的身姿玉树临风一般，使我对“仰慕”一词又多了一重感性认识。他的话语不多，甚至还有那么一点木讷，却和蔼亲切，使人如沐春风，倍感轻松舒畅。

2001年6月到2003年12月，我有幸坐到光线昏暗的编辑部里一把破藤椅上。是时的《东京文学》虽然已不复昔日辉煌，但我想起中森，想起曾创造辉煌的前辈编辑们，自然也就对未见经传的青年作者多一些认真，多一些关注。

读到中森的书稿，已是乱红褪尽的暮春。读着读着，我眼前忽然出现一幅画面：一个儒雅蕴藉长身玉立的士子，穿一袭白色的绸衫，脚步轻缓走在逼仄狭长的弄堂里，似乎每迈出一步都激起飘忽悠长的回响。这是我多年前在中央电视台的“诗歌·散文”栏目中，看到的陆文夫的形象。我想，如果那苏州的弄堂变成开封的胡同，走在那画面中的，也许就该是中森了吧？在中森的文章中，有许多篇什，描绘着开封往日的画卷：那堙埋在城市地下的河流，那曾支撑着古城天空的树木，那爬满青藤的四合院，那被扩张的水泥建筑鲸吞的绿色菜地，那已然飘逝的村妇的歌声和笑骂，那铺着青石板台阶的水井，那坐在墙荫下打盹的老人，那在背街小巷的砖缝里悄悄生长的绿草和青苔……嚣嚣市井和悠悠往事，虽然离我们越来越远，却又透过他优美的文字展现在我们面前，让我们被生活的鞭子抽打得快速旋转的身心多了份舒缓，多了份伤感，也多了份眷恋。

荣膺 1995 年诺贝尔文学奖的爱尔兰诗人西默斯·希尼，有一首名为《挖掘》的诗，把笔的形象赋予枪的内涵，宣示了他对民族血缘以及民族自我的探索。中森当过兵，也当过工人，经历过多次运动和少年饥饿。他的笔不但挖掘到人生经验的矿脉，也开掘出思想和情感的澧泉。和他高大的身躯相反，中森心细如发，纤毫毕见。一根勒在不断生长的树身上的铁丝，一只活着埋葬在砖缝间的壁虎，无意中窥见女作家打在年老保姆脸上的一记耳光，一次黄河坝下醉酒河工的憨态，都能引发他对生命、对人性、对道义、对责任本质的思考和阐发，让人多了点痛楚、沉重，也多了点真实。平民的背景，底层的经历，给中森的思想和情感打上了深深的烙印，使他的文字显得朴实而隽永，清澈而尖锐。有的时候，中森甚至摈弃了所谓的技巧，选择了从现象到本质直接的抵达。

在开封作家与诗人中，中森属于个性鲜明的“这一个”，文人味很浓。我没有见过年轻时的中森，但今天看起来，无论从形态到心态，他依然显得年轻，而且还会继续年轻下去。中森不但有着深厚的国学根底，而且对外国文学，尤其是外国现代文学十分关注，广泛涉猎。一个作家只有自觉地、不断地向前奔跑，才不会被汹涌而来的时代浪潮所淹没、抛弃。但在日常生活中，中森却固守着一些信条：登山时，再苦，他不会坐滑竿；走路时，再累，他不会坐人力三轮车；不抽烟，不喝酒，不下棋，不打牌……他不会吵架，更不会打骂人，甚至连玩笑都不会开。在当今的社会，这些坚持，这些纯净，也许有几分迂阔，有几分“不合时宜”。但从中却也可看出中森对自己的坚守，对世态的一份抗拒。有时会恍惚觉得，中森是在月色迷离或烟雨潇洒中，从宋词里分花拂柳走出的一位书生，斯文温润，清高孤傲，有那么几分忧郁惆怅，也有那么几分困惑迷惘，真实得触手可及，又缥缈得如同梦幻。读中森的文字，似乎也最适合在月光下，真字的一切都显朦胧，而虚幻的一切却又逼迫我们靠近、再靠近，感觉到它对眼球和心灵的撞击……

新书印好之日，也许正值中森从单位退休之时。但一个勇于承担责任的作家，是不会让自己的思想退休的。最近几年，中森似乎到了创作的青春期，接连写了几部长篇小说，而且手头还在建构着新的写作。这本书，不仅是他对过去的总结，更是他对未来的期待。

公 刘

读《诗经》，方知“公刘”乃其中篇什。诗中歌咏了周族领袖——公刘开拓与发展农业水利的功绩。《诗序》称“公刘”为召康公戒周成王之作，以“成王将莅政，戒以民事，美公刘之厚于民，而献是诗也”。

公刘，一个美好的名字。

1983 年 4 月，当代公刘由洛阳至开封，同行者皆心仪的前辈、东方诗坛响当当的人物：严辰、曾卓、牛汉、骆文、蔡其矫、青勃等。大师中我只熟悉青勃老。他每有新诗集出版总不忘惠寄学生，且一律工笔朱印题字，为防止墨迹印泥浸染书页，每次都垫一方宣纸，一如诗翁的做人。

大师们是参加罢第一届牡丹诗会旅汴，在洛阳期间，诗会安排了一场诗人献诗题字的活动。流沙河、骆文、青勃等皆一笔好字，唯公刘先生的书法不敢恭维，看上去多少有些像颜体，他一笔一画地写，明亮的额头沁出了汗珠。咫尺之近的先生过于严肃、认真，如上战场，与窗棂外姹紫嫣红的春色极不协调。说来也怪，就偏偏记住了先生那孩子般率真劲儿。知道先生曾当过兵的，还知道他原名叫刘仁勇，又名刘耿直，这是斗士的名字。

在开封，陪大师们游至禹王台，公刘先生对盲人乐师师旷很感兴趣，抄写说明文字时突然止笔对我说：“中森，麻烦帮我查查《韩非子》中这段文字，早些寄我。”这时，我还不知先生三年前曾患脑血栓，导致右眼几近失明，以至于我后来做了一件至今仍汗颜的蠢事。先生的嘱托自然全力照办，这也成为师生间日后鱼雁往来的起点。

先生离汴时留下两首新诗，建议《梁园》《中岳》各发一首。作为诗歌编辑，考虑其中一首仅 20 行，发表出来版面显得单薄，征求诗人意见，先生多少有点不快，说你自己决定吧。编稿当中，诗稿上有些字难以确认，又不敢冒昧猜度，便给先生去信。信上大概有埋怨字迹不易辨认的意思。先生很快回了信，承认自己字体潦草，末了又附加一句，因右眼近乎失明，请谅解……后来，诗人新著《骆驼》《大上海》出版，赠我时扉页上题词为："中森同志学习　正公刘八五年冬右眼失明后"，捧读散发油墨清香的大作，我泪溅诗行。

诗人游汴不久，孔令更决定停薪留职徒步考察黄河。我立即把这一消息通报给公刘先生，还详细介绍了孔氏家庭的情况。不想当年 9 月，先生以一首大气磅礴的抒情长诗《没有美酒的壮行歌》发表在《人民文学》，并将全部稿酬委托杂志社寄给在兰考东坝头卫生院工作的孔令更的妻子。公刘先生之大名大作，不啻为一则隆重的广告，孔令更的名字一夜之间传遍文坛，包括先生在诗中提到孔的那个在黄河边出生、名字叫阿瓶的儿子。

孔令更走黄河归来，几次对我说要去合肥看望公刘先生，因诸多因素一直未能成行，对此我很生气，先生为他付出那么多，应该去的。后来，与先生联络渐少，但还是关注先生的情况，知道他个人情感方面不甚顺心，女儿身体不好，又听说先生蓄起胡须。我有与先生的合影，也有他诗集中的近照，能想象出他成为美髯公的威武豪放神采。

在诗界，公刘先生爱憎分明是出了名的。20 世纪 80 年代初，有译者对苏联一位女诗人的作品评说："据说德鲁尼民娜诗歌特色之一是真诚，但其《前沿》和《应当想想美好的事物》两首诗中，看不出哪一首更真诚些。"按说是国籍之外的事了，可公刘先生竟拍案而起："我特别仔细地品味了这两首诗，很遗憾，我只能说，我看不出哪一首更不真诚些！……"诗人仍不依不饶："诗歌创作是一种复杂的精神现象，对它而言，偏见比无知往往更可怕……"至于国内这类例子，则举不胜举。

公刘先生坦言，自己是一具凡人肉胎，正像陶渊明"并非整天整夜的飘飘然"（鲁迅语）一样，也不可能整天整夜地斗志昂扬。但有一点是可以引为安慰的，我看见了值得喝彩的东西就喝彩，感到不放心的东西就说不放心，我对读者没有撒谎。先生的这些思想在其众多诗作中随处可见。

我是在赴温州途中听到公刘先生去世的传言，返汴后看到《诗刊》上的讣告，心一下子觉得奇冷。然而眼前那位耿直而充满热情的诗人凝睇于我，不许弹泪，甚至不能写一个哭字。

悼念先生，更多的是一种发自心底的感激。在与公刘先生的交往中，他的做人与作诗直接影响着我。也就是从1983年伊始，我的诗风发生重大改变，不久发表的《四月》引起同仁与评论界注意。这场自我革命一直持续到孔令更、张真宇踏上征途，我以在《北京文学》上的长诗《倒鱼》告别诗坛，依然是先生亦诗亦小说的营养滋润（公刘先生杂文、随笔、电影插曲亦写得出色）。1986年《花城》上中篇小说《崩溃的楼阁》的发表，宣告我小说创作的开端。

如今，先生去了，先生的著作和思想还活在学生心畴。天堂里已经去了好多优秀诗人，我相信，有了先生的加入，那一片缪斯的国土会多出一抹雷电火光的色彩的。

纪念先生，缅怀往事，永远不会忘记影响我人生与从文道路的诗人——公刘；华夏文学史上也注定会再次铭刻“公刘”这个美好的名字。

耿占春

我没有向耿占春约过稿。

记忆中，他好像也从来没给《梁园》和《东京文学》杂志投过稿。

第一次接触占春，是我在《花城》上发表的中篇处女作《崩溃的楼阁》的复印件由好朋友、诗人郎毛递给他，地点是在鸡公山上（后来知道，占春生肖与我相同：酉鸡，正好晚了一轮儿）。之后，并未收到当时已经有了名气的他的只言片语；我也没有过失望。

20 多年间，和占春总共也没说过几句话。倒是在欢送军旅诗人温青的一次聚会上多坐了会儿。在场的还有河南大学教授刘恪、萧开愚和任崇熹等文友。室外下着瓢泼大雨，我给温青激动地读了一封专门写给他的信，批评他作品中太多的歌唱，而诗人的家乡则是当年浸透苦难的信阳。按说，送友时是应该说些热情的话的，可我做不到。那晚，占春一直做倾听状，末了，轻轻说了句，啥时中森也给我写封信？我记住了这句话，但是一直没有动笔，只是后来委托刘恪教授捎给他一枚我亲手做的书签儿，上面写的是占春的一本著作的书名：“中魔的镜子。”事后，寻思自己如同中了魔，怎么选了这样一个内容给人做书签儿？

2009 年 10 月，和在京诗人蓝蓝相约看望老诗人牛汉先生。在八里庄等候蓝蓝时，一眼就看到路边报亭橱窗里当月《北京文学》封面要目上耿占春的名字，当即不问内容、价钱就买了下来。那是一篇译文的书评，排版很别致，文章一边留有很宽的空地儿，印刷着占春的手迹，很漂亮的钢笔字。读时，我也禁不住在书眉处写了些感受，包括买杂志时的心态。后来这本《北京文学》我当作礼物送给了蓝蓝，因为她对那篇译文中讲的民间故事感兴趣，再加上还有她熟悉的两个人的墨迹。

占春平素话也少。也许太多的语言都融入他恁多关于宗教、哲学、神话、诗歌、语言、民俗学、心理学的精妙理论著作之中了。

这些年，我过多注视的则是他的胡子。

从古至今，男人蓄须，有明志者，有炫耀者；有风流者，有下流者……耿占春的胡子，传说是为了忘却的纪念。

有了纪念一词，就很自然地让我想到了塔。

塔，用于纪念，塔都是向上的，综观占春的胡子，会自然低头联想到清澈湖水中塔的倒影，还有火炬的倒影。胡子的方向感，若笔的锋、剑的尖、枪的刺，没有指向的物质与灵魂也就失去了存在的意义。占春茂密的胡子，指向大地，指向大地深处。尽管清洁车早已冲刷干净了青石铺筑的地面，而具有记忆的、缄默的、沉重的胡子，每一根都凛然地保存着历史的血温和呐喊。

拿美髯一词形容，我以为是对占春的侮辱。

说来有些荒诞，在我运用这个绝对属于墨氏想象时，如同印度神话中帝释天宫殿上的宝网，每颗宝珠都能照见其他全部宝珠的影子，而影子又照见影子，交相辉映，彼此互摄，重重无尽，融成彻明一体的境界。这丛由角质蛋白与各种氨基酸成分组成的耿占春的胡子，时不时会成为主角取代耿占春本人而如同独立寒秋的一株悬崖松。

无论季节，占春总保持着他那学者型的浅笑，这也影响和感染着他的那植根于骨血灵肉的胡子，使得它们似乎在文质彬彬中又添加了某种蔑视的内容，以至于使得那些私下赞美占春胡子洒脱的人收敛了自己，也使得我不止一次在见到耿占春时，抚摸着自己用吉列刀片刮得精光的下巴口将言而嗫嚅。

这是一个被称为转型期的时代，各类人的社会、经济、文化变量恰如春运的站台拥挤无序，很难判断出它尘埃落定的时日。但有一点我坚信，耿占春的胡子，此生不会剃掉，也不会染烫，永葆其儒雅而冷峻的姿态，成为耿占春时代的一种特殊的标志。

顾 城

我不明白，20 世纪 80 年代初，当时已经相当有名气的顾城，每次投稿时总要带上他的父亲——军旅诗人顾工的作品。这种极不谐调的搭配，并不能表明儿子对父亲的孝敬。在写作上，各人是各人的，顾城这样的做法，反而分散了编辑读稿时的专心。

顾氏父子诗歌发表的艰难，并非因为年迈的主编坚决抵制朦胧诗，而是取决于父子作者投稿时的一些做法不妥。拆开信封，搭眼一看，这注定是辗转于多家报刊的稿件，稿纸上沿儿或右上角，松懈的订书钉洞、大头针眼或曲别针痕迹、撕去的稿签的残留以及破损的纸页，“先入为主”地给读稿的编辑一种说不出的别扭感。

诚实地说，大多编辑是喜欢阅读那些“第一稿”的。当然，文学史上不乏诸多退稿成为佳作，例如茹志娟的《百合花》、张一弓的《犯人李铜钟的故事》等。设身处地，同样作为作者的我，每完成一篇新作，也总会掂量其成色，才决定是投国家级刊物，还是省市级刊物。

回想在工厂时，当接到自己那些被退回的停留过编辑目光乃至唾渍（也有连看也没有看的，因为业余作者为了试探编辑，会在稿页间轻轻地涂上糨糊）的稿件，往往会用橡皮擦掉上面编辑用铅笔修改的文字、标点，有时还会用倒上开水的平底儿茶缸熨一下发皱的稿纸，然后重新给下一个敬爱的编辑写封“恳请斧正”的信，换个信封再次寄出。

不知是谁说过，当年贾平凹平均每天有 100 篇散文稿件在邮车上颠簸，大多也是换个信封的活计。

还好，顾城的稿子都是手抄，没有像一些作者习惯用复写纸一次复写好多份，也有打印出的，一稿多投，对于这样的稿件，编辑部一般是不退的。

出于对作者的尊重，我不会用铅印退稿签，每次都会给顾城在信笺上写上具体的意见，自然还要注意称呼上的尊卑，最后连同稿件一并退还给他（可以说整个编辑部我给作者写信是最多的）。

最终，我还是选择了顾城的一首《在陌生的街上》，发表在1983年第3期的《梁园》，排在第35页不起眼的地方，还记得划的稿酬是12元。那时诗歌20行按1000字计算，稿酬20元，给他计算高了。写诗，是不赚钱的。舒婷说过，顾城一辈子都穷，一直没有过上好日子。即便和上海女孩儿谢烨成家后，150元的稿费都成了天大的喜事，和谢烨手拉手把钱存入银行，花10元取10元。也许，正是因为精神物质的穷困，才酿成最终善良的人们都不愿意看到天才诗人穷凶极恶的惨剧。

这首8行小诗显然不是作者的上品（由于担心主编会否定这首诗，送审稿签上还特意注明："通俗易懂，寓意深刻。"）。

在陌生的街上
有许多人跳舞
跳得整齐而莫测
使我无法通过

由于长久的等待
我变成了路标
指向希望的地方
没有一字说明

附：顾工的信

编辑同志：

你们好！

我和我男儿顾城正在上海电影厂写电影剧本，从他手中读到寄来的《梁园》，我很高兴。三十年前在未熄的烽火中，我两进开封，至今深念。特此奉上两首新写的诗，请审。

回信寄："北京，总后，36 楼 4 内 1 号。"我俩将于本月返京。

问候诗友，即颂

春安！

顾工

3.7

扈珍珠

是读《水浒传》认识的这个姓，认识它时还写不好这个笔画复杂的字。

这位名叫珍珠的女孩儿，人，长得很秀丽，丝毫不沾染江湖之气。

她在城东一家工厂做团委书记，诗写得青春气十足。

那些年，城市刚刚兴起跳舞风，我也不时被拽去，只是自己太笨，到底也没学会。老实说，我不大喜欢舞场的气氛，人太稠密，空气也不好，四边的沙发我不愿坐，总觉得上面太多的“病菌”。再说，和持有记者证的媒体朋友进舞厅一律不买票的做法，始终让我觉得很不舒服。跳舞时，男士规范动作，一只手掌正好抚摩着女舞伴文胸的后围，指头甚至能感触到那上面挂钩，会有一种怪怪的感觉。

那次是在开封大学，诗友们和开大的同学在一个大教室，跟着录音机播放的音乐起舞。中间，王少华和当时还没去电视台的徐蓓一同朗诵了电影《人证》中的一段对白，俩人都很动情。扈珍珠也去了，她主动邀请我跳了一曲。我选择了溜边儿，尽量不扰乱别人。在不协调的舞步中，天真无邪的珍珠先是为我背诵了她新写的小诗，然后对我说，赵老师，人家都说我黑，我的皮肤细着哪，不信你摸一下。我犹豫了下，遂顺从地用指头在她额头那儿划了一下，说，就是。她高兴地笑了，是那种受到长辈夸奖的女孩儿开心的笑。

扈珍珠到编辑部找我的时间不多，那些年月，小城许多写诗的少男少女都爱找孔（令更）老师，甚至以此为荣耀。

1986 年 5 月，我编辑发表了孔令更转交的扈珍珠的一组小诗。其中《结局》一首这样写道：

你送我一首流泪的抒情诗
我讲给你一个忧伤的故事
你的诗没有结尾
我的故事只有开头

无奈的分手属于小说
我们就把重逢交给写小说的人
叹息完前人爱的悲剧
再写一个悲剧给后人

另一首《傍晚》中，她写道：

只要她们红唇启动
明天就有些好人走向坟墓

一诗成谶。

不久，扈珍珠率工厂青年在龙亭湖划船，不幸溺水而亡。扈珍珠刚刚开头的青春故事戛然而止。

那天上午，我和孔令更、杨超、尹清轶、徐勤等诗友，在书店街买了花圈，由孔令更口授，我执笔，在挽联上写下：

红颜真薄命
天国驻诗魂

孔令更

诗人孔令更的名字，是和“走黄河”联系着的；其实“走黄河”一词在语法上是不妥的。

1985年伊始，一个风雪清晨，我和孔令更、张真宇、王勇一道从兰考黄河东坝头出发，揭开了后来作为诗坛一个耀眼事件的序幕。

我习惯行走在队伍的末尾（这个词和我的笔名发音相似），有时会拉开一段距离，注视着前头仨人的背影和那面在风中摇摆的小红旗，会觉得这是苍茫河岸上的一群不安分的精灵。

途中走累了，大家会选择田野或堤坝席地而坐，由一人正儿八经地读一段毛主席语录（小红本《毛主席语录》是山东人王勇带来的），还会煞有介事地进行斗私批修，常常是“斗批”时真宇和王勇会互相不服气地站起来，认真摔一场跤，结果是互有胜负，然后各自拍拍身上的尘土，有时也会英雄般地抹一把出血的嘴唇，朝空中吐一口红色的唾沫，四个人继续上路。孔令更是从来不会参与这种较量的。王勇穿着红色、前后绣有长江黄河的大氅，再配上腰间的日本战刀，一路上给人怪诞的感觉。一次碰巧搭乘一辆参加婚礼的车，到村口时，车主说啥也不让我们去婚礼现场。

在此之前，我已在《中国青年报》《文学报》等报刊撰文，宣扬了孔令更停薪留职徒步考察黄河的壮举，一时成了他的代言人。我还专门把此事写信给德高望重的公刘先生，不久，先生以《没有美酒的壮行歌》为题在《人民文学》发表诗歌，等于给孔令更做了一个广告。先生把稿酬全部寄给孔令更的妻子。这期间，熟悉和真诚关注此举的人们，从精神到物质也给予他们慷慨的支持，通常都由我转达。那是一个毫无私心杂念的岁月。

我在行走到开封柳园口时决定退出，也是有意躲避一行人抵达省会后我一向不习惯的热闹。至今我还清晰地记得张真宇缄默良久后，把军用水壶里珍贵的水缓缓倾倒在干旱的大堤上，那半月形的水渍像鲜血一样让空气显得十分悲壮。我看到真宇眼眶中滚动的热泪……我也是从那一刻决定，今后不再写诗。一年过后，用郎毛（张真宇）走黄河时为我起的“墨桅”的笔名，在《花城》上发表了处女作中篇小说《崩溃的楼阁》。

一路上我用借来的120海鸥牌相机，为他们拍摄了四五卷底片，在回开封的当夜找到做摄影的朋友，冲洗了整一个通宵。剪裁后，我和儿子一道把厚厚一袋照片送到了郑州。是王勇接收的，孔令更和张真宇出席诗友的欢迎宴会去了，不在他们下榻的黄委会招待所。

他们在跋涉途中经历了不少艰难险阻，甚至遭遇过生死的考验。一路上他们不断接收过欢呼与花环，借用后来郎毛的话，有了孔令更这张名片，一路上没少吃香的喝辣的；自然也有遭冷遇的难堪，如宁夏的张贤亮就公开拒绝接待他们。

有趣的是在当年春节的第一天大清早，孔令更和张真宇宛若从天而降，给我家送来一块儿新鲜的野猪肉。

在我家的墙壁上张贴着一幅大型中国地图，上面用红线画着他们行进的路线，会在下一个要抵达的地方标一个圆圈，我总是会提前把信和钱物寄到那里。他们也会把路上写的诗寄给我，再由我寄给杂志社或报纸副刊。

一切都远去了。

孔令更从黄河归来，有好长一段日子在家乡沉默着，曾剃度、蓄须，着僧衣芒鞋，学会了自己酿酒。据传说一次吴元成喝了“孔府家酒”，回到郑州后多日面若桃花。孔令更归来后，曾出版了一册古体诗集《隐者》，还有与孟彩虹合著的《孔孟诗选》。

诗、酒、禅、色，注定浸透孔令更的一生。

后来，我主动向文联党组提议，自己从诗歌编辑的位置撤下，由孔令更担任。孔令更上了一段班后，调入创研室至退休。

孔令更“走黄河”的壮举，至今仍然是诗人圈和孔的粉丝们热衷的话题。

近日，年逾花甲的美髯公孔令更在其居住的翠园五楼破顶搭建一阁楼，名曰“牧云楼”。著名书法家王宝贵为其题写楼名。牧云楼已经成为小城诗坛一道风景，昼夜高朋满座，不时有关于黄河的平仄句子回响席间。

有一件事，让我至今心疼。

是为诗友送行的日子，仨人聚在大河掉头东北坝下的小镇。夜雨对床，小酌几杯。我素无酒量，却已达酒酣耳热、仰而赋诗的境地。

油灯忽闪几下，走进一腼腆高个儿男子，白净，大眼，谦和地就势蹲在小木桌一角的地上。令更介绍说，他是河务段上的职工。

席间，倒也恭敬地敬了几杯。此刻，我头早已昏沉，身上也不舒坦。而客人从坝上归来，夜凉热酒，如同看武侠小说才抵英雄互通姓名的地步，杯盘狼藉，恰是提供一个铺展情节的绝好氛围，客人执意要“打通关”。我自甘“堕落”，客人却不肯放过“逃兵”，一双充血的大眼凝睇于我，指名要与我对酌。他的挑战也偏偏调动起了我秉性中的那点倔强。

记得我当时好像说了一句我死也不喝；

客人挺起身子还了我一句你不喝我喝；

他走后，红瓦小屋里显得冷落了一阵。

悲剧正是在这个时候酿成的。

夜深，小院突然传出一声女人的尖叫，我们都醒了。奔出小屋，见昏暗中几个妇人追着一个踉跄的男人，空气中弥漫着很浓的农药味。很快乡亲们也闻声跑来，汇聚有十几人。那男人一时成了这幕惊心动魄悲剧中的主角，手电筒的光柱在夜空中编织成网，众人硬是追不上他。我缩在路沟边缘，似乎成了人赃俱获并低头认罪的犯人。后来大家按住了他，一边强行灌水洗胃，一边拨打急救电话……

事后，令更告诉我，从那儿以后，那人变了很多，两眼有些直，酒也喝得少了。

不久，诗友们上路了。出发那天，是特意选的一个吉日，风很大，飘着打疼脸颊的雪粒。我陪诗友行进在冰封的河面上，远处能看到黑压压簇拥着取暖的大雁。记起书上称这一段是所谓“黄河铜头铁尾豆腐腰”的“豆腐腰”处。清咸丰五年（1855），黄河在坝头附近铜瓦厢决口，酿成了历史上的大改道。我油然想到了那位河工，巡查堤防，无论风雨日夜，孤独与酒壶陪伴着他警惕的步履……

人生中，有时无心的半句怄气话，却可断送他人前程乃至性命，读罢这段经历，人们便不会以为是危言耸听。

附：孔令更诗《岁月——致中森兄》

小镇酒酣夜惊心，
芳邻醉举别有因。
坝下故事犹堪忆，
河上旧踪岂可寻。
帆阵连天影何在，
雁队横空声难闻。
当年一段风云散，
珍重岁月不饶人！

康　洁

康洁，人如其名。

那时，这位河南大学中文系的美丽而腼腆的女大学生，正如她 1985 年出版的诗集的名字“多梦时节”。诗集中，收有她在《青年诗坛》《榕花》《梁园》《牡丹》《百花园》《湖北日报》等报刊上发表的作品。

1983 年 7~8 期《梁园》我编辑她的近百行组诗《来自童年的歌》时，特意嘱托美术编辑设计了带有康洁头像的题头画。

有趣的是，大学毕业后分配到同城同院市委宣传部文艺科的康洁，把薄薄的诗集送到我手上时，两个相差 16 岁的人，是正襟危坐的市委大院不多见的穿牛仔裤的人。

康洁的第二部诗集出版，已是五年后的秋天。

这五年期间，康洁由开封市委宣传部调到省文化厅，做国际文化交流方面的工作，我曾怀疑这位单纯的女孩儿能否担当起如此重大的担子，但在电视上看到她答记者问后打消了此担忧。记得是香港著名歌星郭富城因故无法出席在郑州举办的演唱会引起舆论哗然，看着银屏上端庄的文化厅官员从容地回答记者一连串的追问的画面，我笑了。当晚，我给她写了封信。

那几年，康洁经常出国，她给我写信时，总会把在卢浮宫、凡尔赛宫、莱茵河畔、白宫、洛杉矶等地的留影寄来，这让她同样称老师的孔令更很是“妒忌”。

她在 1990 年 5 月的来信中说，在英国待了大半年，思女儿心切……

康洁女儿的乳名叫小贝壳儿。

易殿选的夫人、翻译家尚书磊说，康洁是位优秀的母亲，大量的时间和精力都用在了女儿身上。诗人艺辛回忆说，有次诗会，几个青年诗人驾舟漂流黄河，途中，铁锚抛失，长篙崩断，几个男孩惊慌失措时，白衣飘飘的康洁端坐舟中，呼唤着女儿的名字。做了母亲的康洁写诗明显少了，她几乎不投稿，以至于诗友们发出过“拯救康洁”的呼吁。

我见过康洁的女儿，是一次去省作协开会，康洁邀请我到她家。一进门，见三四岁的小贝壳儿正拿着我送康洁的拳头大的白瓷卧狐玩，赤脚趿拉着母亲的绒拖鞋满屋子跑。她骄傲地对我说，我长得忒像妈妈。端的一个可爱的瓷娃娃！康洁管丈夫叫老吕，他和康洁是大学同学，是位上进心很强的年轻人，曾远赴英伦攻读学位，目前在郑州大学教书。我给康洁的信，都是两个人一块儿读。

康洁在2003年6月曾被省委组织部选派到美国马里兰大学学习。如今，已经是省文化厅副厅长的康洁，依然没有忘记从一开始就称呼的“中森老师”，每年圣诞节都会收到她精致的贺卡。她不久前打电话说，一定要抽时间来开封看望老师，在最好的饭店请老师吃顿饭。

康洁是真诚的，这里再次借用艺辛的话，康洁的真诚“让人俗念尽消”。

那次发康洁组诗的时候，诗坛正兴起诗话热，就是在所发表的诗歌前头，有一段诗人的自白。

康洁在诗话中说：

> 大海上有充满生命欢乐的海心岛，我正是想用自己的生命构筑一座诗的海心岛，愿热爱生活的人们到我的诗中来小憩……

对了，康洁送我的第二部诗集的名字是：《永远的岛》。

李白凤

我没有见过诗人李白凤先生，甚至几回与经我约稿并编发子承父业优美文笔、在驻马店师专任教的李惟微失之交臂。但在这个蕴藏无数传奇的古城，无论是高朋满座，还是陋巷简屋，你都能听到有关那只白凤的凄美故事。

至今还清晰记得，一次在被掩埋后的惠济河畔的小院，雨苍君告诉我，20世纪50年代初期，他的恩师李白凤一身洁白，西装革履，提着棕色皮箱走出火车站，面对悬河下的灰旧城郭良久，先生慨叹道，我将溺死于此。

我不敢称此话以及先生早年其《白莲》诗云“总应该一身是胆了，我不受苦难谁受苦难”是否为谶言；而此时的先生，正是因教育部“院系调整”，偕家眷北上哈尔滨，为自己一个文学教授何以分配军事工科大学任教与将军副院长据理陈述；哪里料到将军对其“专业不对口”一句“乱弹琴”罢，遂拍桌呵斥。如此有辱斯文，先生竟以同样拍案而起，拂袖而去。也就是说，先生此行是背着黑锅“发落”开封的。

性格决定命运。不久前读到学者作家施蛰存先生《怀念李白凤》：“白凤是个坦率、耿直的北方青年。他坦率，所以胸无城府，喜怒立即形于辞色；耿直，所以受不了一点委屈……”正是如此不谐于俗的秉性，注定为其人生铺就了坎坷与屈辱。

解放战争的硝烟中，先生在国民党宣传部任副部长的侄子派人专程送来3张去台湾的机票。“我绝不同国民党同流合污！”先生这句铿锵之言，可延伸到当年任西南联大教授时，他与李公朴、闻一多投身游行示威，反对国民党独裁、争取民主自由的洪流中血染衣衫、视死如归的英姿。

1957年反右运动中，先生“名正言顺”被补了个“极右”，开除公职！学富五车、满腹经纶的学者，沦落到终日与车轮为伴，蹒跚于磨盘街、豆芽街揽活拉货；一向以洁癖闻名、风流倜傥的30年代现代诗人，混迹于檐下扪虱之辈，也算是共和国那个特殊年代的“行为艺术”的杰作了吧。

难道这就是30年代与《现代》杂志的同龄人戴望舒、施蛰存频繁交往的李白凤吗？

难道这就是40年代和柳亚子、陈迩东、田汉、端木蕻良、尹瘦石、熊佛西等携手共步从事抗日文艺活动的李白凤吗？

难道这就是经常与臧克家等人参加大学生诗歌朗诵会的李白凤吗？

难道这就是在遭遇灭顶之灾依然致力于古文字学、古史、《周易》研究，坚守书法、金石艺术创作的李白凤吗？

是他——集学者、教授、作家、诗人、书法家、篆刻家于一身的李白凤；一只被畸形历史所玷污了洁白羽毛的凤。

我将载一船好梦归去。

遗憾的是，先生是在前程看到昭苏之望之时走的。在怀念先生的时候，我还想借用施蛰存先生一句话：“他的锲而不舍的精神，刚毅不挠的志节，正反映了绝大多数中国知识分子，尽管在罡风淫雨之中，仍能孤特独立，有以自振。我以为，这正是我们国家的一股元气。”

我总感觉到，在我少年时为母亲帮车的那些日子，肯定不止一次地与一身油腻布衣，偶尔会用袖口抹鼻涕的李先生擦肩而过。

不久前，在诗云书社看到《李白凤新诗选》，毫不迟疑便买下。公交车上，读起书中第244页的句子：“夜已深深……/ 桥边有一盏灯 /（我坐在桥边的灯下默想）/ 桥，用自己的脊梁联接起大路 / 灯，用自己的脂膏照亮别人的前程。”

先生，无疑是这座城市文化的桥与灯。

李根红

1983年第6期《梁园》上我编发的李根红的短诗《献给开封的诗》，是从他那次回开封时留给我的诗稿中选出的。

我从不贪杯
只有乡情使我沉醉
何况北书店街头
还留着我的脚印……

记得那天接到一个电话，电话打到传达室。那时编辑部还没有电话，办公地点是租市文化局的招待所。电话是李根红打来的，他说本来是要到豫西采访，车到开封，情不自禁就下了车，想到编辑部坐坐。我连忙说到车站去接他，他说我最怕麻烦人，我已经住下，在二所。我和同事骑车赶到大袁坑沿街的市政府第二招待所，在一个俩人住的极普通的房间见到风尘仆仆的诗人。第二天，老编辑李怀发把李根红接到了自己家里住。

诗人李根红对古城可谓有着血脉相连的情感。1937年，他考入开封师范专科学校，接触中共地下党员后，积极从事爱国进步活动。开封不少的大街小巷留下过他贴传单时的足迹。在此期间，李根红编辑出版了一套《青春诗丛》。当时，以苏金伞为首的诗歌队伍极富战斗力，几乎掌握着开封报刊的文艺副刊。苏金伞和李根红的家，一时成为热血青年抨击时弊、抒发激情的诗歌“沙龙”。那时开封有12家报纸，每天清晨各报都争先恐后把新出版的报纸张贴在鼓楼上。

据李根红亲口说，当时开封的反动势力不甘心，他们软硬兼施，腐蚀拉拢进步文人。一年春节，亲政府的老板在“第一春”宴请李根红和另一位朋友，酒席刚摆上，老板就给每人叫来一个妓女。李根红怒不可遏，当场站起，对分给他的那位妓女说“来，咱们握一握痛苦的手！”遂拂袖而去。

1946年，他和牛汉、苏金伞等同志上了国民党警察局的黑名单，得到组织紧急通知后连夜逃往武汉。

开封解放后，李根红和徐玉诺、青勃、何南丁、姚雪垠、牛运仓、李索开、钱继扬、庞家骥、郑克西等陆续调到开封，是为河南省文联创业伊始。

决定诗人命运的，是1949年开国大典前夕，冯雪峰把李根红拉到胡风面前，介绍说这是青年作家李根红。胡风掏出笔记本，认真记下李根红的名字和通信地址，和蔼地说，以后咱们通信吧。1955年，李根红被打成胡风分子。从此，以“黄河、长江，我两行混浊的眼泪”闻名诗坛的李根红，25年不和人握手。

还接着说那天，在寺后街一家叫万芳春的小饭馆木楼临街的雅间，编辑部同事依规矩对钱为李根红接风。

酒过三巡，李根红要了碗米饭。吃饭时，诗人口齿间爆出一声脆响，席间诸编辑面面相觑。

李根红棱角分明的脸上毫无表情，没见他嘴里往外吐什么，几声咀嚼作响，喉结一阵蠕动。他抬起头看着大伙，平静地说：“我吃饭吃到沙粒，从来不把它吐出来，而是嚼碎了，咽下肚去。”

我的眼泪忍不住流了下来……

2004年6月18日，李根红在济南患急性肠梗阻住院，19日告别世界，终年83岁。

附：李根红的信

中森诗兄：

手示敬悉。

半个多月了，我应中国作协之邀至大连消暑，昨返济，拜读来信，喜甚！

在大连时与朱子奇、邹狄帆、公刘、柯岩诸诗兄朝夕相处，谈诗论文，不胜欢愉！

可能要对徐敬亚公开批评。

曾卓、流沙河到南斯拉夫去了。

对于诗，我是个小生产者，只能小种小收。

明兄（杨明，时任开封文联领导——墨桅注）近况如何？念之。

我与怀发系患难之交，好久没给他联系了，我不怕他生我的气。

敬祝

吉祥。

塞　风

8.18

李清联

“文革”甫定，河南诗坛的第一次盛会，我作为开封市业余诗歌作者有幸参加。也许是都来自工厂的缘故，我和洛阳拖拉机厂的李清联很快有了接触，开会、吃饭都爱凑在一起。第一次面对恁多大家名流，我不敢说话，总是清联大哥主动给我介绍、引荐、搭话。后来还拉上我登门拜访了河南诗坛泰斗苏金伞，这也是我第一次如此近距离地接触心仪已久的苏老。

李清联早在60年代就已成名，《浇铸者》成为其代表作，也浇铸出他颇负盛名的工人诗人的地位。

河南省恢复评定职称，考试前的集中培训，做了诗歌编辑的我再次和主持《洛神》杂志的清联大哥在郑州相聚，同吃住在省教育学院。

一次两人散步间，清联大哥吐露出他有意在图书市场发展的念头，听出来他已经有了充分的准备。记得洛阳著名的诗人、儿童文学作家、诗友间的开心果李志老师，很早就放下诗人的架子，和妻子推着车子，沿大街小巷销售图书，不知清联大哥是不是受了他的影响。

我有个观念，文人一旦全身心投入商界，会大有作为的。远的不说，我最亲近的诗友中冰、郎毛就是最好的例证。李清联也不例外，很快，他的图书生意做得风生水起，在全国图书市场都颇有影响。后来传说出了点儿事故，这期间，河南诗界好人李正品从中做了不少疏通工作（开封话叫“拆洗”），最终帮助李清联渡过了难关。我知道，这些年李正品曾无私帮助过不少诗人，而这些人往往事过之后，会装作不认识李正品。

20 世纪 90 年代，清联大哥出了一次车祸，造成大脑和胸部创伤，搁笔休养，后奇迹般康复，也迎来他创作的又一次高峰。想到这些年诗友不断传来出车祸的消息，张洪波、梅艺辛、陈有才……

要当心啊亲爱的诗友们，生命永远是第一位的，诗，不过是生命的点缀。

我在做诗歌编辑期间，开辟了工业诗专栏，清联大哥，还有刘镇、王恩宇等都是积极的响应者。

这些年，年逾古稀的清联大哥旗帜鲜明地提出“无障碍诗写”的主张，在诗坛引起不小反响。这或许是一位老诗人对中国诗歌常年受政治樊篱禁锢的一种反叛与抗争，我表示理解。不过我一向认为诗人写好诗是最重要的，无论豪放与婉约、“山药蛋”和“荷花淀”，都是后来人的归纳，没有谁事先站出来打旗号和发宣言的。

很喜欢读清联大哥的那首取名“倒退着走的人”的小诗。一天早晨，我背诵着这首只有 41 字的小诗，还真的倒退着走了一趟。这首诗，也符合他的“在诗的形式上我追求自由、开放，说大众话，说中国话，说老百姓喜欢听的话，注重他们的口语，注重他们的心态和情趣，一句话，要中国味”——

清晨　我看到
一个倒退着走路的人　后来
我又看到许多倒退着走路的人

倒退着走路的人
倒退着前进

李 双

一次开封市文联的会议，几十人参加，多是新老文友间久别后重逢的叙旧，台上领导的讲话也就显得无足轻重。

我身后有一位陌生的青年，衣服上散发着劳动后的汗味儿，中等偏上身材，红红的长方形脸膛，会让读过魏巍《谁是最可爱的人》的人想到那句“像秋天的红高粱”的形容。

当时我并不认识这位年轻人，也许与我脱离诗歌写作太久有关。

不大会儿，孔令更领他凑到我的座位跟前，介绍说，这是李双，杞县阳堌的，写诗。然后孔转身对李双说，你跟赵老师说吧。

李双的家乡我很熟悉，20 世纪 90 年代初，我参与了市政府组织工作组下乡扶贫，就住在阳堌乡政府新盖的二楼上，后来我写了 5000 字的报告文学《扶贫杂记》，发表在《黄河　黄土　黄种人》杂志上。

李双有些腼腆，说他在乡下开的音像店遇到些麻烦，有关部门要罚款，他觉得很冤。孔令更及时插话，赵老师认识报社的人，你给他说他会帮你的。说来也巧，我认识的跑县区法制口的记者朋友就坐在我前排，她家住在老市委院，上学时有空儿就跑到文联资料室看书、翻阅杂志，我常常在那儿和她聊天，她和文联的人也都熟悉。我小声唤过她，她趁势把椅子掉了个儿，我让李双一五一十地给她说了事情的过程。她在采访本上简要记了几笔，散会时，她当着我和李双的面果断地说，放心，赵老师委托的事我一定办。

不久，孔令更告诉我，李双的事妥善解决了。

打那儿后，我没见过李双，但是，他后来在《诗刊》有组诗发表并引起反响的消息我是知道的，我很为李双高兴。一次偶然的机会，我读到他的诗句：

如果风再大些
外祖母就一动不动地瘦

她用一个词活着：疼
窗户要挤进来
它后面是一寸一寸的夜

读这样的句子，心会疼。

我断定这是本土一位不同凡响的诗人，一如我看好开封写散文的任崇喜的明天，我看重写诗的李双的未来。

不久前，一位诗友驾车专程来开封看我，顺便给我捎带一册《河南诗歌2010》，里面选有李双的诗，是书中所选诗歌最多的作者。

单占生在该书的序言中说，李双的诗很似印象派的画作。题材的原生态在诗人的强力诗性感受中变得模糊，直觉与幻觉在他的叙事里失去边缘浑为一体。从诗的渊源上看，他的诗更具有意象派诗作的特点……从李双的诗中，我们既看到了中国古典诗歌艺术审美绵延力的强大，同时也看到了现代诗歌艺术吸纳传统艺术之时呈现出的强大的生命力量。

单占生着重推荐了李双十首诗中的《在无名小站》：

白色的栅栏后面　夜在吃草
夜在吃灯光的窟窿
在无名小站　我没有用手机呼叫过
遥远的土星
大地模糊　一如青草的人民

我坦白，我还没读清澈这首短诗的真正内涵，正如我还没有真正认识诗人李双。但有一点我是清楚的，在这个嘈杂的世界，大多诗人往往在日常生活中会遭遇到无奈，有意义的是，他们会把这种无奈写成诗句。

刘士林

一次在诗云书社淘书，无意看到一册装帧很特别的书，深褐色的套封上端，被压模制造出一只空碗的图形，透出封皮上的明人徐光启《农政全书》里“翻车”（车水）的图案。下面是书名：《谁知盘中餐》。作者：刘士林。

毫不犹豫地买了下来。

最早读士林的书，是他从大学给我寄的油印诗集，署名：无影。那时他也给我投稿，记不清发表还是没发表过他的诗了。真正和作者见面，已是20世纪80年代后期的事了，他被分配到开封师专教书。我去找他时，时常会忘记自己的岁数，我很乐意找士林这样书生味很浓的人玩，清贫，真诚，没有世俗的陋习。他说话的声音很低，甚至略显沙哑，这也就很容易和小城恁多习惯渲染自我的人区别开来。

当时，士林食宿都在学校，是中山路靠西学校内偏西的一所院子，墙上爬满了一种叫爬山虎的植物。听老人说，这种东西看上去好看，可根须很容易钻入墙缝以至于造成对整个房屋的毁蚀。进入士林的住室，要绕过几个弯，是一排20世纪50年代的平房，室内铺设极简单，甚至有些寒酸。正是在这样的一个地方，士林工作了整整6年，直到坊间传说士林被湛江大学聘用，并分了房子、娶妻添女、著作等身云云。现在士林真实的身份，是上海交大某学院的副院长。

同城相处的日子，也不怎么在意，士林离开这座城市的这么多年，渐次有了一种清晰感觉，这位和绍兴周氏兄弟有着相似身高、相貌，谈笑间总是一副苦涩的诗人，在开封很不得志。其实这座号称文化古城的废都，并不像宋朝时那样看重文化人，也就谈不上重视乃至重用。倒是那些个略懂文采又熟稔社会潜规则的人，常常会做官，甚至做了领导文化的官员，这反而会形成对文化和文人的制约。打住，不说这些了。

事实上士林的出走是英明的，我从网络上点击了刘士林的名字后，想想那些让我震惊的累累成果，倘若他还浸泡在原来的单位，只能是水中望月。

读朋友的书读到眼睛湿润，这些年已经很少出现。

士林书上的话打动了我：

尽管在河南度过了几乎全部的童年和青春时光，但在那里不过是一个游食者，好像从来也没有和那片盐碱地发生过怎样亲密的联系……

我突然联想到套封上的那只镂空的碗。

民以食为天，对于中国文人，往往他们不会太在意手中碗里的饭菜是不是合口味，倒不是挑食或者别的什么原因，而是文人们可贵的良知与胸怀天下的抱负。

士林的博客上有两首诗：

一

盘龙一万里，
惊鸿三十年。
临风八达岭，
不堪语中原。

二

窗下琼瑶慢，
壁上飞鸣急。
故人应无恙，
煮酒或可期。

还有一篇是父亲节与女儿的对话，禁不住抄了下来：

父亲节前夕，女儿就读的 WFL 发了一张纸页，要父亲与孩子写出自己想说的话。

女儿写的是——爸爸，你辛苦了，你天天坐在电脑（前）工作。

父亲写的是——孩子，爸爸对你提的要求是：少读书，多跑动；少在房间，多去户外；少吃西餐面包，多食五谷杂粮；少看炫动卡通东方少儿，多看科学教育戏曲纪实。

士林说到了吃，正好扣题：《谁知盘中餐》。

最后，思绪竟然返回到了士林的书套封上的那只空碗，想象中设计师是很得意他的这种苏州园林的“借景”之作：透视出古老的翻车图案；可他偏偏忽略了一只空碗同时也象征着饥饿和乞待。如此看来，士林的《谁知盘中餐》在这个物质丰裕的时代有着特殊的寓意，而这样的选题与写作自然和他诗人的经历有关。

刘向阳

黄山国际笔会将散，清晨的楼廊上，被我唤作“徐志摩”的年轻诗人，几分羞涩地双手递给我一册装帧朴素的诗集：《OUT·门外》。

那册台北出的诗集中编者按很有意思：

1. 不一定，因为不想被固定，差不多够出一本时就会出版；

2. 安心，只要我活着，就不会停刊……

空谷传声，几句白话，将出版与做人之真谛揭示得透彻而平易。刘向阳的名次恰与这一阶文字比肩。他的诗安排在第 12 页：

一洗俗虑
流水高山
人生快意
悠然一览

是品诗，纯粹与隽永间。

执白的诗人刘向阳，为笔会优雅地完成了收官一子。

附一：墨桅《在向阳家》

气候反复无常，灾难频生；而来自她的那种温暖却一直春天般地抚慰着墨，尽管向阳的母亲的岁数与墨相近，墨却分明享受着一种源自母亲无微不至的关爱啊。

生母故去已20多年了。

是上山前一天入暮时分抵达青阳的。诚邀墨的向阳早已召集一班好友在家设宴等待，都是去年黄山笔会上认识的。

翌日，向阳陪墨登九华山。是在乘车途中突然想到昨夜换下的衣服，本该提早起床过一遍水的。这一层悔意居然时不时在灵山秀水间虱虫一样拱出骚扰一阵儿。墨生肖属鸡，是个爱惜羽毛的男人，容不得灵魂与躯壳的污垢，却偏偏丢下一团汗渍的衣服于背包里！

在山顶住了一宿。登九华山的感受已是另一篇文章了。

当墨拖着疲惫的双腿回到山城芙蓉镇那座清洁小院，看到睡过的床头放着一摞洗干净叠整齐的还散发着阳光气味的米黄色牛仔裤与衬衣内裤、袜子时，他的眼睛湿润了……

墨不知道向阳的母亲是如何"发现"那掖在背包里儿子客人的亵衣的，她又是如何用手工搓洗那一浸水会发硬的牛仔裤。墨当兵退伍后，工厂发的劳动布工作服，总是母亲在院子里青色捶布石上一寸一寸用棕刷刷洗的啊。

向阳的母亲不善言谈。墨见她端一筐毛豆去了院外，就搬了个小木凳随了过去。刚要伸手，就被向阳母亲微笑着挡了过去。墨注意到她手背上明显的老人斑。

竹筐里新绿湿润的豆子在增多。

墨断断续续听向阳的母亲讲起家里的往事。她有一儿两女，向阳的父亲死于工伤，多少年也未办妥抚恤手续。立志做学者的儿子终向五斗米折腰，这个家唯一的男子汉要撑起养家糊口的重担。

向阳的母亲打扫干净地上的豆荚，默默地回到小院。

墨目送向阳母亲的背影时，注意到小院玉兰树上有洁白的花朵掩映在宽厚的绿叶丛中 。

第二天告别时，墨唤了向阳母亲一声“妈妈”。

附二：刘向阳《墨桅先生记》

有些人，不用去交谈、深入了解，就一见如故了。佛语讲是有缘。他，话不多，人娴静。估计50多岁，瘦高个，面容清癯。蠢风尊之为师，他姓赵，名中森。酒后，将我之前写的太平湖诗稿给他看，他用“唯美”二字作评。不知道什么缘故，之后他就叫我“徐志摩”了。

清晨，树下练太极拳，一身素服，有仙风道骨。上黄山，由蠢疯先生陪伴，曲折山道上，白衣飘飘，在白色的迷雾里行进，是一道惊艳的风景。不由人地想起《松下问童子》中的句子：“只在此山中，云深不知处。”我也没与他多话，只是拿镜头对他，记录下几个片段。

第二天，去苏雪林故乡桃花潭，他已经换上了火红的衣衫，配条牛仔裤，特别精神。在太平湖游船上，他一个人在底层独自欣赏着山水，时而记上几笔。红衣在绿水上，像一朵盛开的莲。听见相机的声响，抬头看我在照他，只是莞尔一笑。傍晚，他、南北、丽敏与我，在临水的亭上闲聊，坐看别人在烧烤。我们只是喝了一点啤酒，就着篝火、山月、湖水。

分别之际，让南北给我们拍了照。我的诗集尚未出版，将带去的唯一一册台湾《OUT·门外》诗刊送给了他，因为其中有我的14行诗《请柬》。分别其实是痛苦的，没说什么我便匆匆下楼了。

几天后，突然接到他的电话，问邮政编码，说是寄个东西给我。今天收到一个意外惊喜，无论如何想不到，送这么一个雅致的礼物。他将写我的几句文字，用硬笔书写在仿古纸上。书法硬朗、古拙，末尾押一枚艳丽的印章：墨桅。信中夹一名片，上面找不到响亮的头衔、职位，只有名字：中森；笔名：墨桅。闲印两方，其一文曰："煮字疗饥。"

刘海潮

一日，走在小街上，一辆黑色轿车在前面的人行道边沿缓缓停住，从车上下来一人，冲我喊了声："赵老师，你等我一下……"他迅速打开后备厢，取出一本书，等我走近，双手递到我面前："赵老师，这是我新出版的一本诗集。"

做了通许县副县长、负责文化教育口的刘海潮，继《我是你梦中的东京少年》后，又出版了他的第二本诗集。我知道他在通许做出了成绩，除了含金量颇高的"全国科技进步县""河南省职业教育强县"等，在他兼任教育局局长期间，通许县历史上第一次有学生考入北大、清华，一时成为街谈巷议的佳话。

自认识到如今，我和刘海潮之间的对话极少，坐在一起的时候也不多，但是我能感受到两个相差 22 岁的男子的心挨得很近。

海潮还在师专的时候，业余开办了我市第一家作家书店，店名题字出自书法世家陈国桢。并没有我的请求，也没有他人的提议，是海潮亲自促成河南大学图书馆一次购进 5 本我的中篇小说集《雕塑女人》。不少关注我的人是在那里读到我的书。这也启发我把当时新出版有关文化记忆的《宋朝暖水瓶》一书主动捐赠给河南大学图书馆（8 本）。

一次，几个文友在酒店吃晚饭，有人打电话想请海潮过来说话，听得出那边是一个劲儿在推辞。杨超一边儿插话，你就说赵老师在呢。提醒果然奏效，海潮听说我在，很快开车赶了过来，这件事让我心里温暖了很久。

在写这篇文章前，海潮送我的第二本诗集一直没有找到，就给孔令更打电话，吴爱娇（孔令更的妻子）说他出去了。第二天再打电话，又说他和吴广浩去郑州了。我决定不再给孔令更打电话了，我主要是落实一下海潮第二本诗集的名字；必须承认这是一种虚荣或者称之为虚伪，人家送你的书连书名都给忘了，说出来会很没面子，也是对诗人的不尊重。

我清楚记得海潮新诗集的序，是由原河南大学教授、时任开封副市长、口碑颇好的张家顺先生写的，好像还上了《人民日报》。学富五车的张先生好一阵感慨，大意是一位县级官员居然还有时间作诗。这不由让我想起不久前一位叫车延高的市级官员的诗集获全国大奖，曾引起不小的争议，有网络戏谑称其"羊羔体"。其实，如若我们国家级、省级、市级乃至县级政府官员热爱诗歌、创作诗歌，只要不是附庸风雅或者小靳庄之流，肯定是一件有益的事。

海潮的新诗集给我后，我认真读过，却记不清具体内容了，我翻箱倒柜地找它就是要重读一遍。《我是你梦中的东京少年》中的一些诗我还能记得，有些句子至今未忘。

譬如《葬礼》中：

……

小村死了人要过很多祭日

然后就吃喝一顿

吃喝一顿就把死人忘了

小村还是小村

除了村东头多了一个坟以外

小村没什么变化

读罢这首 14 行的小诗，万籁俱寂；你会从骨缝中窜出一股子寒气，暮色苍茫中，远村飘浮着从唢呐金属巷道里传出的物质的哭泣……呜呼，被红歌热情歌唱着的伟大的人民，在这里冷不防被带进凄凉、麻木乃至卑琐的现实，你会联想到封建社会被漠视的蚁民一词；可又是谁把他们推至如此境地的？偏偏这正是一位从骨子里热爱人民的诗人用汗水用泪水用血水写出来并呐喊出来的诗与歌。

刘静沙

毫不夸张地说，我对诗人刘静沙那标志性的微笑的感觉，胜似于达·芬奇的蒙娜丽莎。

打第一次见面至今，也就是说我三十好几到六十几岁，见到他时都是这样一副谦恭的笑容。从当学生到做记者，到今天成为知名网站分管新闻采编的骨干，这种笑容一直是真实的；其实，真笑与假笑，真诚的笑与虚伪的笑，今天的人们一眼都能看得清楚。

但是，我近来越来越清醒地认识到，静沙真实的笑容绝非他生命的全部表情；我总想着，静沙的笑容如同火焰的构成，人们看到甚至感觉到的大多是火焰外延的活泼与美丽，而那无声的并蒸发着冷酷白光的火的核心却是火的世界中最炽热最具摧毁力的部分。

这么多年过去，我对诗人刘静沙的印象，除了当年与他年纪一样风华正茂的诗歌，还有他大学毕业后和我的一段对话。

那天，他专程到编辑部找我，给我说了他当时的经历。

原来，国内一家著名企业的老总邀请静沙做他的助手，待遇优渥，前程无量。他说去那里考察过了，也和诚挚邀请他加盟的老总交流过，动过心；但最后还是谢绝了人生唾手可得的第一桶金的巨大诱惑，包括后来市委组织部门决定重用他前的谈话；最终，静沙微笑着毅然地踏入了他愿意献身的用诗歌与文字铺筑的清贫人生苦旅。

静沙在大学期间，我编辑过他不少的诗歌，在启动写《诗歌编辑小札》

（原定书名）时，静沙最早在我所列的名单之中。静沙大学期间，曾任河南大学著名的“羽帆”诗社的社长，在国内以及日本、新加坡发表诗歌数百首，获得全国诗歌大奖十余项。

但是我迟迟没动笔。

当我郑重告诉静沙要动笔写他时，他在纸条中这样回复我：

“诚恐诚惶。只想退到角落里，做一个不被关注的人，就像我写的《隐者繁塔》。”

于是，我按照静沙的指引，来到他的博客，静静地品读这篇文章：

“深山藏古寺”，这是一种意境。

开封城里的古寺却是另一番意境。

这是些坐落在喧闹都市中的佛寺。在滚滚红尘间、在商贩的吆喝和行人的步履间，它们状态各异，各有各的心态和风度。

闹市中的大相国寺有着皇皇的皇家威仪，开宝寺及其挺拔的铁塔则是一派轩昂的王者气度，而融入民居的古观音寺就是民间的了，它朴实、亲切，任由善男信女、平民百姓随便出入，不收取任何门票，整日里也是喧喧嚷嚷。而繁塔则是它们当中最安静的了。

繁塔是都市里的隐者。

和开封其他古寺的喧嚣不同，繁塔退坐在城市最不显眼的角落，不被人关注，好像也不关注别人，就连自己古寺的名字似乎都被人遗忘了。风动也好，幡动也好，心动也好，它却不动。

在古城南隅，它闭目合眼，端坐成另一种风景，另一种高大。

繁塔原本就是高大的。

论资历，它是开封地面上兴建的第一座佛塔；论年龄，它是开封现存最古老的建筑；论名声，它位列京都四大名寺之中；论高度，它更是当时的第一高度——在开封有句民谣，就叫“铁塔高，铁塔高，铁塔只到繁塔腰”。铁塔55.88米，而繁塔曾经是“六角九层，二百四十尺”，折算下来，就有73米！

站得太高的繁塔是易折的。

自977年开建以来的一千多年间，繁塔就因其太高而屡遭雷击，到元代已毁了两层。而又由于张扬的繁塔“王气”太重，明朝皇帝朱元璋害怕开封出皇帝而使天下易主，便下令将繁塔削掉四层——谓之“铲王气”，把王府的围墙扒掉——谓之剥龙鳞，把王府门封死——谓之锁龙头，把府中大殿拆掉——谓之挖龙心。

从此，开封最为巍峨显赫的繁塔，低下了身子，成了一个不起眼的矮子，一个红尘中的瞎子，一个喧嚣中的聋子，一尊安坐的佛。

低下了身子的繁塔，在城南一隅的角落里隐居，便有了它的安详和平静，不再能被什么打扰；也便不再关注别人，不再被别人关注。

不被关注了的繁塔，在天高地远的城南里，便端坐出了另一种高大。

视线从屏幕上缓缓挪开，我看到静沙那张熟悉的脸膛。

这一次，他没笑。

附：刘静沙的博文

没想到，我和老师竟是在博客上邂逅了。

老师给我留言：把地址给我。不明就里，我问了一句，老师也不说话。没想到今天竟就收到了老师的一封来信。

拿到信封一看，一如往常一样平易谦逊的老师，一下子便又回到了眼前——他竟然在我的名字后面落下了“赐启”的字样。

老师是我极敬重的人。这除因为他是我的前辈和诗歌道路上的引路人外，更多的还是老师儒雅的文人风度。

老师在信中说我是个做事的人、不事张扬的人，和他极对脾气。其实不事张扬恰恰是老师的风度。在开封的时候，我们一帮诗友每日有酒，动辄大醉，行为不乏怪异，诗中多有俗语。老师不同。他始终身材挺拔，衣着干净整洁，笑容轻浅迷人，始终保持着谦逊、低调、平易的姿态。

老师的钢笔字很好，很有特点，在开封的时候我专门求过。没想到老师这次竟然给我写了一幅毛笔书法，更是让我大喜过望。现在就赶紧炫耀一下吧。

老师姓赵，名中森，笔名墨桅。他自称退休，给晚报写点专栏，先后开辟《茶余集》《隔夜茶》，成为古城茶余酒后一隅风景。

刘静沙

郎　毛

对于郎毛，我似乎有说不完的话题。

我们是在“十年动乱”后省作协召开的首次诗歌座谈会上认识的。会议间隙，我俩沿着金水河堤走了好远好远，一路上虽然话语不多，但是从那时起，就已经认识到我们注定今生今世是同一条清澈的同一流向的河（尽管脚下是当时污染严重的金水河）了。

依然是行进在河堤上。

许多文章都引用了这样的话：“1985年，青年诗人孔令更、郎毛在开封诗人赵中森送别的目光里，从兰考县东坝头出发，开始了为期一年有余的河南诗人徒步考察黄河及河源之行。”

当年，我发现郎毛（那时他用原名张真宇）的诗时，他正处在青春低谷，在禹县文化馆打工的他，回到了距县城60里的故乡郭庄。他的许多激情迸发并伴随着压抑的诗歌都是在那个时候那个山村写下的。

那座干净的农家小院我不知去过多少趟了。

有年春节，我和妻子、儿子一道去那里过年。

小山村除夕之夜，第一次燃放了烟花爆竹。

告别时，村子里的人都过来送我们。一个叫国殿的男孩儿还特意赶一辆毛驴车，一直送我们到公路上。

一年秋天，郎毛在我家住，我妻子头天晚上洗了郎毛脱下的衣裳和袜子，第二天起床，郎毛没换的衣服，我立刻脱下身上的衬衣递到郎毛手上，那衣服还温乎乎的。

有年冬夜，我和郎毛的父亲同时都守候在电视机前面，等候 11 点中央电视台播放的其中由郎毛参与策划和担任撰稿人的大型专题片《大黄河》。我以为，从某种程度上讲，是黄河成就了郎毛今天的辉煌；而当年他和孔令更一道的黄河苦旅，毫无疑问最有收获的也是郎毛。

郎毛给我妻子写过一首诗。题目为：《致五层楼的女主人》。

我走了
在楼梯口我狠狠克制了自己
再没有回过头来
我怕看见你的眼睛
你的眼睛总是淡淡的
好像什么也没在意
所有在这里洗净的灵魂
都不敢说一声感激

我的疲倦
曾在这里落下一层干屑
你不经意地拂去了
看也没看我一眼
我有些轻松
又那么沉重

只有一次你成了我们中的一员
这时刻真该静止
让你失去的一切
都默默地回来

你却没想这么多

任我心跳不止
任我不着边际的渴望
在你的门口
铺成一条小路

我还是走了
没有道别
没有说一声再见

1984年冬，蜗庄

附：郎毛的话

1985年，我为了写诗而去走黄河。那是雪后的早晨，我们打着一面可笑的旗帜，煞有介事地走在河南兰考东坝头的大堤上。

赵中森，后来叫墨桅，一行人中的老大，对宋史很有研究，而且喜欢书法，这都是他自己也料不到的。

中森送我们到柳园口就回去了，他在开封《东京文学》当编辑，曾经有恩于我，所以每当我回忆往事，总是情不自禁地赞美他老人家。在走黄河以前，我就写了一些河流的诗。走黄河途中，中森疯了般把我的诗歌往杂志社投寄，有发表在《中国作家》上的《黄河新注四题》，还有《平原上的太阳》。他真的是一个很有责任感的人，很细心，我的旅游鞋、鸭绒袄都是他和朋友筹措的。这是一位经常会让人热泪盈眶的好人，使人想起春秋时代孔子夸子产的话：这真是古之遗爱啊。

我越来越以为中森是很有一些乌托邦情怀的。他希望在僵硬有时免不了邪恶的体制外面，建立起一种高度个人化理想化亲密无间的友谊，这种友谊是超越世俗的，像是久远的古代的遗存。所以他常常碰壁和伤心，这也是他的脸上早早就刻上了不和谐的皱纹的原因。我相信我也曾经使他伤心，但事实证明他在不断地原谅我。这使他越来越拥有长者之风。

郎毛

蓝　蓝

写信的时候，总习惯写成兰兰。

其实应该是蓝蓝。“小园曲径，幽兰微馥”绝不适合她，就蓝天白云的那个蓝。

和蓝蓝第一次见面，是她来开封找诗人孔令更。孔令更因著名诗人公刘的长诗《没有美酒的壮行歌》迅速走红诗坛。那时节全世界找孔氏的人到开封都是先找我（孔令更至今仍不好找）。我们就坐在孔府楼前路口的马路边上，蓝蓝说，中森老师你负责注意孔老师，我给你唱支歌，是不久前在窑洞里跟陕北婆姨学的。暮色中，蓝蓝凝望城堞夕阳开口唱了，虽是小声哼唱，却丝毫没有打发时间的敷衍。歌声充溢着黄土塬上的苍凉凄婉，连歌词中的方言俚语也字字唱得鲜活。我被深深震撼着……

土窑、热炕上农妇的民歌能深入精髓，对学歌者分明是一种检验。著名评论家耿占春有句话正好借来：“这不仅仅是蓝蓝一个人的歌声，这是一切经历磨难的、悲伤而高贵的生灵从永恒的寂静中传出的悠远的回声。”

后来孔令更回家，听妻子说有人找他，折回路口发现了我们。

蓝蓝告诉我，一次回老家看见换衣服的母亲瘪垂的乳房，她痛哭了一场。还有一次，省会文友聚会某酒店。蓝蓝去一趟洗手间，因一16岁小女递巾、开门等周到伺候，重返席间，她伏在桌上大哭，惹得呷咖啡的一堆大男人们好一番嘲笑……

我妻子知道胡蓝蓝人好，得知她添了双胞胎后，起早贪黑为蓝蓝的孪生女儿织了两件粉红色的毛衣，托儿子的同学捎到郑州。如今蓝蓝的一双女儿考上了大学，她仍保留着这两件小毛衣。

有次去省作协开会，和蓝蓝对话，不知怎的说到德拉克罗瓦，蓝蓝说我不喜欢他。有意思的是，2012 年春节读刘向阳转载纪念木心的文章，木心先生也不喜欢德拉克罗瓦。我没问缘由，但由此我知道蓝蓝是位爱读书的女子，而且书读得博深，我书架上有好几本书，都是她为我推荐的。记得一次访问，蓝蓝不在家，她的姨母告诉我，楼上全是书。我很想上去看看，最终没有张口。

2005 年《星星》诗刊这样评价蓝蓝：

> 从某种意义上说，蓝蓝是一个无可争议的诗人。在当代众多活跃的女性诗人，以各种“缺陷”的锋芒为人所诟病或激赏时，蓝蓝却以技术上深入的现代主义理念、中国传统诗教中的“良女”形象，获得了诗歌姿态上的两全。她的诗歌敏感、克制，偶尔的放纵与常态的和煦相互守恒。作为一个生活在现代都市的职业女性诗人，她诗歌中最富色彩的部分，却来自少年时代的乡村生活风景：“蝶翅在苜蓿地中一闪 / 微风使群山猛烈地晃动”，这种对于田园幻象的沉湎，使她保持了基本的心灵润泽。但这似乎还同时意味着，她在有意回避着尖锐，以“让我接受平庸生活”的姿态，掩盖了内心深海中湍荡的涌流。

这种判断的根据同样来自她的诗歌，在她大约是即兴为之的《写给矿工》这首诗作中，诸如“你的黑减弱了黑的幽暗 / 作为剩余，你却发出真正的光芒”——这种不经意中突然的心灵放电，应该正是她的诗歌资质中真正的光芒。

附：蓝蓝《记中森先生》

中森先生写诗，也写小说，笔名墨桅，开封人士。

忘了是哪一年认识他的，很久以前了。他高大清瘦，不太说话。但有一次他很认真地跟我说：我妻子是个非常好的人，我特别尊敬她。

他又跟我说：郎毛是个好人，爱农民，关心农民。

郎毛我知道，是个诗人，徒步考察过黄河；耿直，善良。中森先生开会出差曾专门到郎毛的农村老家去看望他上年纪的父母。郎毛走黄河时，他就是默默无闻的后勤。

在先生的嘴里我听到过不少诸如某某是个好人这样的话。但也有例外，他曾写过一篇文章，写的是他目睹某位著名女作家抡圆胳膊，抽了一位年纪能够做她母亲的老保姆一记耳光的事情。“她是坏人！”中森先生对我说。

我知道很有一些人怕他，也恨他，因为他总忍不住要说真话。大诗人布莱克说：随时准备说出你的心里话，那些卑鄙的人就会躲着你。诚哉斯言。

现在是互联网时代了，朋友们几乎都用电子邮件替代了写信，中森先生是唯一坚持用笔写信寄给我的人。某次，做了东北某出版社总编辑的张洪波对我说，他希望能够有一封中森先生亲笔写的信做个纪念。总编辑没有忘记，当他还是个初学者时，是中森先生编发了他的作品。总编辑那天喝了点酒，说完话眼圈有点红了。我懒，慢慢依赖电子邮箱，心里总希望先生有一天也上网。

我收到过他精心手工做的贺年卡，手工做的画，手抄的我的短诗，裱在一个朴素的木框中。

早年我曾经陪他看望过病中的苏金伞先生。

我在牛汉先生家见到过他和他的学生蠢风合作的“七月流火”木刻。

他曾托我给从没有见过面的朋友捎书、捎信。

他扶持过许许多多不知名的业余作者。至于慷慨解囊帮助别人，那就无法算计了。

我保留着他给我写的所有的信件，字迹工整，一笔一画，一如他的为人。

我要说：中森老师，您是个好人，我尊敬您！

雷雨川

龙年2月的一天，阳台上很暖和，织毛衣的妻子从我身后经过，我叫住她，给她读了一位叫严黄的博友的文章，题目是《情人节的核桃》。

故事大概：邮局特快专递柜台，一年轻小伙子提一塑料袋东西，东西倒盒子里，是两斤多核桃。过完秤，服务员说快递费要36元。严黄笑着问小伙子，核桃到处都有卖的，你这核桃快递寄去，价可高了。小伙子笑着回答，没办法，女朋友非要我买给她吃。看他说话的神情，充满了快乐和幸福。严又笑着问：如果是你妈妈要吃，你会这样做吗？还未等他回答我，正在忙着封盒子的邮政大姐说：他妈肯定不会要他这么干的。

妻子笑了，说：就是……

我，却突然愣住神儿，久久没有再说话。这寄核桃的故事，让我想起一个人，一个写诗的年轻人，他叫雷雨川。

在百度上点击出“诗人雷雨川”，没有他的任何信息。

我忘不了雷雨川，这名字本身就是诗与歌。

雷雨川写诗的时候还很年轻。原谅我忘了他的工作单位，1983年3～4月号《梁园》杂志上，刊登了我编发他的诗《狩猎人》，作者前面，注明“洛宁”。其实用不着注明，近30年过去我依旧熟悉洛宁这个诗意的地名儿，知道雷雨川，仿佛雷雨川即洛宁的象征。

我相信雷雨川恐怕还保留着当年赵编辑给他写的信呢。那年代，作者和编辑的关系很朴素、很亲切，不像现在，作者发表作品要交不菲的版面费。

写那封信之前，雷雨川给我寄了一袋核桃，四五斤的样子。我倒是没有像往常那样生气，而是到街上打听了水果店核桃的价钱，用买五斤核桃的钱，上新华书店给雷雨川买了几本诗集，今天能记住书名的有《聂鲁达诗选》，厚厚的。寄书的同时，我给雷雨川写了封信，信的内容里有责备的意思。

不久，雷雨川回了信，信上说，那核桃是自家院里树上长的，是他乡下妈妈亲自搬梯子在树上摘的。读着信，我心里涌上一股股酸楚，觉得自己错怪了单纯的雷雨川，也对不起诗人勤劳善良的母亲。

今天，重读雷雨川的诗，依然有着当年的清淳、质朴、真实。

出猎。枪梢挑一轮夕阳，
火样的晚霞烧红他的面庞；
黄毛狗跑在前面引路，
跑来跑去，舌头伸得长长，
晚风送来丝丝清凉，
他把火药压进枪膛……

我想，那位快乐的狩猎人，会是诗人的父亲，或者就是雷雨川本人？

原谅我好吗？雷雨川，宽恕赵编辑的错误，就当它是狩猎中的一回走火。

真想余生去一趟洛宁啊，寻找到雷雨川。

或许，见面后，俩人小酌间，诗人翻出那发黄的信，用灶火点燃了，噗噗的火苗儿映红了俩男人的脸膛。我猛然发现，当年风华正茂的诗人，鬓角已经有了霜霰。还有，他家院子里的核桃树果实累累……

我的眼睛早已湿润着……

孟应灵

20 世纪 70 年代末的一天，我正在车间摇臂钻床旁做工，车间后勤干事走来，说宾馆有人电话约我。会是谁呢？来不及回家换衣服，就穿着那身洗得发白的工作服，骑车前往宾馆。

那是一幢仿古建筑的青砖楼，走廊很长，铺着火红的地毯，我生平第一回走近这织物，穿着溅有冷却液的球鞋，胶底沾有铁屑，我不敢踏上那高贵的地毯，就溜着边缘的水磨石地面朝前走。地上打有蜡，很滑，几回险些跌倒。快接近那扇约定的门时，一个趔趄，就在我几乎要跌跤的那一刹那，从那早已启开的门内伸出一双手臂。

是孟老师。当时孟老师是《奔流》杂志的诗歌编辑。

进屋后，孟老师为我倒上一杯茶水，就在雪白的床单上铺开了我前不久投寄的叙事诗诗稿《裹蜜的盐》。他认真地指出哪些段落需要修改、调整，哪些可否删去……

他递给我几页稿纸，我一边听一边记，有的地方当场就改好了。后来我想，实际上这些活儿在编辑案头就可以完成的，这是一位优秀的老编辑对一位业余作者的看重与尊重。如今，这样的编辑恐怕再也见不到了。

天色渐暗，孟老师打开了台灯，屋宇亮了，也照亮了我的心扉。一个下午就要过去了，那篇诗稿再读时，已如同除去芜杂的田畴，诗句间扑出令我惊喜不已的清馨与流畅。

孟老师让我再抄一遍寄他，还夸奖我字写得好；最后又笑着叮嘱我说，快发稿了，要快啊。

握过手，我们便在薄暮中告别。走出好远，我回头看见孟老师还站在宾馆楼前台阶上，不停地朝我挥着手，我的泪水无声地流了出来……

一年后，我调到《梁园》做诗歌编辑。

我发誓要做个像孟老师那样的编辑。

又一次，孟老师来开封组稿，还是住在我们见面的宾馆。那天，到了晚饭时候，在座的好几个作者要请孟编辑下馆子，孟老师都一一谢绝了。宾馆与我家对门，我妈听我说过孟老师扶植我的事，来宾馆前嘱咐我一定要请孟老师到家坐坐，留他吃顿饭。我清楚记得妈炸的绿豆面丸子，做成汤，放入芫荽、辣椒、醋、小磨香油。孟老师像自己家人一样，吃得满头大汗。他管我妈亲切地叫大娘。

做编辑后，我曾向担任《莽原》副主编的孟老师几次郑重约稿，他除了写信鼓励我，没写过一篇文章一行诗。后来却隆重推荐发表了我的中篇小说《白石榴》，还在报刊广告列为要目。

我每年春节临近，都会给孟老师寄一张精致的贺年卡，也不断写信汇报自己的读书与写作，孟老师都会回信。孟老师发妻病故，续弦后搬入新地址，贺卡信笺老收不到，来往也比以前少了，有时会通电话。就在我写完这篇文章后，我给孟老师打通了电话。孟老师笑语朗朗的声音一点也没变，他说今年已经 80 岁了，身体没有大毛病。我衷心祝愿孟老师健康长寿！

记得那年我去郑州办事，公交车上远远看到过孟老师的身影。刚下过一场雨，他正俯着身子在湿地上抠爬叉（蝉蜕变前的幼虫），年过花甲的老人犹如天真村童。

附：孟应灵老师的信

中森：

全家好！

10 日、20 日信收到了，勿念。

文联编辑部的职称开始最早，结束得最晚，现在还在搞。验收还要等一些时日（听说 25 日来验收，不知准否）。我和殿选去年都通过了，殿选是中级，我是副编审，但都没有验收，还不能算数。

今年文学创作都很不景气，没有什么轰动之作。所以，你不打算以此挣钱，也就不要急着赶时髦，还是一步一个脚印好。明年若有新作盼寄来。

令更的诗歌茶座是什么性质的？营业性的吗？有没有企业做后盾？这种茶座谈文艺可以，千万不要多介入政治，不然容易惹事。我们顾虑可能太多了。

你要的刊物，我只找到了一本，先寄去，请查收。

《莽原》广告现在价格是这样的，封底 3000 元到 3500 元彩色，可以带个报告文学（限五六千字），黑白封三、封二是 2000 元至 2500 元。明年价格还没有最后定。你若有目标，可与他们谈，到时再具体联系。

草草就此。祝你全家安好！

一切愉快。

敬礼。

应灵

10.24

马新朝

多少年了，新年每寄贺年片，我时常把“新朝”写成“新潮”，记得一次在寄语栏用毛笔写了“心潮逐浪高”。其实，温厚勤恳的新朝不是赶潮流的那种诗人。我对南阳人有种坚固的认识：厚道。交往的南阳诗友除了马新朝，还有周熠、廖华歌、王幅明、何弘、田玉强（田桑）、张克峰、王俊义、胡述范、尹清轶、王小萍（青青），以及散文家周同宾、小说家程韬光等。

《爱河》是马新朝出版的第一部诗集，也是他赠送我的第一部诗集，那是1988年的7月。后来还有《青春印象》《黄河抒情诗》《乡村的一些形式》……其中《乡村的一些形式》里的一些组诗在《东京文学》上发表过，我既做编辑，又担任排版、插图。一次新朝打电话告诉我，由我编辑的他的一组诗获了奖，我很高兴，仿佛自己得到了奖赏。

那年我去京津探亲，在郑州小驻，托在省会做事的兰考诗人李锐锋买火车卧铺票，锐锋引领我去金水路看望新朝。

当晚，新朝在自己家招待诗友，记得在座的还有申爱萍、杨吉哲等。新朝妻子做了一桌好菜。席间，我话不多，总是小我好多岁的新朝细心地照顾我，并主动引些话头，不让我尴尬。席散，又是新朝亲自送我到楼下，赶到路口叫了一辆出租车，并抢先付给司机充裕的车费。

回想起来，我和新朝真正意义上的对话不多，见面也少。十多年间，最近一次是2010年4月漯河作协南豫见主持的“河南作家看临颍”，住在南街村，几天统共也没说上几句话，甚至没有一张合影。但是每每走近新朝，总感觉到有一种温和的气场，即便他做了文学院的领导。得知他荣获了“鲁迅文学奖”，我真心地为他高兴。

我做编辑时，向当主编的新朝推荐了两位青年业余作者的作品，他都很快采用了。而且，后来证明这些省级刊物发表的作品着实改变了其中一个人的命运，这自然是马新朝的功德。那位已经走向成功的青年，至今仍念念不忘《时代青年》杂志和一位叫马新朝的好人。

附：马新朝的话

这是开封府中森兄写的诗人系列文章之一，看后让我感动。从中森兄这里我才知道什么叫：君子之交淡如水。

新 朝

2011.8.18

苗得雨

1983年年底，石家庄《新地》杂志诗歌编辑刘章老师向我约稿。我寄上了两首诗：《四月》和《眼睛》，后一首是写牛汉的。

30年后，石家庄的朋友邀请我去玩，见面后我提出要看望刘章老师，朋友说刘老师的病很重，医院不让探视。我没说什么，只有默默祈愿让我的作品第一次刊登《诗刊》的刘章老师健康无恙。

1984年5月，《四月》发表在《新地》诗歌专号。

诗有题记：

四月牡丹诗会后，中国当代诗人严辰、牛汉、公刘、曾卓、蔡其矫、郭风、青勃等乘兴赴汴观赏黄河，时遇七八级大风并雨。

四月赏花
四月听涛
四月观风
四月诗人仰天笑
笑狂风吹散两袖花粉
笑大河馈赠一身黄袍
笑坝头飞沙折了树梢
笑堤坡冷雨绿了小草
笑渡口乘客展览表情
笑浪里船工赤膊点篙

笑得返老还童，手舞足蹈
而我的心啊
却分明在哭
哭他那新装的假齿
哭他那霜染的鬓角
哭他揩笑出的泪
哭他捶隐疼的腰
哭他贴胸的衣袋啊
一边插写诗的笔
一边装急救的药……

四月，正是该笑的日子
泪却像盐一般泛潮
笑是泪的结晶
哭是笑的襁褓
哭是舟
笑是桥
最悸心的岁月啊
诗人不哭不笑
啊
四月花娇
四月风俏
四月不老
四月诗人风华正茂

很快，老诗人苗得雨先生对“诗专号”发表评论《这多浓烈的味道》，评雁翼《夜进石家庄》后，紧接着便是我的《四月》。有趣的是，先生不足400字的评论，居然几乎引用了全诗，我想这在诗歌评论界是鲜见的。

1995年5月，先生给我的信中，说到那次评论：“有人写评，只评名家或得过奖或被别人赞扬过的，也有的只评朋友的，甚至有的权威评论家也画圈子。我很不赞同这种风气。为什么不能广泛团结呢？为什么胃口那么窄呢？为什么自己定框框或被别人的框框左右呢？”不久，先生从济南给我寄来新著《苗得雨文谈诗话新编》，其中收集有评论“诗专号”的文章，还夹寄来墨宝：

有钱难买五月旱　六月连阴吃饱饭

——和中森同志《四月》

1932年出生在山东沂南县的苗得雨先生，12岁开始写作，曾被延安《解放日报》誉为“孩子诗人”。不久前震惊文坛的“沂蒙系列小说”作者、军旅作家苗长水，是苗得雨先生的儿子。

我曾向先生几番约稿。

1996年第1期《东京文学》发表先生《与老所长丁玲合影》。文章讲述先生青年时期参加文讲所（相当于今天的鲁迅文学院）期间，得到丁玲所长关爱的温暖往事。在编辑这篇稿子时，我了解到50年代那场声势浩大的针对丁玲“一本书主义”批判的起因。

丁玲的原话是：“一百双皮鞋不太好，我们可以凑乎穿，可是作品，我们宁肯要一篇好的，也不要一百篇不好的。”又说：“一个作家，如果一辈子能写出哪怕只是一本好的、有用的书，也是好的。”这分明是一个有良知的作家强调文艺作品质量的重要性，哪里寻得“大右派”“大叛徒”丁点儿的阴影！再联想当今文学创作，每年数以千百计的长篇涌向市场，又有多少是可以“凑乎”着看的有价值的作品呢？

丁玲的遭遇，让人们想到共和国相当长一段时间，政治文化领域确实有过捕风捉影、断章取义、借刀杀人等恶劣现象，而这一切在中国封建历史中又是屡见不鲜的。

感谢苗得雨先生还人民作家丁玲一个真实，也很荣幸和先生有过这样一段有意义的交往。

梅艺辛

习惯了免去尊姓，直呼其名：艺辛。

艺辛，是中原诗坛出了名的美男子。

我想，凡是出席过洛阳牡丹诗会的中外老中青诗人，都会记住艺辛的。

我的书架上存有艺辛亲手赠送的诗与散文诗集《青铜平原》《时光耳语》。有年在省作协开会，几个对脾气的诗友结伴逛街，远处有个书店，艺辛小跑几步，从书店出来，把刚买到手签过名的他新上架的《时光耳语》递到我手上。艺辛没有说话，我也感动得一时无语。

艺辛一向就是这样为师长、朋友做事的。

这里还有个笑话：

第一届牡丹诗会，白天赏花游城过后，年过六旬的公刘和牛汉，不堪劳累，身体出现了不适。当晚，艺辛像晚辈一样护送两人到洛阳市直机关门诊部看病，接待他们的是一名年轻的值班护士。她并不知道眼前这两位白发老者是中外闻名的大诗人，在登记病历时，她询问公刘和牛汉两人的姓名。两人老老实实地回答："我叫公刘。""我叫牛汉。"小护士听完他们自报家门，立时惊异地瞪大了双眼，仿佛见到了外星人似的，随即乐不可支地笑了起来："什么？公牛？流汗？呵呵呵……你们、你们怎么叫这么怪的名字？"艺辛正要上前开口解释，无奈小护士笑得怎么也收不住了："笑死人了，哎哟喂……"小护士捧腹大笑，再后来笑得直不起身，笑得流出了眼泪。公刘和牛汉在小护士天真烂漫的大笑中，也觉出这场景非常"可乐"，不由得也笑出声来。还真别说，这一通笑过后，两人身上的不适感顿时减轻了许多。

这一届牡丹诗会，我也收到邀请。

走出洛阳火车站，第一眼就看到迎过来的艺辛，同时，我也看到那张英俊热情的脸庞上明显疲惫的神色，30 岁出头的诗人，张罗如此盛大的诗坛活动，他要付出多少心血啊！那一刻，我很有感触地联想到他的名字——“艺辛”。

告别诗歌后，我主要从事中篇小说的创作。进入新世纪，我一改小说家王不天所说的我的“洋气”，注重写法上的民俗性。第一次尝试描写反映朱仙镇木版年画人家生活的《快活门神》，让孔令更看了我手抄的 20000 字的小说稿后，他说，给艺辛看看吧。不久，以艺辛为主编的《牡丹》便把《快活门神》作为小说头题发表。

记得艺辛在电话中对我说，刊物出版后，洛阳的赵跟喜等一帮诗友向艺辛打听《快活门神》的作者墨桅是谁，艺辛快乐地告诉他们，墨桅，就是开封原来写诗的赵中森啊！

后来，听说艺辛在一次笔会中出了车祸，我居然很挂念他那张英俊的脸庞，所幸没落下伤残。不过许多诗人文友告诉我，车祸过后，艺辛诗风骤变，注重向传统文化的深处开掘，赞同“新古典主义”创作手法。他的组诗《一个人的歌唱》在《中国作家》发表，表现出现代都市人对山野、自然的怀念和向往及强烈的环保意识，受到诗坛广泛好评。

祝福艺辛和他经营的《牡丹》健康发达。

牛　汉

发给诗人蓝蓝看望牛汉先生的邮件，居然是从斯德哥尔摩回复的。她正出席一个世界性的诗歌活动。我人很笨，上世纪看望苏金伞老诗人，也是请蓝蓝带的路。

9月26日，我按照回国的蓝蓝在手机信息上写的详细路线，先地铁，后出租车，比约定时间提早赶到了先生居住的北京城东南的八里庄。

八里庄生活区门口的“庄”字早已脱落。在出租车上司机告诉我，这里原本就是村庄，种有大片的庄稼和蔬菜。司机说这话的时候，我觉得那大片的农田地头，肯定会种有或野生着向日葵的。

蓝蓝过马路时，她怀里抱着五棵一米来长开花的向日葵，这是年轻诗人特意献给老诗人的礼物。我看到那细密金黄的花瓣儿，惹得心头一阵子热浪翻滚。就在我的挎包里，同样有着沉甸甸的向日葵啊！

说来话长，那是20世纪80年代后期，洛阳林坚女士寄我一首牛汉先生的新作《虔诚的头颅》。由于追逐商业利润，发行几十万份的《东京文学》上刊登的多是粗制滥造的色情警匪内容，我一生敬重的先生高贵的诗歌，怎能发表在如此泥淖之中？

20多年过去，作为当年的诗歌编辑，我用优质的白色铜版纸虔诚地抄下先生的诗句：

十月的田野上
太阳已经沉没到地平线下

我看见路边一棵向日葵

朝天边的晚霞

深深地垂下了头颅

我异常地感动……

……

在先生的诗行右上角空白，我布置了一束珍藏的康乃馨标本，它褪去本色后的苍黄，也许比它美丽时更富有色彩。最后我选择了雪白色镜框，用红锦黄绣铺底儿，衬托着先生的诗抄。这是我专程带来敬献给即将到来的先生86岁生日的礼物。

牛汉先生长我22岁，我大蓝蓝22岁，仨人居然不约而同地携手步入向日葵的原野。这，我笃信绝不是一种巧合。蓝蓝在10月10日给我的信中说到了向日葵：

这种植物不可能长在温室，它比别的花要求更多的泥土和阳光，要求着田野自由的风。我没有想到你送牛汉老师的礼物也是“向日葵”。看来，我们对生活的热爱还没有绝望，在这个逼仄狭小的时代，依然会有一小块儿地方存放人间的温暖和牵挂。

诗人蓝蓝总能从生活的细微处提升出认识的高度，这是我做不到的。

在牛汉家里，先生赠送了我他新出版的书《我仍在苦苦跋涉》，当场题词：请——中森文友评正。

蓝蓝说要请老人吃饭，趁老人去洗手，蓝蓝悄悄告诉我，说先生喜欢吃肉，要找附近一家好点的饭馆。

走出老人布满书架的住所，路过一栋楼时，老人有些沉重地指了指上面，然后对我和蓝蓝说，绿原住这儿，我们俩不说话了。听了这话，仿佛是在听邻居家一个刚刚和同伴儿拌嘴、打架的男孩的委屈诉说。我和蓝蓝交换了一下眼神，说不出内容。

绿原，这位杰出作家、诗人、翻译家、编辑家，在我看望过老人的第二天平静去世，享年87岁，比他的这位耿直倔犟的邻居大一岁。

过了马路，要上人行道了，我赶紧上前一步搀扶年逾80的老人，不想遭到拒绝不说，他几乎是甩开我递过去的手，脸色还漾出一丝不快。起初，我还担心这个插曲会影响饭桌上师生间的气氛，很快老人就谈笑风生，大杯饮酒，大块吃肉。

在返回宾馆的地铁上，思忖老人两次拒绝搀扶的原因，其实再简单不过：拒绝服老。继而想起不久前在长途电话里老人孩子般的口气大声说："这本书就剩 5 本了，一定得给开封的中森寄去！"

书，从勒口到内文，在寄我之前，30 万字著作，老人亲自动手改了 7 处错别字。书中有这样一段话："牛汉没有变，他就是这样走过来，并且一直要走下去的：在厄运面前，他直直地站着，拳头攥得嘎巴嘎巴响；在乡亲乡土面前，在诗神面前，他总是低低地垂下他沉重的头颅，表示一个游子的感激和思念，表示一个诗人的愧疚和虔诚。"

那部书的名字为：《空旷在远方》。联想到 30 年间，自己与老人形成的空旷，当是一种远，更是一种近；这种远与近，近与远，是绝非能够用语言所表达的。

后来蓝蓝写信告诉我，"这次看望牛汉老师，和去年相比似乎衰老了一些，但他眼睛里的睿智仍然能透出一道美丽的光芒。他的天真令我快乐！尽管这天真也几乎不见容于人间了。"

蓝蓝这里说的天真，在场的我也有着刻骨铭心的认同。我知道有许多内容是直言不讳所形成的浩然之气，已经在荡涤着我那多少已显得浑噩的胸臆，催人清醒，给人振奋，收获旷达！

那是 1983 年牡丹诗会后的黄河岸边，柳园口风雨长堤上，聚集着几乎中国所有重量级的老诗人，他们或交谈，或接受采访，唯有先生独自走向黄河。在陡峭的堤坡，他同样用拒绝我搀扶的手势，步履沉重地踱向波涛汹涌的河岸。我不敢打扰先生，始终与他保持 10 步左右的距离，能感觉到潮湿的空气与飞溅的浪花在簇拥扑打着先生高大的身躯，他脚下大号的解放鞋踩出的水洼已浸湿了鞋面。那天，我跟随着老人，有时我会虔心踩着老人在湿润沙滩上留下的脚印，我的脚在那双解放鞋踏下的两行巨大的脚窝下，显得瘦弱、肤浅。

我似乎感触到了一米九多的60岁汉子脸膛上在滚动着热泪……

悬河下的开封，是先生曾经战斗和流血的热土。在女儿的襁褓边，先生的长诗《血的流域》墨迹未干，国民党的警车正驶向他作为地下党掩护的东大街小开书店。在不时塌陷的河岸，他曾用棕黄色的河水冲洗过牺牲战友的尸体……

我提及当年，先生说，我至今还很感动，也感谢你。

……

这棵向日葵完成了它的一生
失去灵敏的知觉
它的虔诚的头颅
因久久低垂而石化
永远不会再竖起来
我异常地感动……
当人们把这棵枯干的向日葵
从冰冻的土地里挖了出来
它的低垂的头颅多么沉重啊
数不清的生命的籽粒洒落着
像一串串命运的泪滴
我异常地感动……

我还清晰记得先生说过的话，他高耸的头颅内，曾因被击打而淤积着血块，他的头很沉。颅内血块压迫神经，致使他成为一个终生梦游病患者，这也使得先生时常处于恍惚中，分不清是在写诗还是冥冥中的梦游。但我坚信，此刻行进在如同先生血脉一样奔腾不息的黄河沙滩上的牛汉，这位一生都没有脱掉过汗味、土味、牲口味、血腥味的蒙古族汉子，他那垂向母亲河的虔诚而沉重的头颅内，正跋涉和澎湃着诗的大潮。

上午的阳光穿过敞开的阳台门，洒在矗立的向日葵上，为它镀了一层透明的光晕，正好与坐着的先生宽厚的身子融为一幅灿烂而和谐的画面，偏偏带来的数码相机电池告危，这不能不说是一种遗憾；可铭刻在心田的拥有先生和向日葵的画卷，谁又能说不是一幅永不褪色的丹青逸品呢？！

2013年，9月将尽，得知牛汉先生病逝的消息，当时我正处在失去父亲的悲痛中，但我还是决定到北京去送一送像父亲一样敬爱的先生。给先生厚爱的洪波打电话，关机，想着这些日子正是他奔忙的昼夜；蓝蓝的家在昌平，她一个人带着两个女儿，不好麻烦她，给她打电话询问追悼会的安排，蓝蓝知道我父亲百岁去世的事，建议我不要来北京，她会代表赵老师向先生表示哀悼。

那棵高大挺拔的向日葵
那棵贮蓄了那么浓烈的血与火的芬芳的向日葵没有倒伏
他依然是那么的雄浑和美丽
在秋天的早晨
他颗粒饱满的果实上挂着明亮的露水
白鹤与苍鹰萦绕着他伟岸的身躯飞翔着
他，只是低垂下虔诚的头颅
与相连着伟大生命的大地在无语的对话……

附：牛汉的信

中森、令更同志：

你们好！我一直记得你们，不会忘记的。我当年去河南的时候，比你们年龄还小，那时只有二十二三岁，诗里几乎浸透了血与泪……

年轻人的诗，应当多写直面人生的热腾腾的、强健的诗，用太阳风那样的气势，它能把天际冰冻的星星吹成彗星。

不停地写下去，紧紧地用心胸贴着生活——即使生活尽是荆刺、尽是瓦砾，也要扑上去，没有扑上去的受伤的痛苦，就捉不到真正的时代的精髓。写诗就是献身于生活与理想。

我今年一定写点诗或文给《东京文学》。开封是我年轻时献身的地方，我的女儿出生在这个城市，我的战友牺牲在那一带。去年我回河南（指 1983 年牡丹诗会——墨桅注），心情十分沉重，我想得很多，我想的与当时别的诗友都不一样。我相当孤独。

去年冬天，我去大西南转了两个月，写了一些诗，都平平无奇。这个月十五日赴广东从化，为期一个月，四月中回京。如有新作，一定寄你们几首。

向开封的年轻朋友们致敬！

祝

笔健。

牛汉

3.6

南　丁

我手头没有南丁先生一部著作，乃至一行文字。

本来会享有先生一段文字缘的。

1987 年冬，编辑部主任李怀发委托我到省文联，请南丁主席为新年第 1 期杂志的《光山县小说专辑》写篇文章。

在省文联二楼某屋，我把装有厚厚稿件的档案袋递到南丁先生手上时，南丁先生笑呵呵地说，这个怀发呀，他知道勾动你心里的哪根弦……的确，李怀发了解南丁先生曾在大别山一带有过一段生活，尽管那是一程苦难的岁月，但先生一定会有话说。

南丁先生很快写好了文章寄来，题目为《废话不连篇》，其中专门提及见到开封诗人中森来送稿以及两人对话的细节，很亲切。但当时任主编的王基先生不知出于何种目的，在我看到新的一期油墨喷香的《东京文学》时，发现主编已经蛮横地把这一节温暖文字给删除了。我很气愤，却也无奈。

南丁先生完成于 1987 年 11 月 30 日凌晨的文章，并没有循着刊物的“意图”，他对于本期小说总的印象是“并不愉快”：

> ……大约近 30 年了吧，这种影子还如此沉重地存在我们年轻作者的心头笔底，我说不出我自己心里是什么滋味。改革开放已经 9 年，有许多叫人高兴的事愉快的事欢乐的事，总也该讲一讲写一写唱一唱这些事。要知道，这也是真实。昨天应该留在记忆里，今天也应当流驻笔底。作为一个专辑，在编辑构思上，我觉得这是个缺陷。

南丁先生的文章，不多不少，只占一个页码。

1986年1月，省作协召开诗歌座谈会，南丁主席讲话，开门见山，他说，最近，有两首诗深深地打动了我。

在座的新老诗人都热切地等待着下文，寻思也许主席的讲话中会有涉及自己的内容……

南丁语气深沉地说，第一，是1月28日，美国“挑战者”号航天飞机爆炸，7名机组人员全部遇难，其中，克里斯塔·麦考利夫是一名女教师，她的学生和全世界的人们一起目睹了这场令人心碎的灾难；再是美国女排运动员海曼猝死在赛场……

座无虚席的会场，顿时沉陷在融入了尴尬的肃穆中。

与会30余位诗人中，不乏吟古唱今、风花雪月的高手名家，却谁个也没有料到南丁主席会讲出此番话来。

那一刻，南丁先生关于生命悲剧与诗歌的主题，使得新年伊始一场诗歌座谈会如同天平的倾斜；南丁先生不足百字的话语，让中原出类拔萃的诗人们苍白而失重。

那一刻，我刻骨铭心地认识到，南丁先生是一位真正的诗人。

中森，你的短文，精粹，动情，意蕴深远。组合起来，也能化为一个时代。

南 丁

2013年8月29日

南 北

我是在开封城南一条历史上有名的但污染相当惊人的河沿儿一个大杂院平房里认识他的。那时，患有小儿麻痹后遗症的他是一家印刷厂的厂长。他曾拥有一位童话般的美丽的妻子，那时，她也写诗。

最初，他的名字不叫南北。

一天，我对他说，你改一下名字吧，不记得是不是我帮他取了如今的名字；有种名字与宿命关联的说法儿，不久，他便开始了走南闯北的诗人苦旅。

20年后，在江南碧山秀湖畔相逢（是一次国际型笔会，他为我争取到了一个名额），仿佛是早已揉皱的宣纸被时间抻开、抚平，上面只有一个画着间隔很遥远很遥远的括号，泪水禁不住滴溅其间。那几天，我们玩得很愉快，我似乎忘掉了他原来的名字也同时忘掉他孤独而充实的漂泊岁月。

一向以为“生南为橘，生北为枳”只是发黄线装书上的古谚。江畔（恕我遗忘了那条大江的名儿）挥手告别后，凝睇着窗外渐远渐微的南北君良久，我苦楚而欣慰着。再回首，人已如同尘埃中被噬净肉质的斑驳的核。我深知，一旦撬开那壳儿，会捧到一枚磨砺后宁静而坚强的心！

这是我所认识的又一位（另为蠢风）体制外靠写作和编书生存和发展的真正文人；他们的存在让我们这些寄生于文联靠吃皇粮的人群感到羞耻和卑琐。

那次告别后，大约一年，我收到他从上海西渡寄给我的《阿弥陀佛是一声问候》，是一部他写的百篇禅学随笔。他的一些文章被选入小学语文课本和中学教辅读本。隔不久打开电脑，发现他已经迁徙到滇池畔的一个小镇。

他，是一位敢于捧起友人递上的盛有毒药的酒杯的男人。

他，总是保持一副浅笑着的表情；我从那隐淡的皱褶中，读到皈依佛门者的枯澹与悲悯。

笔会结束返回小城，第一个要打电话的人是南北，只说了句，多保重……便哽咽了。

这些年，我很少被什么所感动。

但是，我一生将被这位叫南北的诗人深深地撼动着。

电话那边，似乎有他捻动佛珠的摩挲声。声声如雷中，我豁然间看淡了宿命之果。

牛燕芳

老牛，城里认识她的诗友都这么叫她。

我认识她的时候，她写诗。

初次见到她，会让人联想到童话中大眼睛的豌豆公主。这注定是一位生活中充满浪漫理想的女孩儿，那时她已结婚，丈夫也写诗，他们住在城南一条污染严重的河边的平房里。

我做诗歌编辑的时候，她和小城许多写诗的男女一样，也油印一些小册子，在诗友间传递。那时候写诗的人都很单纯。她的散文写得比诗要深刻，有些萧红的影子；她个人的经历也有些像萧红。

我们偶尔见面多在上班的路上，都骑着单车，照面时只点头打个招呼，从来没话。后来她在安徽的《诗歌报》上发表了一首诗，其中就有这样的情节。记得诗中还有一句，是想送年长的穿长衫的我一把藤椅。这首诗在小城传播了一阵子，孔令更至今还提起它，并能背诵出一两句。

有一阵子，小城四五个写诗的人实行轮流坐庄，在家里请客。轮到他们叫老师的我，妻子像过年一样准备。其中有一道菜叫素三丝，原料是绿豆芽、红菜椒丝、黄瓜丝。一斤绿豆芽，要一根根掐去两头，焯一下，这样看上去晶莹剔透，配上红菜椒丝、绿黄瓜丝，再拌上小磨香油、味精，色香味俱佳，是佐酒的好菜。可是不久她让人捎话说，以后不能再去赵老师家了，眼看着他爱人弯着腰（我妻子患有类风湿病，背已弯曲）忙活，心里很受苦。

此后，我一年还会参加他们的一两次诗友聚会。

最近一次小聚是三年前春节后，在一家西餐厅，她说到她已经辞职，在家闲着，这让我和朋友们大吃一惊。

原来，有位某大企业总经理、资产过亿的同学邀请她入盟。做到企划部经理的位置后，老同学又派她去开发一新的项目，她硬是把一个原来盈利100万元的商厦做到了900万元。老同学不但没有提升她，反而又派遣她去了另外一个偏远的商场，工资也下降了。

她所说的情况让我记起刘恪说过的“宰熟”，或许有别的原因？

这时，同城一家企业获悉她的遭遇，三番五次诚邀她过去，工资待遇要比原来高出好多。我说，既然你同学不仁，你当然可以理直气壮地去另外一家做事业。不想她回答一句，给多少钱也不能去，这不是变节吗？

我，无话可说。

那一次聚会，也是我们最后一次见面。之后，听闻她发生了许多我意想不到的故事。我也清楚地意识到，当年那个豌豆公主的童话，已经距我十分遥远和陌生了。

萍　子

萍子，张爱萍也。

我至今清楚地记得，她在临毕业时到编辑部找我，说她的论文选题，谈她毕业后的志向。她说话的时候诚恳地凝望着你，仿佛是面对长辈或者兄长的倾谈。我是一个很容易激动的人，人到中年了，还没悟得中庸之道。当时，我毫无隐瞒地表示了我对她论文所选定人物的否定态度，对面那张还充满稚气的脸庞顿时陷入迷茫。

那时节，报刊上经常出现张爱萍的名字，她是河南大学羽帆诗社的中坚。2010 年 6 月 22 日晚，她参与策划了一场向母校汇报的青春诗歌朗诵晚会，她在博客上发信息邀请了我。

张爱萍毕业后，分配到省会，做了杂志社的记者。

时光荏苒，当成绩斐然的女诗人在延庆观门前双手递给我她新出版的诗集《萍子观水》时，我已经从编辑岗位上退休。张爱萍，并没有忘记一个曾给予过她微不足道关爱的老人。

和工作后的萍子再见面，是 1990 年第五届新乡黄河诗会。那是我参加的唯一一次黄河诗会。诗会活动安排了一个节目：登太行山。途中，属于逗号般小憩，大多新老诗人纷纷在一处稀薄的瀑布前拍照嬉闹。由于几位当地女诗人裙裾的活泼，那屏瀑布便成了蝴蝶泉。

有些不尽兴，萍子和另外两名当地的业余作者商议，非在太行山深处寻到一户人家才算画上句号。这时的萍子，依然是那个在河南大学中文系读书的学生模样，诗写得青翠单纯，话儿没说先笑——那种涉世不深的女孩儿感染人的浅笑。笔会采风途中，当敞篷解放牌卡车钻山洞时，第一个快活呐喊者总是乐观的萍子。

寂寥山路、寻找小村的初心，不也是诗人对诗歌的追寻？

几人沿委蛇山道，约摸八九里，步履及情绪皆灰时，那青青农舍隐现，山谷里理所当然荡回了萍子的一阵欢呼。

主人召回了那有着黑白图案的狗，四人沿那石阶走入建有横竖两幢房屋的院落：几株山楂，苹果，核桃；女人，篱笆，狗。屋檐凉荫下，是比电视剧里瘦削也矮的老人。老人迎客的礼节只是笑，齿间已有洞隙。女人搬来了凳子，后又新熬了一锅剥去硬壳的玉米，说是茶，那滋味是“雀巢”“果珍”远不可比拟的。

老人说，已经五六代在这山上了，原来有几家邻居，都搬走了。

做了记者的萍子问：“那您怎么不搬走呢？”

“我一走，这山就空了……”

一时客主皆无言语。

一行人转过目光，看坡上有一排陋屋，已被青草掩了门窗。后来，谈起收成，老人说他有四个孩子，俩小的在山下上小学，也谈到城里人山里人都关心的形势、政策、社会风气……谈得像是毗邻了五六代的乡亲。终于谈到了该分手的时刻，想到该给这家人留点纪念物，遮阳帽？诗会精致的会标？……终觉太学生气，便自然想到了钱。那解渴充饥的玉米茶也理应有对汗滴禾下土的报答。萍子拿出了那价值符号。也就在这时，那老人如同一匹被冷箭射中而发怒的豹子，他从那蹲着的地面忽地立起，越过胯下那美丽的狗，边走边用手做了一种反抗受辱的动作，老人脸上涌起缺血的苍黄。那一会儿，远处不知是雷鸣，还是开山的炮在低沉地轰响……

四人匆匆告别，主人，已无当初的礼节。

万万没有料到萍子会布置一伏笔：她临走时悄悄用石块压在石头上的10元钱又被老人捉去，令女人一路小跑追来。我慌忙迎上，接过那钱。那女人脸色通红，口将言而嗫嚅……

当我们绕过山湾再回首看那户人家时，老人已如豆粒般在绿茵上劳作着，那黑白动物就尾随着主人。而那女人，依然立在原地。我们纷纷伸出手臂，这已是廉颇背上的荆条了。萍子竭尽力气呼出“大娘，谢谢您——”声音中浸着泪痕。那女人也招了招手，就折回了。

如今，许多年过去，还会不时地想到那深山里的老人，想到玉米茶，想萍子的善良和她那声湿润的呐喊。

附：张爱萍的博文

下午，李霞电话说赵中森先生从开封来了，可否一起吃晚饭。好些年没有见过赵老师了，所以一定会去的。

很高兴还见到了郎毛和衣水。

赵中森、郎毛和孔令更三位大侠20世纪80年代曾一起徒步走黄河，是当时诗歌界的风云人物。

席间，赵老师谈起十几年前的一次笔会，说他曾在博客里写过。

那些事、那些细节，我竟然完全不记得了。

回来后，找到赵老师的博客，细读之下，往昔渐渐浮现，不由得感叹再三。

老友文字中的记忆，如同画中的山水，弥足珍贵……

张爱萍

附：天上红颜的博文

墨桅是萍子姐姐的老师，当年《东京文学》的编辑。萍子读书时喜欢一个作家，要写学期论文，他不感兴趣，就指导她：不要写。

她当然不会听。她的毕业论文还离经叛道写诗充数。

绿萼，现在是微信江湖里的职业点赞手。没有微信的时期，她在博客里也特别会夸人，比如这一段：

“与墨桅老师见过两面。第一次是在开封，2010 年 6 月 23 日，河南大学礼堂。我清晰地记得那天的场景——当时团省委与河南大学联合举行“激扬青春，壮美中原”诗歌朗诵会，萍子是组织者，青青介绍我与赵老师相识。”

（我呢？我呢？明明我也在场。）

“我印象最深的是他优雅的灰发和洁净的青色衣领，在人潮涌动热气蒸腾中散发薄荷一样清凉的香气。第二次是 2011 年 11 月初，郑州卡布奇诺西餐厅，萍子、青青、我、墨桅老师，坐在深秋的暖阳中喝咖啡。老师笑容明亮，气质动人，有着中老年男人少有的雅致与格调。”

墨桅老师席间坦陈：“薄荷一样清凉的香气”，被这样的字句击中，一时间竟有些微醺的感觉。

那一次，被“击中”后的老墨，给我们每个人手工制作了一套文艺腔调的书签儿 。

墨桅先生，70 岁，老派，没有微信，不会用智能手机，坚持写作，写博客，每天做瑜伽，身材不走样。出门随身携带小型相机。文艺男人生后半程之榜样。

天上红颜

2015.11.7

青　勃

新中国黎明前，以《号角在哭泣》震撼诗坛的青勃先生，是一位从不大声说话的人。

见到先生，还是参加“文革”结束后省里召开的第一次诗歌座谈会，和苏金伞老毫无顾忌地谈论与配合说话有力地挥动手势或扭动身躯不同，青勃先生和蔼地坐在那里，安静地倾听别人的发言。有时会低头轻轻地和临座的诗人交谈，不惊动任何人，也偶尔记录些什么。

我对青勃先生了解不多，做了诗歌编辑后，每次约稿，先生都拿出力作，这些作品都先后收入他的诗集。1982 年早春 2 月，收到先生赠送给我的第一部诗集《绿叶的声音》，扉页上，用标准的小楷书写着“中森同志正之”，年月日之后，钤上他的白文印章。后来还接到先生多次赠书，细心的先生每次都用一片宣纸遮在印章上面，防止印泥染了书页。最后一次赠书，是先生的《绿色的梦》，蓝色钢笔字迹已有些颤抖，印章也换了。这是 1988 年的秋天，是先生的第九部诗集。三年后（1991 年 11 月 4 日），70 岁的青勃先生逝世于郑州。

先生在生命的最后时刻，用左手写了《落叶》，完成了诗人的绝唱：

果子都摘尽了

葱绿变成金黄

我是秋天的信息

静悄悄地

静悄悄地
轻轻飘坠
明天吗
未来
我有三种命运

或者
被少男少女捡起
珍藏于书页
变成脉络裸露的标本

或者
被勤劳的小姑娘扫进筐篮
填进灶火或田头的火堆
化为灰烬

没有悲伤
不用惋惜
在寒风中旋舞欲唱
在雪花中嬉戏
最后被暴风雪覆盖
变成春泥

1981 年第 4 期《梁园》，以“脱颖集”为名开辟开封诗歌作者（包括在开封就学的大学生）专栏，集中发表了 16 位作者（邬显荣、程光炜、易殿选、郑纯方、孔令更、康洁、金聚泰、乔枫、李俊、洋中冰、李军营、任留柱、邓斌、王虹昭、常崇光、方明）的 29 首诗作。青勃先生看到后十分兴奋，立即撰文：“我们欢迎这一簇新花的开放，也有赞赏编辑同志的辛勤耕耘。个别刊物，很少发表诗歌创作，偏枯了诗这朵花……《梁园》的编者，则犁松了沃土，使诗的新芽得以破土，舒展开芬芳的花瓣；使布袋里的‘锥子’‘脱颖’而出，显示出诗的才智和光华。这是对繁荣社会主义新诗创作的可喜贡献。”青勃先生逐一评论了诗歌，有赞扬，有鼓励，有提醒，也教育年轻诗人，并引以为戒地对“说明书”一类作品做了批评。先生最后以鲁迅的话作为结束语：“时代是不息地进行，现在新的、年轻的、没有名的作家的作品站在这里了，以清醒的意识和坚强的努力，在榛莽中露出了日见生长得健壮的新芽。希望正在这一面。”

青勃先生热情洋溢的文章，对于一位刚刚从事诗歌编辑的我，无疑是一种巨大的鼓舞和鞭策。

老诗人、同事李怀发告诉我，青勃的妻子白珊民曾和他一起带薪就读于河南省第一工农中学。白珊民生病时，青勃先生背着她上下楼；去北京出差，青勃舍去游览观光，一心跑医院、转药房为妻子购药。身材不高的先生，背着老大的盛药袋子挤公交、攀火车。

我在查阅资料时，看到20世纪40年代，青勃先生曾在报纸副刊组织捐献稿费，以支援当时贫病中的作家老舍。

得知青勃去世，85岁的苏金伞老泪纵横，哭道：

青勃一死
我的身体失去了平衡
近两天跌了一跤
额角都碰破了

青勃像一条老蚕
通身透明
抽出的尽是诗丝
洁白强韧，抽出来沾手的丝

青勃先生没有走。

青勃先生，永远是我们心目中一卷青勃的诗。

附：青勃的信

中森同志：

我是11月中旬从福建访问回来的，这次应邀参加《诗刊》福建访问团，和邹荻帆、吕剑、寇宗鄂同志在一起生活了二十多天。曾到武夷山、泉州、漳州、厦门等地，跑了许多地方。一回来又赶上搬家，我已迁入文联西院新楼，忙乱了十多天，现已收拾就绪，信没有马上回你，请原谅！

《中岳》要我评阎振甲同志的诗，稿子是赴福建前赶出寄去的，后来我就出发了，一直未收到他们的回信。我写了六千余字，可能他们嫌长，有所删节。去掉你的名字的事我还不知道，但你不计较的态度是对的，重要的在于自己创造出更好的成果。一个刊物、一篇文章提名与不提名是起不到什么作用的。

开辟《青年诗人》栏目，我个人觉得是很好的，发现和培养青年诗人的确是个很值得重视的问题。不一定都是由诗人名家写评介文章，还有一种办法是采取诗会一类的做法，由作者自己写一段谈诗创作的文字，配合作品一起发表。评介之处，还有一种"评点"办法，评介和评点，你们都可以担任，当然，也可以另外再组织一些同志撰写。评介和评点都要实事求是，有分析。

我这次在福建活动，因安排得过于紧张，白天参观访问，晚上往往要参加座谈会，和当地诗人见面，而且非叫讲话不可，所以未能写什么东西。但《福建文学》等刊物又催着要稿，我得写几首小诗给他们。另外，当代文学讨论会12号就报到，这次要讨论苏金伞同志的作品，我得参加，所以关于显荣同志的诗，我是无法写文章的。很抱歉，望能另组织人写一下。

耑此顺颂

诗安！

（6期刊物烦你寄我三册为感。）

青　勃

12月4日

齐遂林

网上许多诗歌资料上，都有齐遂林的名字。

我认识他的时候，他在土街路西的一所中学（为金城银行旧址）当语文教师，他是杂志比较注意的作者。投稿的信封上，他从来不忘记认真地注明“开封三中语文组”。如今，开封三中已经不存在。

记得我发表他第一首诗时，在题目后面的括弧里报告了他29岁的年龄，那是1983年的夏天。

在那首26行的《早晨》中，诗人吟道：

早晨该是蓝湛湛的微笑
我能变成小姑娘吗
我能变成小男孩吗

编辑部召开座谈会，我列名单时想到了齐遂林。

还清楚记得他发言的内容。

他怯怯地坐在我身后的电镀支架椅上，低着头拨弄着手里的本子，一点儿也没有课堂上执教鞭者的模样。许多人发过言后，他才鼓足勇气说了句很文艺腔的话：我愿意做一颗石子，在文学的溪流中激起小小的涟漪。

过去这么多年了，他这句话还清晰地“流”在脑海中。我在一篇写程民生的文章中引用了这句话，当时在《开封日报》做编辑的金聚泰编稿时给删除了。

遂林在一篇文章里说到我：

“我想，什么是朋友？朋友就是相互珍存美好，哪怕你个人已经忘记，他会给你缝补浆洗，用香草熏蒸，让你在岁月的剥蚀后依然美丽、芬芳四溢。”

齐遂林后来调到报社，在《通讯员报》副刊做编辑，把个小小栏目做得风生水起。如今，他是《汴梁晚报》体育版的编辑。

我不清楚齐遂林从什么时候开始喜欢上词赋的，还有书法，这两项他都有不小的成就，单单书法就在国内拿了不少回奖。

作为古城诗坛坛主的孔令更，一句“细腰白裙真丈夫”，可谓总结了齐遂林近二三十年的生存概况。

关于齐遂林，士林与民间有太多版本的说法，我不想重复。但有一点我很清楚，遂林凡是先知道聚会有我，他是不会穿戴那些异性服饰的。我知道这是他对我的看重；还有，遂林只要出版了新书，也总是第一轮想到我。我对此十分感动。

我总认为，遂林厮混的场合空气不太健康，一些人的有意无意的喝彩、怂恿，助长了他的一些异端或者说时髦一点的是另类做派；其实遂林心里也很清楚，这些年来，他习惯称呼的中森大哥看不惯他生活中的这一套，只是从来没有对他说过什么。

也许，在这个开放的时代，我们没有必要评说遂林的穿衣打扮。

无论如何，文人是靠文章立身的，我们还是回到如今已成气候的词家的作品上吧。

醉花翁（自度曲）

常人不解醉花翁，一任裙裾凌乱。
斜风撩时笑多情，懒惹恩恩怨怨。
愁游碧湖，闷举银盏。胭脂泪，绣鞋染。
忽又揽柳狂舞，出鞘青龙云散。
俗世最难潇洒，随心多羁绊。踩人，攀高，弄权。
我独不屑，东篱卧听山泉。
待仙友来，理罢残妆，
袅袅婷婷出迎，再烹锦鸡野雁。

苏金伞

1997 年新年第 23 天入夜，久旱的中原降下了一场雪。

翌日，天地皆白。

上午，接到蓝蓝的长途，听出是在街上打的公用电话。她用异常的声音说：“赵老师，报告你一个不幸的消息……”我当时第一个反应便是苏老。

果然！

蓝蓝下面说的苏老去世的时辰我一句也没听进去，只觉得天地间出奇地冷，脑子里白茫茫的。记得最后道了句：“蓝蓝多保重。”放下话筒，立刻通知了孔令更和李怀发。

第二天，我和令更以私人名义向省作协发去唁电：

诗翁去矣素心裹中原雪夜谁哭无弦韵

鹤魂归兮洁魂被黄河晴朝蝶吟郁金香

1996 年 10 月 7 日，河南省作协第三次会员代表大会闭幕。席间，我记着蓝蓝约定的时间与地点，曾想象出距热闹会场不远的寂寥病室里，苏老是否会听到觥筹交错宴会上频频的碰杯声。下午一时许，蓝蓝姐妹，青年诗人冯杰与我，一道徒步去医院，在蓝蓝的带领下，我们走进二楼一间朴素的病房。听到动静，苏老竟不用旁人搀扶撑起半个身子。为此惹得一旁折叠床上守护他的女儿怨言，说我爸刚刚睡下……（我相信苏老没有入睡，医生诊断他已经萎缩成核桃大小的大脑里，正在酝酿着一组新诗！）

苏老一眼便认出了蓝蓝，亲切地唤了她的名字，也认出了蓝蓝的妹妹，接下来叫出了冯杰的名字，唯独没认出我，尽管我大声说我是开封的中森，苏老那“不服梳理”的头发下“颧骨太高”的脸庞仍然写着茫然。我却已经很满足了，因为我再次走近了苏老，走近了诗，走近了黄河畔的泰戈尔！

在走下医院台阶时，蓝蓝说，我们一走，苏老会哭的……

1979 年，我出席河南省诗歌座谈会，第一次见到苏老（苏金伞，多少年心目中仅这个名字就是一部闪光的童话）。记得他说了当时许多年轻人都不敢说的话，一次次博得掌声，那语气、那手势，绝不像刚刚走出“反右”与“文革”阴影的遍体鳞伤的老人。

1983 年，李清联带我去看望苏老。那时恰逢人民文学出版社出版《苏金伞诗选》。交谈中，苏老用手指着诗集封面赭石色木纹图案，认真地问我俩:“这像啥？我看不懂。”我凑近了胆怯地说，大概属于意识流吧。当时意识流属于一种时尚。苏老立刻大声反驳道：“意识流？我可不是什么意识流！”当时我好后悔，说了惹苏老生气的话。

赴郑参加专为职称考试举办的学习班的那几个月，清晨，我习惯在经、纬路交叉路口复习功课，多少次见到苏老斜着高大身躯在林荫道上跑步，我几次想走近他，又不好意思打扰老人。他那倔强、颠踬的动态，让我想起他《寻找》里的诗句：

在杨家湖南岸，
我们曾一路走着一路接吻。
湖里的星星被波纹挤到岸边，
在我们的脚下发出微声。
……

这首诗发表在《梁园》创刊号上，有心的编辑特意把我的两首小诗排在苏老的大作之下。两个月后，我从工厂调入《梁园》做诗歌编辑。

1988 年，为配合开封解放 40 周年，我大胆向苏老与青勃老师写了约稿信，这是他们青年时代曾经生活、学习、战斗、写作过的城市。没想到很快就收到苏老的新作《两个小战士》，我很感动。不久又接到青勃老师的作品。

再见苏老，便是 1996 年 10 月 7 日的永诀。

那天苏老认不出我，是有原因的。

1985年冬，送诗人孔令更、张真宇徒步考察黄河，当真宇将满满一壶水浇在黄河大堤上作为一种悲壮告别礼仪，眼眸和堤坝一同湿润之时，我已意识到诗将从此离我而去！从此，我开始在小说林里弄草。但我至今仍然迷恋诗，留恋生命里程中那一截慨当以慷激情澎湃的季节；庆幸的是诗歌让我认识了苏老，以及牛汉、公刘、青勃、孟应灵……还有在苏老最需要关怀的冬季为诗翁“跑腿”（在苏老被病魔囚在病榻的日日夜夜，我实在选择不出一个合适的字眼）的胡蓝蓝，她是替代了所有敬仰和关注苏老的人们无私地为他服务为诗奉献，我们都十分感激她！

对于苏老的去世，我不知该说些什么，本能地走近载有他诗集的书柜，抽出那册经典，翻至恩格斯《在马克思墓前的讲话》，默默地读起这样一段文字：

“……这位巨人逝世以后所形成的空白，在不久将来就会使人感觉到。”

苏老逝世一周年，时任河南省作协主席的田中禾，在《苏金伞诗文集》出版后撰文《独轮车的背影》中慨叹道：

在近百年河南文坛，有谁能无可争议地用艺术的光辉照耀我们的文学史？有谁能无可争议地被中原文化引为骄傲，无愧于曾经拥有过锺嵘、庾信、杜甫、李贺……的中州大地？有谁能无可争议地被认为是最纯粹的诗人？

那就是苏金伞。

深 耕

“深耕”，是我（森，乡音读深）和从开封地区《中岳》杂志社合并过来的孔令更（耕）做诗歌编辑时，于1984年在《东京文学》开辟“青年诗人”栏目卷头语的落款，我取两人名字的最后一个字的谐音；自然，也有着另一番人们都明白的寓意。

恕我做文抄公，这是当年第5期杂志上深耕的一段话（每期都有一段针对性的“开场白”）：

诗人——绝非一种职业的称谓，而是一种人格的公认！

我们不想在此讨论什么诗的理论问题，只有几句实话。愿献给已经戴上即将戴上诗人桂冠（并为之奔波）的人们。

我们想说，在真正的诗的读者心目中，那些到处发表诗，并常有诗集问世的人，并非诗人，而只能算作写诗的，或曰诗的小生产者！

诗人的声音与诗的发表率更不成正比！

有些人不知道是否想到诗人的价值，与他（或她）的发表量正好是一种递减式，发表一首便减去一分，直至等于零或负数。

我们还想说，发表一首坏诗，是该挨骂的。越是名气大，读者对你越是苛求，因为他爱你，希望你不要败坏自己。

真正爱诗的、爱自己的、爱读者的诗人们，少发一些诗吧！不要让人们到处看见你的名字，而忘了你的诗！

编辑，你们的责任重大啊！硬起手腕，不要给那些平庸的诗（还有人啊！）放行。否则，骂，很大的一份会派给你的！

据孔令更说，当年还在东北的徐敬亚收到这一期赠送给他的《东京文学》后，在家乡诗友的一次聚会中朗读了此文。

也是这一期的“青年诗人”栏目，发表了风华正茂的叶延滨、宋炜兄弟、商子秦、王小妮、谭德生、冯团彬等青年诗人的作品，其中王小妮的作品还被当时红火的《诗选刊》选载。

瘦　谷

我在阅读已经成为专业作家的冯杰庚午年中秋为诗人瘦谷《闪电中的鸟》作的序时，敏感地捕捉到那句："而更多的棋手（上句是'最优秀的棋士'）往往是走上纹枰却猝然逝去。"眼下，恁些恍若黑白棋子的文字，顿时弥漫于悲欣交集的脑海……

1990年新乡诗会，注定是我诗歌生命中神奇的绿岛，我《诗歌编辑札记》中所写的人物，居然有不少是在这次诗会邂逅的，包括冯杰和瘦谷。

诗人瘦谷，人若笔名。中等身材，黑黑的皮肤，戴着黑框眼镜，满腹经纶。我几次想用"仙风道骨"形容他，每次都被他27岁的笑容所融解。

与会的丛小桦、冯杰、瘦谷，是诗会中鲜见的报人，他仨创办的《中原诗报》，成为河南乃至诗坛的一面有声有色的旗帜。那是一种我所亲历过的手工拣字、排版、校对、印刷的报纸。不想创刊即成终结。不过，还有瘦谷和小桦办的《中原石油报》，每每收到印有濮阳邮戳的信封，打开时，他们谈笑风生的身影随着浓郁的油墨清香扑面而来，格外地亲切。

诗会中大多照片都是瘦谷的作品。与那些司空见惯的逢场作戏、人去楼空，绝对不会有照片寄来不同，在收到厚厚一叠肯定花费不菲的彩照时，我感触到诗人瘦谷的诚实和温暖。

诗会后，响应我的约稿，瘦谷寄来散文《金堤河和赖非》。作者纯净唯美的文笔滋润着编辑，也感染着读者。

……我一边拧去赖非衣袖上的水，一边告诉她，赤足的人、土地、麦子、泵这些字眼。我想这些朴素的人和可见的事物，将教会赖非“劳动”这样美好的东西。

赖非，是诗人当时不满两岁的女儿。

我用心为这篇美文插了图，遗憾的是印出来后效果不甚理想。给瘦谷寄样书的时候，心里总觉得对不住他。

我的一位作者朋友告诉我，他读了《金堤河和赖非》后，念给他的女儿，还学着作者，用自行车带着女儿沿开封的清水河堤走了一趟。他把这篇文章当作范文，要求女儿会背诵。

我明白了瘦谷荣获台湾“梁实秋散文奖”的缘由。

瘦谷，原名赖大安。四川新都人，1963 年出生。瘦谷出身很苦，他姊妹九个，两个姐姐饿死，一个姐姐失踪。

瘦谷，集诗人、散文家、小说家、编辑、摄影家于一身。他是在事业最辉煌的季节去世的，胃癌夺取了他的生命。

2008 年 2 月 28 日夜，瘦谷 45 岁生日。

病房窗外，除夕烟花鞭炮声中，瘦谷颤巍巍的手指努力摁动着手机，向所有的朋友发出他人生世界最后的一条信息：

伟大的爱永生！

谢天谢地谢人！

田 桑

先锋诗人田桑的手机里保留着一张照片。

那是一件长约一米、宽一尺余、有三指厚的木雕作品。那块颇似我身材的瘦长木板上，凸雕着我书写的“赏雪”二字；雪白色的字，深棕色的底儿。所谓“凸雕”，是我发明的词儿。在平整的木板上，描下写好的字，然后凿去字周围多余的木头，雕刻中，还要尽量保持原作的气势、笔触。这个过程，有些像宋朝人雕刻诗文书版，这是我的学生——联合国教科文组织命名的工艺美术大师蠢风的手艺，我还请他为牛汉先生制作过一块“七月流火”的木匾，庆祝先生 70 岁的生日。

田桑 2001 年 3 月 17 日有《蛇年赏雪》一诗，他写好后打印给我，我就挂在书房的门上，关门时，诗人的作品也会跟着门的声音一块儿歌唱。与我所写的“赏雪”，正好是一种“唱和”。

我之所以注重 10 年前这个细节，是因为它象征着一个人的做事和待人。

20 世纪后期，田桑作为河南文艺出版社的编辑，在开封一家宾馆召集我和王少华、郑纯方，讨论撰写长篇小说《儒皇徽宗》的事宜。当时有一个误传，说开封有人在创作长篇小说《宋徽宗》，出版社听闻后将此列入重点出版计划，遂派责任编辑亲自到开封了解创作进展。

是时，所谓的长篇，还是一张白纸。

两年多过去，这部三人合作的 80 余万字长篇最终没有付梓。

岁月并未蹉跎，在写作期间，大量的阅读与笔记使得此后我写《李师师》

和《宋潮》（最初书名为《青襕衫》，青襕衫，是北宋太学生的校服。更名后，读过书稿的田桑认为，还是《青襕衫》好）受益匪浅。

在讨论初创的书稿时，田桑对我的肯定是，中森准备工作做得最好。

田桑应邀在我家吃过一顿饭，主食是妻子烙的天津风格的面饼。烙这种饼，面要提前和好，然后把面团擀薄，呈圆形，均匀地涂抹上芝麻酱，卷成卷后，拿刀平均切成段儿，然后用手把两头封好，再擀成碗口大的圆。这样烙出的饼，能分出好多层次。多少年过去，田桑还记得在我家吃的饼。我想，作为诗人，田桑真该写一首诗。

当时田桑眼疾刚愈，是眼底出血，他废寝忘食大量地阅读不同笔迹叠加起来超过百万字的书稿，无疑是对其脆弱眼睛的一种摧残。这很让人感动。在提议写作上风格统一时，正巧我收到广州《花城》寄来的杂志，上面有一中篇小说《夏天的禁忌》，作者唐晋。作品文笔幽婉典丽，故事曲折新颖。田桑读后，立即确立了以此作为《儒皇徽宗》的写作基调。不久，河南文艺出版社计划出版“金钻长篇小说丛书”，田桑通过我和《花城》责任编辑王虹昭联系到了《夏天的禁忌》的作者，唐晋的两部长篇列入丛书，另一部为《宋词的覆灭》。至今，田桑与唐晋从未见面，这，自然是一位优秀编辑的慧眼与高贵品质。

大概田桑也没有意识到，正是他的那首《蛇年赏雪》给予了当时正值知天命之岁的我太多的启迪：

到了一定年龄
诗忽然松开眉头，嘴角上浮起
一丝不易被人察觉的微笑
它打开门，向冬天致意
向天边漫过来的乌云点头
它开始懂得宽容、妥协、欣赏
开始懂得克制自己的感情和欲望
说话的时候，声音放得很轻

放得很轻，就像一只猫
从窗子上跳进来
擒着月光，走过室内铺着的
粉红丝绒地毯：没有一丁点杂音
没有一丁点杂音，就这样
大雪下了整整一夜
第二天早上，窗外一片银白
拉开窗帘，我的眼睛为之一亮
梦中的那只猫就在窗台上
脸毛茸茸的　像一片洁白的雪花
贴着窗玻璃　与我对望
还是那样安静，那样安静
许久一声不出

附：田桑寄语

到了一定的年龄，不仅宽容了，更是念旧了。谢谢中森兄的文字惦记。其实我也是一直想抽空写写身边的朋友故旧，但这几年做杂志俗务缠身，时间和心境都不允许。跟中森兄往来的故事其实还有许多，留待以后我去发掘吧。

当年跟中森兄一见如故，谈诗论人，皆能尽兴。虽然有些话可能说多了，有些话可能说过头了，那时难免年少轻狂，幸亏中森兄都能颔首微笑着包容了。印象中，中森兄总是一脸宽厚而纯真的笑容，极有兄长的风范。人之交往，主要还是看性情和心气儿是否相投，再加上读书和作文的趣味；跟中森兄，这些都不缺，所以才能这么久即便疏于联系，也还常有萦记，心有相通。

田　桑

2011.12.5

唐上上

我只是一个过客
坐在她的边缘
远处相国寺金钟浑厚
旁边玉皇楼铁马叮当
驿站的凉棚是如此得体
从兰考到开封
我是谁的棋子
在此停留

石座如莲
我处一隅
权且扮一个
善卜吉凶的巫者
宽衣大衫
朴拙如村妇歇脚
无语迎来 少言送往
日子从刀尖上滑过

春天还是没有消息

枯守半街苍茫

我偏师左处

未敢妄动

西边

嵩山在雾里等我

——唐上上《关于开封》2001 年正月

去年，也许是前年，省会的女诗人萍子、青青来小城看我。在咖啡厅小坐后，她俩提议去延庆观看唐上上。

很早就听说过唐的名字和传奇故事。

我带领她们很容易就找到了唐上上。

三个女子在谈话，一律站着。她们说了好长一段话。中间青青过来一趟，说赵老师你就一点儿没有说话的冲动，我说我不打扰你们女孩子说话。我也一直站着，距离她仨有八九步远。累了，就手扶着公交站牌的柱子。那时间心里有个理由，替她俩看着提包，不要丢了，不时会扫一眼放在水泥凳上的包包，眼看别的地方时，就用腿靠着那美丽的包包，尽管如此，还是担心包包会丢失；有一阵儿居然脑子轰鸣一下，觉得包包被偷走了。实际上有心理暗示一直在脑海间醒着，仿佛觉得自己丢失了、被偷了那样的一种感觉。

送萍子、青青去汽车站的路上，青青说了一句，上上说她知道赵中森的名字。听了后有种被轻描淡写的感觉，我喜欢这种感觉。

这是我第一次见到唐上上。

记得萍子说过，美女绿萼曾和报社几个女孩儿来采访过唐上上。我见过两回绿萼，并在她的博客里读到过那篇写得很富情感的文字。恁多故事，我记住了一个细节：一阵风袭来，上上的头发乱了，绿萼伸出手，替上上把飘散到唇边的一绺头发给她拢到耳后。读到这儿，我心头一热。

后来我按照绿萼提到的博客去看了，一位名叫“青崖一鹿”的年轻人说到一句话，让正在写《诗歌编辑札记》的我脸上好一阵发烫。他在 2009 年 4 月 7 日说，“让我们记住这个人——唐上上，因为开封诗歌界不能没有她”。

在决定看望唐上上时我并没有看到这篇文章，但我对好几个人都说过同样的话。

一个春寒料峭的日子，节前联系过的“慧的风”、一位中学教师和我相约去看唐上上。我们赶到延庆观，唐上上不在，慧询问了周围的人后，决定乘出租车去唐的住处。那是一栋临近城墙建设在低洼处的破旧的红砖三层楼，我很自然地联想到唐“每天等三元钱，一元吃早饭，一元吃晚饭，一元住店”。在黑黢黢的楼道，慧呼喊唐上上的名字时，有些暗夜临深渊的体验。慧在和邻居打听以及敲门时我几乎看不到她的身影，但我能感到这位能把学校棘手的落后班改造得充满希望的“80后”的果断和耐心。我们沿着慧判断的唐平时的路线，步行着由包公祠、包公湖、延庆观、纸坊街、自由路、内环路……最终也没找到唐上上。

还是“慧的风”拦了一辆出租车送我回到家门口，她朴实地说，赵老师你没我工资高，你别和学生抢着掏车费。那一刻我俨然一个她班上的大龄学生。她说到这次有些遗憾时，我说这一次寻找本身就很有意义。后来她写了博客《穿越古城寻上上》。她说：“有很多东西历尽千辛去寻找，其实它就在原地，也许我们前一秒钟离去，上上后一秒钟就回到了石头跟前，波澜不惊地，闲看她的云起云落。”这，是一种渗透心灵的禅语。

唐上上，这位出身书香、半人半巫的女子，我独自又去寻找了三次。

这是在我生活过六十六个春秋的古城中第一位让我亲自寻找了三火（开封土话）的写诗女子。我知道她不喜欢被采访、被打扰、被资助和被人称作算卦者，三次我都是骑着破旧自行车去的，我甚至有意不去擦掉车上的灰尘。挎包里带着一本我新出版的书，我还设计着见了面告诉她是给她送书的，要当面给她签名。我相信，她不会像以往那样，将人家赠送的诗集转手送人（她说她不写诗了），也把这本关于开封文化记忆的书易主。

尽管事先同城的王不天、孔令更告诉了我能找到她的准确时间，我还是没找到唐上上。我只看到站牌下她占卜、写诗、思想时坐过的石头——那尊被她形容“冥冥中等待我的”石头，那尊她枯守了20个春秋的石头；我曾幻想着能在石头四周幸运地捡到有她随手写下的诗词或句子的烟盒、广告纸。

当我鼓起勇气向一位倚墙坐着的妇人询问唐上上时，她说那人有一段日子没来了，她信主以后来得少了。这时她身旁一位年轻一点的女子掉过头来问，她就算得恁准？我说，我不算卦，我是文联的，我找的唐上上写诗。

我决定不再寻找了。

我似乎是找到唐上上了。

我听到她在那尊石头上用指甲划出的诗的声音：

苹果并不知道
自己的形状自己的颜色
上帝按自己的意思
把它塑成了一个
奇妙的圆

我比一个苹果优越
我可以站在自己之外
设计造就自己
并且是
随意

我也随意，说不定哪天会在一条有清澈湖水的路上见到她。

阿门。

附：慧的风《穿越古城寻上上》

年前，受到墨桅老师的邀请，因他写“诗歌编辑小札”（最初命名，墨桅注），想去访问上上，并发纸条说，唐是这个城市不能忽略的诗人，她也许胜过许多成果累累的诗人。但当时我要给学生补课，还要回老家，就推到了年后。

墨桅老师是个极细致的人，给我留了手机号，通电话后我说我先去延庆观石头那儿寻上上，如果她在，您就来，如不在，您就不用来了，撞见上上是需要缘分的。等到那天下午，我优哉游哉快走到上上长年累月打坐的石头跟前时，猛抬头看到墨老师正站在站牌下张望，他说怕我久等，就坐出租车提前来了。墨老师的人品一如传说中的高尚。

上上不在。

考虑到墨老师的诚恳，我们决定打的去上上住处寻找，在付费的问题上引起了争执，我说我挣钱比老师多，墨老师就依了我，想必他也不擅长争执的。

上上的住处在西城墙脚下，凹下的地面上几排老旧的红楼房，楼道的黯淡神秘恐怕出乎墨老师的意料。我按照记忆踏进了莫测的楼洞里，大白天这个地方仍是伸手不见五指，我有些怕，就一连声地喊上上。有个外地口音从某间屋子里传出，说上上回老家了。我说她老家在哪里啊，她说在杞县，显然文不对题，上上分明是兰考人。我不信她的回答，继续喊，一会儿黑暗中又传出来一个老头的声音：你敲敲门试试，我推了上上家的门，推不动。那个老头说上上的女儿可能回来了，她们出去了。我说您确定是她女儿吗？他说差不多吧，有个女的和你差不多，和上上在一起。我几乎要毛骨悚然了，我看不见对方，对方如何看得见我？我知道这所楼里住的多半是卜卦相面者，的确具备神异的能力吧。但是这个回答更是离题万里，上上的女儿二十岁左右，怎么会和我差不多？我对墨老师说了这个疑惑，墨老师说，我们走吧。

寻上上全凭缘分，今天的寻不着纯属正常，但是我不知何时再有时间，更不想辜负了墨老师的诚意。我们俩合计了一下，决定到礼拜堂去寻上上，因那天是周日，她去礼拜也有可能。

墨老师提议走着去，我赞成，于是两人就循着上上可能走的路线一路走去。途中我断断续续地给墨老师描述我所认识的上上，从2008年开始，星星点点的记忆，清晰可见。不时有红灯和车辆打断我的叙述，结果我发现对上上的总结提炼十分错位，挂一漏万。墨老师会很自然转到了别的话题上，比如这个城市，城市里的文人，文人要做的事情。墨老师的孙子比我们家果子大两岁，我们又聊到了教育等等。

到相国寺那个地方一问，说是礼拜堂搬迁到儿童医院对面了，反正路途也不远了，就继续走，继续聊。墨老师说到他家的老院儿在这一片，言语中听出他对这个城市的怀恋。我是这个城市的新生代、外来户，对墨老的谈话同感不多，但是对故土的情感是相同的。等到了儿童医院东侧，问了一位修拉锁的，他说教堂在鬼市里一个废旧的厂子里。嗬，总是在快要接近目标的时候闹出些插曲来，其实，到了这一站我预感已经找不到上上了，我相信墨老师也有同感。不过此时寻上上似乎已经不再是终极目的，行走在这个半新不旧的城市，谈论着的历史、人物早已形成中心话题。

离鬼市也不远了，就此放弃也心有不甘。我和墨老师决定继续寻找。

一路逶迤，反复打听，都没有教堂的确切位置，最后找到一位开小卖部的，据说是很虔诚的基督信徒，她说离这儿最近的教堂，就是相国寺西侧邮局大院里的大厅，仿佛是为了加深我们的沮丧，她差不多描述了三遍那个教堂的确实存在甚至诸多细节。

我和墨老师几乎不约而同地说，今天不找了，改天吧。

这个世界，有很多东西历尽千辛去寻找，其实它就在原地，也许我们前一秒钟离去，上上后一秒钟就回到了石头跟前，波澜不惊地，闲看她的云起云落。

期待能早日见到上上，能借墨老师的神笔，再现一个立体深刻的民间诗人。

2012.11.2

谭德生

汤旺河畔的电话很快就拨通了，电磁波中有浓郁红松松脂的芳香。

我要寻找的两个诗人，一个去了海南经商，一个中风偏瘫。

我急欲想和后一位通话，那边的人为难地说，他把房子、电话让给结婚的女儿，他搬的地方没有电话，不好找呀……

那是20年前我做编辑时与王不天去东北伊春采风时结识的诗人。

霎时，我觉得耳畔沉重地落下几枝枯萎的松刺，那位红光满面、炫耀从未被谁灌翻过、说话豁亮的东北汉子，因喝了我买的答谢的兰姆酒而酩酊大醉！难道他就如同他家乡原始红松林中夹杂的白桦树濒临老化、衰亡……

他曾寄给我一首火一般激情的诗，副标题为“写在白桦皮上”。而今病树前头还有诗的星光吗？哪怕是微弱地闪烁呢？

放下电话，我欲哭无泪……

生命，这个词汇倏然变得那么脆弱、苍白。

我清晰地记得病中诗人的名字：李耀先。

这篇文章是说去海南经商的诗人谭德生。

我和不天之所以抓阄儿选择去找吉林的敦化还是到黑龙江的伊春，也就是想从张洪波、谭德生两位诗歌作者所在的城市中选定一个作为下一站。

我曾在安排一期杂志的诗歌版面时，特意以《东北的风》为题，同时选发了他俩的作品。

和谭德生在电话中说在伊春车站接头的内容我还记得：一胖（不天）一

瘦（中森），瘦者手里持一册《梁园》。

在《伊春日报》任职的谭德生，比印象中要随和，他单独领我去了自己家做客，见到了他美丽的妻子和女儿。第二天，他和显然是当地文坛“老大”的李耀先等诗友陪同我们参观了兴安岭原始森林后，又通过关系派车拉我们赶到黑龙江畔的嘉荫县。下车时，天已入暮，我按捺不住要去看黑龙江，其实是渴望看到对岸当时并未解禁的苏联的夜景。到了江边，一江之隔的异国，只有几盏朦胧灯火。我脱下鞋子挽起裤腿走下江，刚刚沾上凉爽的江水，立刻就逃上岸，昏暗中密密麻麻的蚊虫很快就扑上了光着的小腿，有的已经开始吸我的血。

第二天，在嘉荫县委宣传部的安排下，我们乘船游览了大江。看到广阔的苏联国土上俩仨国民悠闲走动、做活的情景，心头涌出一个强烈的愿望：人类啊，要和平！不要战争！

那几年，没少编发谭德生的诗。他很勤奋，有着可喜的上升的趋势。

改革开放后不久，我和谭德生联系中断，倒是与仍在吉林的张洪波联系频繁。不久洪波调入石油战线，开始了他崭新的创作天地，成为全国知名的青年诗人，受到牛汉、李瑛等诗坛前辈的关注。有趣的是，至今我们没有见过面。最近，他主持的《诗选刊》，专门为退休的我开辟了专栏《一个老诗歌编辑的回忆》，连续 12 期刊登我近年所写的《诗歌编辑札记》中的篇什，我很感激他。

人生如诗。

王恩宇

书架上摆放着《心泉集》《月光吻着窗纱》《爱笛》，书页已经有些发黄，这是我珍藏的我国著名工人诗人王恩宇赠送的诗集。

离别诗坛后，我渐次和许多诗人朋友交往少了，包括电话、书信。恩宇大哥去世的消息，居然迟到了5年!

在互联网上得知，恩宇大哥是2006年2月6日在北京病逝的。

认识王恩宇，是老诗人丁力之子丁慨然的推荐。当时我做杂志诗歌编辑，也许是有过一段做工人的经历，有志在刊物上创办工业诗栏目，便恳请诗坛有名的热心人丁慨然为杂志举荐一批写工业诗的作者。后来，杂志上很快就有孙友田、李清联、王恩宇等一批国内写工业诗的实力派诗人的作品问世。

不久，王恩宇来信说，他出差路过开封，想见见我。

那是20世纪80年代初一个冬日的上午，我在人民会场前等候客人的到来。不久，看到从自由路西边走过来一位中等身材，白皙面庞，黑框眼镜，头戴鸭舌帽，身穿绿色军大衣的男子。凭感觉这人就是王恩宇。两人走近，手紧紧地握在一起，居然没有通常的自我介绍。

当时编辑部来人，谁的客人谁负责招待。欢迎宴会是在寺后街的万芳春，由李怀发联系的，作陪的有罗锐。在开封的几天，我陪王恩宇游览了龙亭、铁塔、相国寺。恩宇大哥回北京后，寄来了他的诗作《开封吟》。恩宇大哥的诗，朴实、自然，细腻、淳厚，这是他长期创作实践形成的独特风格。

得知我们全家回京津探亲，恩宇大哥特意嘱咐，一定要到他家做客。至今我还记得恩宇大哥夫人的名字：傅玉珍，她是北京某工厂的厂医，我给恩宇大哥的书信都是寄到她那里。恩宇大哥有两个孩子，女儿王燕（现居加拿大），儿子王晖。在饭桌上，恩宇亲热地拉着我儿子赵云的手，问他的学习成绩，在家听话不听，挨过打没有。云儿说，长这么大，总共挨过13次打，是我犯过13次错，都是妈妈教训我。说得一屋人哄堂大笑。从到北京至离开，都是恩宇大哥给安排车接送，包括联系宾馆。

恩宇大哥一直鼓励我出诗集，还帮我核算成本、收益，答应帮助我发行。终因我对自己的诗歌写作不是太满意未能如愿，辜负了大哥的一片苦心。

至今还深深记得恩宇大哥为开封"劲牛"牌电冰箱出力的情景。最初，跑工业线的记者洋中冰和电冰箱厂搞宣传的刘迎恩，写了一篇反映开封电冰箱厂艰苦创业并走向广阔市场的报告文学，寄给《工人日报》的恩宇大哥。他读过后认真地提出了薄弱环节，中冰交给我改了一遍，和恩宇大哥联系后，三人赶往北京。为了方便沟通，恩宇大哥安排我们临时住在报社的防空洞招待所，稿子又经过几遍修改润色，加上分管报纸副刊的恩宇大哥鼎力举荐，《劲牛之旅》终于登上《工人日报》副刊头题。这对于当时正处于上升期的开封电冰箱厂，无疑是一种颇具广告效益的宣扬、激励与鞭策。

王恩宇去世之后，陈建功、金炳华、李菁、王升山，《工人日报》副总编辑吴星民与首都文学界同人、生前好友、热心读者数百人为之送行。贺敬之、柯岩、魏巍、李瑛、高洪波、吉狄马加、郑伯农、张同吾、韩作荣、叶延滨、李小雨、石英、石祥、峭岩、丁慨然、丁国成、朱先树、陈飞龙、温承训、崔墨卿、张宝申、孙友田、王林、王德祥、陈满平、崔金生、陈有才、孙朝成、东白、杨铁光、颜石、巴彦布、张庆和、张富英、王学忠、毛梦溪、高昌、笑琰、梁建军、吴安俭、蔡诗华、徐玮等为之送别或以其他不同方式深表哀悼。

王恩宇的儿子王晖在追思会上除致感激辞外，还透露他爸爸有两件事还放心不下：一是他重病在身的老伴医疗费困难，二是《王恩宇文集》不知何时能整理出版。

在我编发的诗中，恩宇大哥深情唱道：

历史，对一切从来都有自己的明鉴

人民，对一切从来都有真实的爱憎
对造福百姓的任何志士仁人
心碑上永远铭刻着他们的功德和英名

我以为，这正是对恩宇大哥的写照。

附：王恩宇的信

中森：

近好！

20号写的信，22号收到，看来“快件”还是好一些。

关于组稿一事，我认为目前较困难。接触一些中青年作家，似都不愿写，常说，有什么可写的？可能是天热的原因吧。

但你若计划来京，我一定相助。刘庆邦处估计没问题；小韩处你不要写信，见面咱再细谈；其他处你可打招呼。

有一个具体问题：7月15日在内蒙古召开孙友田作品讨论会，刘庆邦和我都去。但目前我们部搞“研修班”，7月14日报到，我有可能提前去参加孙的讨论会。昨天又得知我叔父迁骨灰安葬（洛阳）一事定在7月16日。若接到正式信，那么我就不去孙的讨论会，也不去搞本部的“研修班”，就于7月14或15日回洛阳。

以上情况，供你考虑。有什么打算，可随时来信或来电话。

罗继仁是个好人，信得过。李松涛也热忱，可交。

你投《当代》的中篇，我再问一下，稿子是交给主编朱盛昌的，他是《工人日报》文艺部的老人。

匆祝

健康！

问玉芳、小云好！

恩　宇

6.22晚

王绶青

1976年10月，我参加开封市群艺馆组织的歌词学习班，外出采风参观了兰考、邙山毛主席视察黄河时亲临的村庄、窑洞、学校。在返回途中，看到车厢外的黑色车皮上悬挂着庆祝粉碎“四人帮”的大幅标语。当时有一种预感，一个新时代来临了。

回家后，根据采访到的兰考许贡庄董宪德老人的亲身经历，我创作了叙事诗《裹蜜的盐》，叙述的是领袖听到新中国成立初期农民抱怨集市上小盐的税收太高而下令减少税收的感人故事。同时写的《柳园口》，次年2月发表于《诗刊》。

不久，河南省作协召开诗歌讨论会，我作为开封市唯一的业余作者代表出席了会议。第一次跻身拥有诗坛泰斗和中坚的盛会，我有种说不出的激动与憧憬。

众多的诗人中，享誉大河上下的长篇叙事诗《斗天图》（与人合作）的作者王绶青老师，以其长者的风范很快吸引我走近了他。

我从退伍时带回的绣有毛主席头像的军用挎包里，取出整齐地抄在稿纸上的《裹蜜的盐》诗稿，双手递给一见如故的诗人。

王绶青接过十几页的诗稿，停下正抽着的香烟，一字一句地默读着。读罢，沉思了会儿，说：“中森，你选择的题材很好，所运用的诗的风格也符合特定的环境，我想，一定会有编辑喜欢的。”

随后，他压低声音交代我：“记住，收好它，可不要再传给别人看了啊……”他又用力拍了拍我的肩膀。

我抬起头来，看到一副仿佛自己家人的那种笑容。

我明白老师的意思，更感动王绶青的真挚和善良。

这是我迈入诗坛遇到的第一位好人。

《裹蜜的盐》发表于1979年10月号的《奔流》，责任编辑是孟应灵。

印象中王绶青是汲县人。

我当兵的最后一个月，部队突然奉命换防到汲县。后来听说，县城里不少商店的招牌都出自学富五车的王绶青的手笔。

王绶青，称得上中原诗坛教父一般的人物。

他有一首可以作为座右铭的短诗：

心要像纸一样净，

身要像笔一样直；

天下“人”字最难写。

这，亦是王绶青从事诗歌创作半个多世纪的生动写照。

附：王绶青的信

中森同志：

来信及寄来的小样收悉，谢谢您！

告诉您一个消息：我已调至新乡地区文联，我爱人调至地区文化局，关系已经办过，全家都走。那边的房子已经看过。现我们正在做准备，也许很快就要搬家，也许一时家还搬不走。近期来信，请仍寄：汲县一中（好在汲县熟得很，即使走了，信来到这里也有人负责代转）。

明年如赠寄刊物，请寄：新乡地区文联，那边我已交代过了。

将来新乡地区文联也许要办刊物，届时一定请您赐稿。

问候在汴诸友！并问候您全家好！

祝

吟安！

绶 青

1983.11.23 即复

又：

很欣赏《东京文学》这个刊名！

随信再寄小诗二首，请您过目审处！我看，反正得“排队”，就让它早点儿去站队吧！

愿多多读到您的新作！

致

敬礼！

绶 青

寄前又及

王鸿生

在一次河南省作协召开的会议上，晚宴结束，酒酣耳热的王鸿生叫我到他的住室说话，俩人居然说了大半夜，自然是鸿生唱“主角”了。

那一夜，鸿生给了我一个重要启发，以至于会议没有结束，我已构建出一部新的中篇的骨架；也可以说是鸿生赋予了我所创作的作品主题的魂。

鸿生针对那晚的谈话，得出结论：一个诗人对所寄生城市的仇恨和依赖。

鸿生太厉害了啊，他的一句话，点亮一盏灯；

我，也是一夜之间转变了对理论工作者的偏见。

开会期间，艾云带我到鸿生家去玩，她还带着 4 岁的孩子，记得男孩儿乳名叫贝贝。大人说话间，贝贝用油彩笔画满了母亲的胳膊、手背，用开封老辈人的话说，这叫“逞脸”。可人家艾云没有一点怪罪的神色，知识分子的母亲大概应该是这个样子。再观鸿生接待朋友的姿态，也像心地透明的孩子，敞开所有书柜的门，让你拥抱他珍爱的藏书。

鸿生，是那种既能出入西装红酒的高级宴会，也下得身份盘腿坐地摊大口喝酒的朋友。他调走后这么多年，一直没有见过面，但他那极富磁性的谈笑犹在耳畔。这不，从箱子里找出他的信，在有着落地玻璃窗和常青花木的阳台上，读出声来——

中森兄：

赴京一月余，始返不久。

中篇初选篇目近期将由《文艺报》公布。倘觉有二三流作品落榜，而四五流作品忝列。请勿惊、勿怪、勿骂。世上事皆有缘由也。好在许多人已将评奖看得甚淡。

在汴匆匆一晤，已似隔年之事。现在不知怎的心下懈怠，不愿走动、聚谈。由京华浮躁中脱出，进了自己的小巢，始觉灵魂有所安放。洞中数日，世上千年，常有世界陌生的感觉。虽变幻纷纭，但我总期望什么时候运气到家，看世界只剩下了一种颜色方好。

开封的朋友们多属好人。确如你所言。本已乏味的地方，再加上自己兄弟扯皮，就更加乏味了。

近日看马丁·布伯的《我与你》，深为他的存在主义神学感动，且以为这种将破碎的人类精神世界重铸的努力实是人间之壮阔图景。我感通、领受并向往真爱之境界，只是满身俗气洗之未尽，疲惫至极。

原计划举家南归的。不期沪地肝疫流播甚广甚恶，只得罢念了。艾云不听劝阻，终于随夫携子而去，但愿天佑。

你们正筹备何事？今年凡为新诗人们做点什么，我自当尽力。

见令更替我问候，望他振作，充分尽诗坛祭司之职。相遇一番，至为不易，总想与他好好谈上一谈。

为开封的哥们儿干杯！

为你全家新年快乐干杯！

即颂

春安！

鸿 生

2.15

王宇秀

七月的一天，接到一个国外的电话，那边刚唤了声“中森老师”，便让我猜她是谁。我还真猜，说出第一个名字后，就觉得有失礼貌，于是对那边说，我这人笨得很，你就说你是谁吧？

那边继续“卖关子”，我说一件事，老师您就会想起来了。

她说，那年，中文系邀请几位编辑举办诗歌座谈，您一直没发言，最后不得已站起来说话，看起来有几分木讷，不像别的编辑能说会道。您出人意料地朗诵了一首诗，然后对在座的同学说，请这首诗的作者站起来。大教室里，您的声音很好听……

哦！想起来了，你是王宇秀！

那边，传过来一阵开心的笑。

这边，我也想起来所朗诵的诗，是1984年第3期《东京文学·青年诗人》中经我亲手编辑的《我怀念吵架的事》，署名：河南师大/王宇秀。

河南师大，即当年的河南师范大学，如今师大的校牌早已挂在了新乡。宋朝铁塔檐下恢复了最初校名的河南大学，有着百年辉煌历史。我幼时便记得新中国成立初期联合国承认的中国十所名大学中就有河南大学。那时候大学没有围墙，一次我随父亲到铁塔坑游泳（那时不叫湖，和当初的龙亭坑、包府坑统称坑；游泳也不叫游泳，称洗澡儿）。父子俩路过一排整齐的教室，懵懂少年耳闻目睹了课堂间同学们琅琅的读书声，端坐的男女看上去年龄都偏大。当时曾幻想着有朝一日自己也能坐在这样的教室里听课。后来，河南大学更名为开封师范学院，继而改为河南师范大学；加上省会西迁，地市合并，几番折腾，生是把一座名校的光芒给损毁不少。

当我脚踏实地走近日光灯下恍若白日的教室，已是39岁的中年。

30年前那位被我唤起的诗作者，是一位看上去娇小的江南女孩儿。

记得有位老师当场批评说这首诗有些小资；女同学努力辩驳了几句，话中有巴尔扎克、雨果谁谁的，俨然师生间的一场争辩。

王宇秀激动地说，那天，我其实看到中森老师您在那边吃力地朝我使眼色想制止我说下去，可我仍坚持自己的看法。后来中森老师给同学们唱了一首俄罗斯民歌《三套车》，整个教室里安静极了。

嗯，想起来了，那晚当我唱到“你看吧我这匹可怜的老马它跟我走遍天涯”时，眼角湿了。前排有同学也泪光晶莹。

走出教室，夜色已深，或许是受到老师批评的缘故，只有王宇秀和仨俩同学送了我们一程。

王宇秀说，在后来的毕业分配中，尽管学业优秀，还是被分配到一所畜牧专科学校。分配理由是——努力深入生活，好好改造思想云云。

王宇秀说，知道了我的遭遇，老师您给我写信，并告知您把《我怀念吵架的事》推荐给了当时红火的《诗选刊》。信的结尾那句话记忆犹新，您说：姑娘，闯关东去吧！您没想到，我一下子闯过了太平洋。

32年过去了。中间改行做影视编导的王宇秀曾有一次来古城拍片找到我，在书店街走动时，我总跟不上她的语速和步履。不知为什么那天她嗓子有些沙哑。往后就失去了联络。

王宇秀说，有一年我在北京与出版社签约《一个上海女人的下午茶》的再版合约，并签约新书《一个上海女人的温哥华》。出版社接风晚宴上遇到雷抒雁，他一见到我谈笑如故，令我完全忽略了他是个病人。得知他去世的噩耗，我才想到那次竟是最后一面。记得临分别时他跟我说的最后一句话：你会想我吗？大概他知道自己将不久于人世。还有，我最近做了个身体的测试……这一切让我突然间想到许多曾关心过我的老师和朋友，于是我先从网上查阅您，后来还是大学同窗、闺蜜康洁告诉了您的电话。2014年秋，我回国参加首届国际新移民作家笔会后，从南昌去广州参加首届世界华文文学大会，在旅途与同去参会的作家们一道谈诗论文，我被“伤痕文学”作家卢新华点名朗诵一首诗，在我所写过的众多诗歌中，不知怎么马上就想到19岁那年写的《我怀念吵架的事》。而“吵架”一诗，总是让我想到赵中森老师。

中森老师，这边，已是半夜一点多了，我要挂了。

我告诉了我的邮箱地址，让她有话明天发在那里。

诚实的王宇秀，那天电话里的声音，已略显沧桑。

巧合的是，她最后话里的“这边”，曾是我做诗歌编辑时开辟的一个栏目标题，组稿、排版、插图皆由我一人承担。起这个名字，是想到“风景这边独好”的诗句，当然还有更深刻的含义。不说它了，但我可以毫不含糊地说，那个时期确实是一个美丽、单纯、无私的诗意季节。

掌间黑色的老年手机有些发烫，放下电话，胸臆间暖流涌动，想到还有些话，应该说给自己，自然也说给被诗坛泰斗痖弦、洛夫先生看好的加拿大国籍华裔女诗人王宇秀：

诗歌
已经离我远了
我，老了
但我还活着
诗，也还活着
相隔万里大洋的对话
可是两岸共同谱写的
一首叙事诗
我怀念吵架的事

附：王宇秀《我怀念吵架的事》

长大了

我们见面点头微笑
彬彬有礼
可我愈加怀念小时候
吵架的事
啊，多么有趣

那次
我胳膊越过了你
在课桌上画的“三八线”
我们就在边防线上一场大战
我哭了，发誓不理你
第二天上学路上
雨，滴答、滴答
你看看旁边没人
悄悄地把我拉到你的小伞下

长大了
我们变得很客气
见面彬彬有礼
可我总觉得心上有一道
“三八线”似的

吴元成

在写《诗歌编辑小札》（原定书名）期间，我给同城的孔令更打电话时说吴元成是一位行者，孔很赞成。

也算巧合，从网上得知，诗人有一部诗集，名曰《行走》。

记得一次诗会，酒宴散罢，夜色阑珊，吴元成挨屋子走动，在即将分别的男男女女诗人的本子上写下留言。给我同室的孔令更写得比较“恶毒”（以下省略 26 字），轮到我，他潦草笔迹写下的是：“赵老师，一个精神自娱者……”当时我并不生气的，微醺中的吴元成所说的，其实是指天下的大多诗人都不过“精神自娱者”罢了。

吴元成在河南大学中文系读书的时候，常会到编辑部玩，整天一副很乐观的模样。他送我的第一本诗集是《嚎叫与谈说》，我们这个脆弱而道貌岸然的社会，是最惧怕大声说话的人的；据说这个惊世骇俗的题目日后成为一些单位和人判断诗人的偏激坐标。

和吴元成相处最长的日子，是由省会某房地产公司赞助的“1985 年走黄河”大型摄影展。已经从事文化产业并硕果累累的郎毛，热情邀请当年鼎力支持他和孔令更走黄河的“老大”参与，另一位便是在郑州法制报做编辑的吴元成。

我们愉快而紧张的劳动地点，是纬一路 1 号原河南日报社的办公楼。

那些日子，我和吴元成一道，负责选择照片，为每张照片命题、设计解说词，布置展厅，常常通宵达旦。间隙，郎毛和元成还酝酿策划名人张健泗渡丹江的活动。位于丹江畔的西峡是吴元成的家乡，他答应跑政府找赞助等具体务实事宜，我挺受感动的，也让我对这位手不离公文包、大步流星的诗人有了新的认识。

忘了是申办奥运成功、中国足球冲出亚洲还是别的难得让国人兴奋的消息传来，年轻的司机开车载着我和元成一路奔驰，抵达欢腾的二七广场。不夜之城，欢声如潮，激动不已的吴元成脱下身上的红色夹克，探出半个身子，一边抡着火炬一般的衣服一边高呼着口号，半百之岁的我也附和着，吼出脑海中仅存的俄语“乌拉”，一时觉得身上热血沸腾。说来也怪可笑，回想起来，今天居然完全忘记了当时所欢呼的内容。

吴元成，是一个看上去大大咧咧的汉子，其实他人心很细。这些年来，茶余饭后，他悉心收集的有关政治、经济、文化、民俗等各色段子，依我看足可申报吉尼斯世界纪录，这也必将成为诗人的宝贵财富，传说有商家出高价，吴元成声色不动。而近年他所精心撰写的《在传统和现实之间飞翔的诗歌精灵———河南诗歌30年》，也理所当然地成为当代中原文化一部弥足珍贵的诗歌编年史。文中有我一行字，这30个字也成为不少杂志文章引用的“经典”：

> 早年从事诗歌写作的赵中森在1985年送别孔令更、郎毛走黄河后告别诗坛。

近些年和吴元成联系少了，也仅仅是博客上互加的好友，他的信息也主要是从博客上获得。

吴元成最近赠送我的诗集，是2004年5月人民日报出版社出版的15万字的《人鬼神》。纯净的湖蓝色封面上，留着整齐分头、身穿黑色上衣，打着深色领带、夹着公文包的诗人，笑容可掬，很像西方谦恭的传教士。那交叉在身前的双手手背上，有着明显的筋络，说明吴元成是一个热爱劳动的人。

诗人郎毛如此评说这部新作：元成突然就倒腾出来一首4000多行的史诗来，里面有歌剧，还有民谣。有天堂，也有地狱；有痉挛和抽动，也不乏和风细雨。当元成告诉我他的宏大叙事时，我吓了一跳。真的是宏大得吓人呵。你以为你是黑格尔或者气功大师呀？干吗呀你，非造个里程碑不可？仿佛是对郎毛慨叹的响应，一位叫张延文的学者语重心长地说，吴元成作品的价值，远没有被充分地理解和认知。随着时间的推移，他必然会得到更为公允的评价；他对于河南诗歌和文化建设所做的大量的踏实而又富于远见的工作，也会逐渐得到大家的认可和尊重。

收到诗集，我依照惯例，给诗人打了“收条”，连夜画了一幅字：“诗鬼。”

确实要感谢赵老师，很多故事、细节被你激活，暖暖的，感动。

吴元成

2012.2.28

汪 洋

2010年1月27日下午，从走廊邮箱取出普通印刷品邮件。米色的信封上贴着两枚面值共1.50元的邮票。这似乎昭示着寄件者的心态。

一册围着布纹纸的素净封皮的诗集《在大地上行走》。

我，时常会被书籍的装帧决定阅读的心绪。

我喜欢风子（诗人汪洋笔名）的这本书。

净过手，开始一页一页地读它。

在“尺幅平原”那儿，我驻足良久。

这十二则诗坯一样的文字，如同一夜春雨冲刷后又于风中晾干的石头，纤尘无染，纯粹朴实。

马踏平原

鸟落民间

万籁俱寂。

仅八字，干净利落抖擞出诗人风格，气质天然。

在当今浮躁诗坛，能享受到如此简略、超然的诗句，已是读诗人的幸福。

甚至联想到了丰子恺泛黄宣纸上湿润的毛笔画。

这时，作者与读者已经免去寒暄，俩忘年男子无声地对视一眼，自然而然地捏起盛有绍酒的黑釉陶碗沿儿，叮当一碰，余音如磬。酒酣耳热间，互相倾诉隐秘心底恁些陈年的话题乃至男女私事。

诗，在这儿早已悄然铺筑出温暖的毛竹阶梯。“70后”与长他25岁的老者，先后攀上护园的瓜棚——一叶夜航船。

是什么最先绿了起来?

是小草。

世界，不比一个字更大

人生，不比一句诗更长

…………

盐蒿草的红，暗了。

一只灰椋鸟翔过露水打湿的芦苇丛。

诗人，枕着自己写诗的右臂睡着了。

月光下，朦胧读到他的那句“底层的生活，谁来描述艰辛……”我的眼角涌出沉重。

诗人在梦呓中，喃喃出声清晰：槐花、滩涂、枫叶……

起风了，诗叶飒飒地响着，惊起一滩鸥鹭。

当酣睡诗人吟出“丹顶鹤”时，我清醒记起了：

一个人活在自己的天地里，

便是在飞翔了。

我想，也许这可作为对江南儒雅诗人汪洋笔名风子的一种诠释。

温　青

汴京，暴雨之夜。

温青和他真诚请来的学者、朋友在城南一家茶社聚会。

耿占春、刘恪、萧开愚、墨桅、任崇喜、张晓林、孙玉亮、曹洪蔚。

在这之前，军旅诗人温青将打印出的他的诗集送我。

诗人萧开愚是第一次见面，知道他游学德国，后被耿占春推荐，受聘于河南大学文学院。和他一起被聘请的还有后来成为知己的先锋小说家、理论家刘恪。

温青即将换防，他想听听大家对他的诗歌写作的意见。

尽管是雅间，还是能够听到外面大雨瓢泼的声响。

这次纯文人的聚会，我想有两个人温青一定会记得住：

萧开愚。

墨桅。

萧开愚开门见山问温青：你平时都读什么书？

温青诚实地回答：《诗刊》，《解放军文艺》，《小说选刊》……（以下简称萧、温、墨）

萧：读这些东西干啥！我就不读！

温：……

萧：我挺讨厌开什么作品讨论会。

温：……

…………

墨：我来之前，给温青写了封信。

房间里静了下来，窗外檐雨如瀑。

（当场我给大家读了一遍信。）

记得我是专门挑选了一个中式古典信封，信笺上用竖排书写的内容，落款钤了我的印章。

对于温青，实话实说，我了解并不多，只是仅仅从他送我的自印诗稿中得出的印象，难免狭隘。

信的大意：

温青的诗歌都读过了。我有一个明显的印象，诗人太多的歌唱，偏偏诗人出生的地方曾经是20世纪60年代中国灾难最深重的地区，我想温青的父辈一定饱尝过饥饿的折磨。但是，我在温青的作品中，没有读到苦难！

墨后来在一篇文章中专门提到，1997年在法国，北岛对路经的柏桦说过这样的话，如果我们这代人写不出我们这代人的命运，我们的苦就白受了。

在墨朗读过写给温青的信后，耿占春温和地插了句：啥时间中森能给我写封信就好了。

雅间的空气顿时松弛了不少。

别人的谈话内容，我没记住。

晚宴改在西大街一家海鲜馆。

豪雨中分别时，温青向每个人都行了标准的军礼。

我不知道这个湿淋淋的夏夜在诗人心田会完成什么样的播种，我后来读到温青《我终于回到家乡信阳》中那一节诗句：

每次天降大雪，
我一定是其中的一片，
落地、翻卷、融化……
只有诗歌，
才能让一个人如同雪花爬上枯草，
不断地重生、不断地湮没……

我分明感触到了诗人已经完成了对人生和诗歌的深层体悟。而不久前《解放军报》以头版位置、以超出A4纸面积破天荒的篇幅发表温青于抗震救灾前线拍摄的《泪别玉树》，则叙事诗一般宣告了一位成熟诗人广阔的艺术活力和创作功底。

对于“70后”诗人温青，人们有理由抱有更高的期待。

补记：

2016年5月9日夜11点11分，我的邮箱收到温青发来的邮件：长诗《饥饿的枯骨》——献给故乡及1959年的百万饿殍。

想明白一件事情，五十年太短
它必须经过水淹，泥封，霜冻，曝晒
拾拣和祭奠
它一触即碎　身世
被屈辱、惊悚刺激到麻木的记忆
已在慢慢地消散
只有那些饥饿修成的鬼魂
还要在这片大地上游荡一万年
……

邬显荣

不久前，市政协宋泳打来电话，说是要登门征求有关开封文史资料，他们计划要做一部有关文学方面的专辑。在交谈中，小宋拿出一份市文联开出的名单。看后，我对小宋说，这里面缺少一个重要的人和不可或缺的内容，就是邬显荣和当年的《工人文艺》，20 世纪 20 年代，开封不少作家诗人都是从总工会的那张小报起步的。回到家，我立刻把邬显荣的电话转给了宋泳。

邬显荣在上海读的中学，后来辗转来到开封，在工厂做一名化验员，1981 年调入市总工会。他自 1979 年开始在《奔流》《莽原》《广州文艺》《安徽文学》《羊城晚报》发表诗歌，曾在开封形成很大的影响。在总工会期间，由他参与组织的《工人文艺》，为处于起步阶段的开封地市一大批业余作者慷慨提供了良好的练兵场。

显荣当时的家，是在寺后街路北一家老钟表店的楼上，找他时，先要给店里的师傅们打声招呼，然后才能攀上木阶梯。这让人油然联想起电影《瓦尔特保卫萨拉热窝》中，那位以钟表匠为掩护的地下工作者的情节。回想起来，风华正茂的诗人，每晚枕着无数时针律动的交响，构思、酝酿、起笔乃至入眠，会是一种别样的诗氛，也担忧这会不会是一种搅扰？如今，诗人那栋颇具古韵的木楼早被新建的商业街所取代，包括门口那棵浓荫萦绕窗棂的槐树。

记得一次市文联开座谈会，操一口南方普通话的邬显荣说到他的写作道路的未来时，那种雄心勃勃是本土作者鲜见的。话说到这儿，有必要道出显荣的出身。他和蒋介石是同乡，浙江奉化人，论其身高、长相、谈吐，你别说还确实有些委员长的模样，坊间也曾有导演试探过要他做特型演员的传说。

作为诗歌编辑，我见证了20世纪80年代开封诗歌创作的繁华与作者队伍的庞大，不少人物、事件记忆犹新。有关邬显荣的，我想有一件事必须说明。有一年，他在杂志上发表了一首长诗《延安的风》，反响尤佳，是时正赶上省里诗歌评奖，显荣的这首诗在入选之列。一天，对开封诗歌倾注过心血、德高望重的诗歌编辑孟应灵找到显荣，坦诚地告知他，《延安的风》被通过且评上了奖，但眼下河南诗坛发生了一件很轰动的事，即孔令更停薪留职徒步走黄河。孟老师告诉邬显荣，经评委研究，最终决定把该奖授予孔令更的《沙的孩子》，主要是这项奖有几百元的奖金（当时几百元不是小数目），算是对孔令更走黄河的资助。显荣毫不犹豫答应了孟老师。对此，邬显荣这么多年从未张扬和抱怨过，此举无疑构成年逾七旬的诗人生命诗篇中亮丽的一阕华章。

不久前，四川一位叫周苍林的诗人"闯入"生活。他在自己博文粘贴的照片中，竟有我、邬显荣、少华等人当年的风貌。那是当年创收后编辑部一次集体采风，行至沱江河畔，与当地诗会的一批作者相聚的留影吧。后来，一行人游峨眉时，我和显荣不愿加入被他人驮下山的行列，坚持徒步。暮色凝重时，不想蜿蜒山道间被星星点点的荧光点燃激情，俩人竟厮跟着萤火虫的队伍，一路缠绵，深夜方回到宾馆。路上，我还特意捉到几只萤火虫，小心翼翼用火柴盒装起来，想带回家。归来后显荣把这段浪漫之旅写进了文章。

开封黄河诗会结束后的一个阴沉上午，显荣约我聊天，在汉兴路一家奶吧，显荣要了两杯热牛奶。他说，自浦生（原市作协领导）故去，他和文联基本没有来往。近年张廷竹来汴，不忘相邀，茶酒叙旧，可谓古道热肠。偶尔进城，会去老宅看望怀发长兄。他言道，自古文人宜散不宜聚，何况这些年小城诗坛风气败坏，更看不惯那些滥酒买醉、故作狂放及其盲目追随的男女。

眼下，邬显荣正在写一部长篇，不求进度，精雕细刻，每天千把字，是与开封有关的晚清和民国初期的故事。说到篇中细节，座前蓄须明志的老友那种激扬手势仍可感触到当年诗人意气风发的情状。

附：邬显荣的信

中森君：

这几天成诗四首，自我感觉有一种内在的神韵，自己心中很激动。寄上请您一阅，不知是否能使您满意。如第二期（即三月）安排不上，就退给我，我可另行处理，我自己认为还可以。

我们虽然相识不久，但心是相通的。

您给我写的条幅，已经裱糊好，恐怕您还要治一方印，有个落款，否则效果会差一些。

不久前，王澄在百忙中书写的《开封工人》四字，笔力苍劲，谁知主管这件事的许之让副主席竟看不中，我实在想不通，差点落泪。烦请您代为致谢，也请他原谅。字我留下做个纪念。

近来我还写了篇散文《雪潮诗意》。

近来笔不懒，您呢？希望您也努力。

顺颂

笔健！

显荣

11.21

许 军

隔岸观诗，少了年轻时的冲动，与诗相关的大多往事，早已无声融入岁月的皱褶间了。

本命年一个春寒料峭之夜，在开封城乡接壤处学生蠡风租借的小楼上，我听到了歌者许军的诗，生生被他那鲜活于原始生态状的长短句给搅动得浑身火辣辣的。

作为歌手的许军的诗作，多为喷发状，亦有重负下的挤压形态，但绝无假唱。

诗中源自底层的苦难与抗争性质，很像是毫无装饰的红砖白灰之墙，血色的砖石从泥坯到成品，完全出自民间“窑火”，无处不渗透着底层人物的生存状况。人们可以从这惊世骇俗的墙体上，听到振聋发聩的吼声乃至充血嘶哑的呐喊。这，已经足够了。

1926年，鲁迅在为勃洛克《十二个》中文版写的后记中感叹道：

> 旧的诗人沉默，失措，逃走了，新的诗人还未弹出他的奇颖的琴。勃洛克在革命俄国中，倾听“咆哮狞猛，吐着长太息的破坏的音乐”。他听到黑夜白雪间的风，老女人的哀怨，教士和富翁和太太的彷徨，会议中的讲嫖钱……

笔者在此之所以借来鲁公经典为一个毛头小伙伴奏，是看重先生透过对革命诗人勃洛克的关注，更关心变革社会中人的内心变化，直面人生，这在当下封闭的开封尤为重要。从诗的挣扎和文人堕落中透彻文化深层的危机，以期寻找新的突破；而在相当长的日子里，先生这样的大师亦被此类难题所困惑，更何况笔者和许军这些文化金字塔底层的“作者”？因此，从某种意义上，许军的创作觉悟和坚守拼搏是应当赞扬的，起码他弹出了他新颖的琴，并且在古老的帝都最早唱起摇滚。

前头提到墙，也让我油然想起一件事：许多年以前了，德国人拆毁柏林墙时，几乎全球歌星云集柏林波茨坦广场，举办了一场声势浩大的音乐会，自始至终演奏摇滚乐。我以为唯有摇滚乐才足以表达这一历史时刻的狂烈与痛畅！现实社会中，尚存不少有形与无形的“柏林墙”，这亦是许军一生衷情的摇滚乐存在并发展理直气壮之根由。

似乎偏题了。

尽管我会以当年诗歌编辑的尺度，挑剔作者偏向感知，忽略理性；不重内聚，任性发挥。恰恰是这看似无章法，却正好用以裸露其自然本相，毫无遮拦，从而完成许军生命意义上的摇滚。

读过许军的诗，我为诗人写了一幅字：滚石无苔。

不显眼 6 年过去了。

就在几天前，许军送我一张光碟《我本是狼》，是他作为民间摇滚歌手参与拍摄的电影的主题歌。光碟里还有几首歌，它们是：

《我的开封》《为你喝彩》《谁也无法阻挡》《为你着了魔》《让我们结婚吧》《再见了我亲爱的宝贝》

我在许军的博客中看到《我本是狼》的拍摄画面，大雨倾盆中，歌手本性而本真地放歌，使得冰凉世界传递给我一种火辣辣（这是文中第二次出现本词汇啊）的感觉，我情不自禁对着屏幕鼓起掌来，而且我相信，许军能够听到。

西华老人

已经忘记他老人家的姓名了，记得住的：他是一位来自黄泛区西华县的风尘仆仆的业余诗歌作者。

那天，他满脸掬笑推开了编辑部的门。我接待了他，递上一杯白开水，让老人坐下。读着他那厚厚一本子诗，多是努力的叙述，打个比方，是停留在美术课学生练习石膏素描阶段。是他的苦难经历打动了我，我决定留下一二首送审。送他出门时，老人说，我已住下。我就递上嘴边的客气话，那就多住两天，在开封玩玩。招待所就在编辑部上面的楼上，我多送了两步。在楼梯口，老人环顾左右后亲切地说，赵编辑，你看，这大热天看稿，挺辛苦的，我从家里捎来几斤蜂蜜，夜里工作累了，也好滋补滋补……我已听不下去，一时竟觉得他那满脸的皱褶覆盖住了他的那些朴素的诗行。

当编辑以来，有过不少外地作者寄东西的，如洛宁的雷雨川寄核桃，上海的钱国梁寄月饼，许昌的王茂禄寄秋衣……从邮局取回核桃，在水果店问了价钱，就去新华书店买了几部诗集寄往洛宁，记得有厚厚的《聂鲁达诗选》。小雷回信说，那核桃是乡下娘从院里树上摘的……我读那信时，心间火辣辣的。给上海、许昌寄还了钱。也有过在包裹单上写上“此人已调离”退掉。像老人这样直接把礼物送到面前，这还是头一遭。

那几日，住在招待所楼上的老人如同笼罩在我头顶上的阴云；我想他与我一样，那种日子俩人都不好过。中间一日，他拿出在《河南日报》《百花园》发的小诗。说实话，此时我已经无心细看，断定是用那蜂蜜换的。老人最后一次是问我家的地址……

老人终于走了，拎着那个沉重的黑提包走了。出大门时扭了一回头，脸色不好，目光滞重；我心间酸酸的，朝他挥挥手。后来，我把这件事写进“优秀党员”材料里，也曾引以为荣。随着年月增长，愈来愈觉得自己的“模范之举”，分明是对老人的一种残忍，乃至构成一次摧毁性的打击！我开始良心上的不安，甚至曾担忧我的伤害会不会使那位饱经风霜的老人……

在我回首这件往事时，也曾不止一次地扪心自问：你难道就没有别的方法和其他的选择？这一段经历已经构成我编辑生涯永久难以愈合的溃疡！

徐保越

我不知道保越的名字是否与一场战争有关，当年的烈士陵园后来被曾经的敌人作为房地产开发的传说已经不算新闻。历史就是这样的冷酷，甚至偶尔会在庄严典籍的某一页跳出来扮个鬼脸。

我知道的保越，是个诗人。

我作为编辑，曾为发表他的诗挨过军人出身的主编的批评。这很正常，也说明这是一位不寻常的诗人。

我的书架里至今存放着当年他收到稿费后给我买的 8 卷《世界散文随笔精选文库》，他破了我一向不收作者礼品的规矩。作为回报，我把自己的著作骑车送到当时他教学的曹门大街小学。他正在上课，我也是那时才知道他教美术。在好心的传达带领下，我把两部书放在他的床头就离开了。

很难用一句话形容保越。

他的博客名字为 55 阶梯，这是不是通往他住家或办公室楼梯的数目？

读他博客中发表的包罗万象的文章，功力已不逊于读万卷书的学者，以至于他写的《刘恪》贴出后，教授就向我打听作者是做什么的，极少给人留言的刘恪在该博文下写道：“文字很有味，日后多写。”

徐保越是这座文化古城的奇迹，却永远不会被发现，我承认我说的“发现”有些功利主义，也许这也是真正的文人的宿命。

保越的知识面，有些像从河南大学走出来的邓拓和《燕山夜话》，而文风却是杂糅着博尔赫斯与凡·高的成分。倘若让他描写一只番茄，绝不会是大学艺术系教室循规蹈矩的写生。他只取斜射的月光下刀锋上沾染的一颗西红柿的血液。

我和保越都是那种口拙的男人，认识二十多年了，没说过多少话。在街上遇见了，他会像闰土见到周家人一样无比的谦恭，这让我会不好受一阵子，但很快就蒸发掉了，他雄健的背影和独立成株的文章一直让我很敬佩。

他写过我几篇文章，王不天先生的评价是：

用这样的文字来评墨桅，极为精当。前年刚开始读你文章时就想到墨桅，你和他的相通处都是炼字上。字要炼，才有嚼头，才有味道，才可回味。你们都做得很棒。当然，炼字的过程，也是在炼思维，炼观念，炼情操，炼人生。

附：徐保越《瞭望塔》

一

在烦嚣的大路上我会不由自主地张望一下，尽管空中并无这尊臆想中的塔楼，可我还是得到慰藉一般，给六神无主的心绪一种安定。这个比喻不仅因你有着颀长的身材，更是缘于老城即将倾颓的累累乎危墙之上，一个指引者呐喊的声音。

第一次见到你是在冷清的办公室，你一个人向隅而坐，用文字给城市的菊花添加一些亮色，当我触到你的手指，冰凉的手指一握间竟是一股暖流，你不善言谈，可你热情的眸子还有随后寄来的自制的精巧明信片无不让后生油然而生敬仰之情。

一首白话爱情小诗泄露了你灵魂的秘密，一盘长长录音带记录着当年某个上午为你收拾房间的女友的仅有的一句话，这张被单真白啊，真白啊。

洁癖更是精神的自律，对于凡尘俗世种种污泥浊水的鄙夷和抗拒，也是向往一切美好事物唯恐不及的拳拳、殷殷的心。

你为艺术道路上的跋涉者塑像，为那些捧出美好形象的作者不遗余力的喝彩，洁净诗意的文字中渗透了你的心血，因为你是他们之中的中坚分子，你的劳动赢得美的奉献者的尊敬和执牛耳的地位。

你对手工劳动者有特殊的敬意，那些生活在最底层的正直无私的人们让你的眼角常常的湿润，你甘愿为那些吃草挤出奶的草根小民极虔诚地掬一束鲜花，甚至于深深地鞠躬了。

你对于一株濒临死亡的无名草茎细心呵护，浇水剪枝给一片温暖的日照，当草叶吐露一朵花苞，你是何等的欣慰啊。

正是博大悲悯的情怀，让你为曾经流行民间而在变革大潮中迅速消逝的事物扼腕叹息，那些刻录着岁月的年轮和扎根土壤深层的血脉正是我们的本源啊，你在小中见大洞幽烛微的守望中不懈地挖掘着，在七朝古都泥沙俱下鱼龙混杂的城墙之上守望。

湛蓝的天空烘托出你沧桑的额头、挺拔的身姿、儒雅的风度、微笑着的面容以及曼声细语的教益，一个守望者的形象，雕塑般凝重而清晰。

二

音乐家有琴弦，画家有色彩和画笔，诗人呢？诗人一无所有，诗人有着辽阔而温暖的心灵，隔着酽酽的咖啡，与墨桅师平静而专注的眼神碰撞：一颗纯净的诗心，水晶似的闪烁着，诗人从不声嘶力竭地断喝，在这个物欲横流的当下环境中，保持着唐诗宋词古典而静雅的意境，以唯美的造句方式贡献着比起教科书并不逊色的篇章，映照出美丑，指示着精神回归的家园。

鱼和熊掌两者不可得兼的选择间或地困扰着我，我以为墨桅师的以美丽情怀书写的文章是起到了警示作用的，对于丑陋猥琐污浊的现象，以眼里从不揉一粒沙子的端肃加以拒斥，对于后进从不吝惜地敞开心扉送上和风细雨的灌溉，与我则有着拨云见日的启迪，促我醒悟到一脉传承的文化的神韵历经劫难而其核心价值的不朽，那是当下的贪欲及其物质化的苍白面具所无法抹杀的，尽管后者甚嚣尘上，犹如崩溃的楼阁，中流砥柱者终将屹立。

在春雨淅淅沥沥的敲打声中，聆听老师简约有致的教诲，而我的思绪随着老师以捻断数根须的竹简精神锻造的段落，切切实实的煮字疗饥享受到了丰茂的食粮了，同时更深刻地体验到作文做人统一的硬道理，婉转的诗意不可传译，华美而节制的回目是历历在场而无须我的赘述，而老师蓄须明志的精益求精的态度着实叫我等醒悟甚而羞惭不已。

老师从不端起空洞的架子，而是从点点滴滴做起，以语不惊人死不休的炼字法，规避着粗疏虚妄。从老师当场制作的书签，精致的裁剪朴拙的书体透露了书生意气文人情怀，让我肃然起敬于退耕还林而念念不忘忧患意识儒雅为师的风范。

三月的细雨中老师挺拔的身躯为我撑起一把雨伞，并肩漫步在华灯初上的城市轴心线路，潮湿的心一次次地为诗情画意而涌动，为老师这部大书浩然兴叹，君子务本的教益真真地奉为座右铭，棒喝着尘埃中乱云飞絮的心念。

徐 琴

记得她第一次到编辑部，是孔令更带领着，那些年孔经常会带着一些陌生人找我，到编辑部或家里。那天一见面，留着整齐剪发的青春女孩儿，透过近视镜片好奇地打量着我，很快她就坦率地说出她很早从孔老师那儿知道我后，竟事先自己勾画了一幅赵老师的图画：瘦高个儿，戴着近视眼镜，穿一条肥大的裤子，鞋底刷得很白的布鞋。说罢，俩人同时哈哈大笑。那年，我 35 岁。除了瘦高，其他与我无缘。

20 世纪 80 年代初，那是小城可爱而让人留恋的诗歌油印时代。徐琴最早的名字为勤，诗写得也如同名字。她和妹妹徐玲隔些时日就会有自己设计刻印的诗集问世。她送给我的第一部诗集《小树林》，我保存了很久。20 余年后，在她告诉我她计划在新购的别墅顶层开设诗歌博物馆后，我把《小树林》和其他诗友的几本油印诗集都捐赠给她。她还在当年的诗友中收集油印用的钢板、蜡纸、铁笔、油灯（那是一个经常会断电的年代呢）以及有关“文物”。这是一位注定将小资进行到底的女子。

除了零星发表，1986 年 3 月，我编发了她的组诗《在这样的时刻》。评论是她请一位到开封实习的笔名叫弘石的北京年轻人写的；如今这位评论者已是央视电影频道的负责人，叫陆红实。我还保留着他写给我的信，是对当年我发表在《花城》上的中篇小说《崩溃的楼阁》的看法。

弘石是这样评价徐勤的诗的：

……明快的情绪自然地流露于徐勤的诗中，构成了一种不失童心的单纯的美。

徐勤宋门外的家和我五层楼上的家隔着一片百十亩地的菜园子，她姊妹俩像蝴蝶一样时常到我家串门。我妻子会像招待客人一样留她们吃饭，有时也会把从天津带回的出口草编提兜送给她们。她俩在阳台上和住在我家的诗人谈诗、谈理想，也小声哼唱《小茉莉》《喀秋莎》《红河谷》一类的歌儿。有时，徐勤会把在单位、家里不愉快的事儿告诉我。记得一次因为刚刚成家，煤火老收拾不好，我把家里的煤油炉给了她。接过煤油炉，她便哭了起来，仿佛是面对家人。

徐勤的丈夫是一位军官，中校军衔。

徐勤酷爱音乐和读书（关于这一点，可以走进“芩妞的博客”）。

除了她本人事业上的进步，在培养女儿上也是一位成功的母亲。

要说的似乎还很多。

我想借用如今已更名徐琴的她的一篇文章作为尾声。

谢谢徐琴。

附：徐琴《风中的身影和时间的玫瑰》

和他有几十年的友谊了。从 21 岁开始，从我们家门口开始延伸，一直铺展到他家的田野，那一条蜿蜒细长的小路，仿佛是珍贵友情的记录者，油菜花和麦穗是那闪闪发光的金子般的笔迹。

他是我的近邻。他住在高高的五层楼，他有一个温暖洁净散发着书香的家，他有世界上最美丽聪慧而又贤惠的妻子，他有世界上最善良有着温暖心灵的孩子。这个孩子从外交学院毕业，对名和利一如其父亲一样的淡泊，而留在父母身边是他唯一的选择。如今他和他的妻子、儿子儿媳，和他极其疼爱的孙子住在西区。

他挺拔高大，瘦，干净。头发花白了，他的脸上有沧桑的车道纹，一如他走过的人生岁月，但那双眼睛黑白分明，年轻、纯净。

认识他是因为诗。

这样的开始令人难忘。

他是文学杂志社的编辑。

他编辑了我的一组诗，那诗今天看来幼稚、青涩，但他看中那些诗来自清新的原野，真挚而深情。他不知道，这一组印在文学杂志上的诗，对一个青春女孩儿意味着什么。

那是一个值得永远回味的岁月，是值得骄傲的开端。有他的激励，有黄浦老师、孔老师的激励，平凡生活的点点滴滴和那并不深刻的人生思考在我眼里都洋溢着诗性的美，成长的路有了美丽的铺垫。这铺垫，也仿佛是遮挡，风吹雨打之后，还能如他期待的那样，至少还没让他失望。

生活在同一个城市。当年的近邻，如今一个在西北，一个在西南，并不远，见面却是稀少的。有时，他会骑着自行车，让我到门口，把书或者自己精心制作的书签递到我手里，寥寥几句询问，像早晨一缕清淡的风，旋即他就骑车走了。

他制作的书签，他的书写，童稚的，知性的，每个细节都会让你闻到浪漫的气息。通达世事之后的那双发现艺术和美的眼睛，在废弃的纸盒和草纸上，裁剪、绘制出飞翔的翅膀，让你温暖、感动、安静。

偶尔，他会在博客里发纸条：妞，你怎么样了？偶尔，他会约几个朋友在某某咖啡馆聚会，等你来。

他是朋友，是老师，那种老派的非常绅士的男人。他深刻，如他的年轮；他单纯，像孩子一样。他眼里容不得沙子，因而有些固执和刻板。他有一双犀利的眼睛，他有权利拒绝和不喜欢的人交往。

那天，国外回来的兄长请喝咖啡外带午餐。四个人，有他。他不喜欢奢侈，更反对浪费。我们喝了，吃了。兄长对我说：给你来份冰淇淋？我偷窥了他一眼，呵呵，什么都不敢要了。最终克制了对冰淇淋的渴望。

电话里忍不住哭着，告诉他，爸爸离世了。他说，妞，别哭。

我早已不是青春女孩儿，我的女儿都成年了，还有几人能称呼我妞?

第二天清晨，准备搭灵棚，刚下楼，看到了他。他早早来了，冷风掀起了他的衣襟，瘦而高的他，迎风而立。我喊了一声老师，呜咽哽在了喉结。是悲伤，也是对他的感激。他说，你也要照顾好自己的身体，看你瘦了。

他是来自除亲人之外的第一个安慰，真的啊，第一个出现，还是在这清冷的、风呼呼的早晨。

我那被巨大的痛苦掏空的心，那一刻，有了方向。我要坚强，要有条不紊地办理爸爸的后事。

告别仪式他没来，他要来的，是因为心脏不适。他已经66岁了，那清晨肆虐的风，数小时的站立忙碌，为我而悲伤的悲伤，是心脏不适的诱因。

这个清晨，他高大的身影和他的安慰，在我人生最痛苦的时刻，是一盏温暖的灯。当我在黑暗中前行，常常因为痛彻心肺的思念而陷入无边的绝望，因为那一缕光线、人间的友爱，我又浮出水面，继续前行。

我想对你说很多很多感谢的话，但都嫌多余。

你是那种不需要我报答，却让我不能不报答的老师、朋友。这深重的友情，那身影在清晨的第一个出现，让我永难忘怀。我告诉自己，当我的任何一个朋友有难的时刻，我一定像他那样，第一个出现，对于受难中的人，这出现，这陪伴，是多么必要和温暖，那不仅仅是仪式啊。

你消失在风中的身影，如今早的阳光，重现在我眼前。

徐根泰

置买手机后的诗人根泰总共打来两次电话，一次是向我道歉，故事发生在阿瓶（孔令更的儿子）婚礼上；最近一次，是请我为其新出版的诗集写评论。

诗集《风起自流浪》，单说书名，就有几种读法。

读罢《风起自流浪》，似乎纷繁的思绪随同风一起浪迹远方，只剩下那凄凉的街景，冷凝成我此生挥之不去的挂图。

是一年的冬暮，天飘着零雨和碎雪。路上尽是匆匆赶路的车辆和行人。河南大学一教授请我去东大街“大丰收”吃饭，事先预订了临街的位置。也正因为毗邻大街，入座后我一眼就辨认出人行道电线杆下瑟瑟发抖的根泰。显然他刚到，腋下不见他平素沿街叫卖的发白的报纸，更显出灯光下他的黑。我至今没有勇气问那天他是在等候谁，或者有什么要紧事。我和根泰同属草根阶层，是时却被安排在冷暖高低两番境界，我心里不好受，总觉得对不起他。情理中又不允许反客为主召唤他上来，那样反而仨人都不好受。

女服务员把一条活鱼捉来让我们看一眼，其实客人往往在此时想的是酒家拐过头会不会把这一条活鱼换成死鱼。那黑脊的鱼很剧烈地弹腾了一下，我掉过头，见根泰仍在路沿儿徘徊着，不停地搓着手，往上面哈着气。我见过那一双手，总皴着。它们经过的报纸，比这个城市的人口都多。

……胸前的火锅沸腾了。我毫无食欲，夹了一筷子鱼肉后放下，拐头看窗，玻璃已让雾气隔膜了窗外世界。我连忙放下筷子用手抹了一把玻璃，根泰已不见踪影。

那一夜的冷，延伸到今夜我伏案捉笔的心扉。

后来，我在新家临街（又他妈的临街！）落地窗内，又看到过几回根泰。他一般由东至西，再返回。我注意到他腋下的报纸并未见薄。我时常是打开窗户目送根泰最终消融于熙攘人流。我曾指给妻子看，说："看，卖报的那男孩儿，就是认识孔令更的写诗的。"我没有说徐根泰的姓名，是怕她记不住。我一向尊重劳动者徐根泰，是这个社会实在有许多不劳而获的人厚颜无耻地活着。

其实，这便是迄今为止徐根泰让我读到的最生动的诗。

由作家出版社（后查明系盗版书号）印成书的诗集，有一种从畦间薅出、经过择去附叶又反复冲洗掉泥土后拿到市场上的青蔬的感触。尽管我会当众认同高树田、孔令更、蠢风通篇褒奖的文字，但我还是要说，根泰书页上的诗行，远不如那一个寒夜烙在我心窗的足迹具有震撼力和杀伤力。

根泰宝贵的、原生态的诗资源，在经过加工、提炼（也不乏高人指点）之后，抒情演变成矫情，呻吟改造成了吟咏，苦难、愤懑和抗争、无奈由于诗人写作途中的"润色"而减弱了箭在弦上的力度。

裁剪的痕迹和版面的零碎，也大大影响了阅读时的审美。

根泰的诗之所以没有抵达理想的高度，其中有一个外在因素是他这些年被"宠"的结果；这又反过来促进他大量感叹知遇之恩的长短句占据不少诗页。而诗句缺少个性，欠缺凝练，亦暴露了诗人的"内功"。

为了一个梦——

能在城市的天空炸响（第21页《来自乡下的我》）

我，期待着根泰的这一天。

也期待根泰原谅我说真话。

补白：

几经转折，这篇小评到了根泰手上。那夜临11点，根泰打来电话，说读罢评论，想自杀。不等我解释，他挂了。再打，无人接。我坐不住了，立刻询问孔令更根泰的地址。孔说中森你真傻（孔不止一次这样说过），他跟你闹着玩呢。这自然说服不了我。于是我不停地拨根泰的手机，终于通了，那边平静的声音让我稍松了口气。我命令根泰，让在他家胡同口等我。我乘出租车赶到时，他正慢腾腾朝这边走。我迎过去，遂在他引导下走进他租的一间屋子。除了水泥地上的那些书，还有作者喃喃的解释和我说的他不一定听得进去的话。我感到小城的那一夜很寒冷。那一夜，我全家人都没睡。

根泰第二天继续卖报，时而也运用一些低俗的语言招揽买主。我很理解这与诗人的世界观并不搭界。

从此，我不再批评根泰的诗。他出版的那一册著作，几乎花干了多年卖报的收入，活得怪不容易的。

项丽敏

一根豌豆里有七颗豆子，我刚数过。

——项丽敏《金色湖滩》

1. 黄山国际笔会上，我唤她项。

与称九华山诗人刘向阳“徐志摩”一样，并无太多设计。

是想到与这个霸气十足的姓氏联系着的“羽”。这是一位用羽毛笔蘸着太平湖甘露写诗的贵族女子，尽管她出身贫寒农家。

2. 极不情愿把21世纪太平湖畔的女子与1845年的梭罗牵扯到一起。

但是，她和梭罗一样，喜欢走路。

她和去瓦尔登湖的梭罗不一样的是，她仅仅把他造房子的斧头换成了相机和键盘。她敲字的键盘是铺在湖畔的石阶、草茎、沙滩、巷道……有时，一枚松果的溅落会帮助她完成一节抒情。拍照时，她从不会惊扰每一颗露珠儿。枝上的斑鸠好奇地凝睇着这位打湿了裙裾的女子，以为她是可以亲近的爬满丝瓜的绿杉。蚯蚓会把蚕籽一样的土壤溢入她干净的鞋子里。山林中的乔木的果实从容地在灌浆，灯笼草的拔节声中，她走入了童年……

3. 她说，藤会跑。

她，也正在踱入19世纪俄国贵族的宴会大厅，出入17世纪法国乡村的庄园……书页的呼吸伴随着她丰润的肺活量，使这位“从未离开生我养我的小城”的女子拥有了浩瀚的海洋。而且她时常拨开浮躁的泡沫，深潜海底，在不被打搅的珊瑚礁林畔，独享一味清凉的幸福阅读。

4.“枣花是浅绿的，远看，满树莹莹的米粒串儿，不像是花。走近了，才能看到五角形的枣花瓣儿，花蕊微黄，蕊尖上顶着绒绒的帽。枣花很像是童话中的拇指姑娘，她太小了，小到很容易就被忽略。”

也正是在这很容易就被忽略当中，读者发现了细致入微的诗人啊。

5.在读《疯女》中，我突然明白，作者是在告诉人们，是我们这个社会疯癫了；而那位脸上有“泥土一样安静天然的笑”，牵挂女儿，有正常月经的脏兮兮的女人，才是正常的人！

6.分手时，她显得十分焦急。她所负责的辖区，一位游客被狗咬伤，得赶快回去处理事故。她眉宇间浮动着浓浓的忧郁。

现实中，不少文人墨客，作文做人，是既立牌坊又做婊子的。

7.笔会结束时，项对我说，请您给我写幅字：静水流深。

“山林最美的部分总在它的深处。”

项的书中，随处可遇到“平静”“安静”“沉静”……连火苗也是静静的。

在《一个人的华章》中，似乎捕捉到最终的诠释，也就是作者写到的自己的“静脉”。

附：致项丽敏的信

项（请允许吾这般称呼）：

严格说来，中森还木船一样泊在前世纪的某个渡口，尤其是看到书桌畔文友为我放大的太平湖游轮上照片，远岸那界线分明的吃水线，竟有些触目惊心！若是涨潮的湖，我则正置身于水下，是时间宽容了我等生灵。又是南北君慈悲为怀拥抱了五湖四海恁多文友，让我们这些所谓的文人度过了一程“与世隔绝”的日子。回汴这些天来，浏览文友博客成了日子中的重要内容。发现唯伊的笔墨最冷静，笔会的雨、雾、篝火乃至歌声与孟浪，仿佛那淡黄伞上掠过的烟云，待收拢了雨具，了无痕迹，这是项给我的又一个惊奇。

在享受纯洁友谊的滋润，也吸收着你们传递给我的勤奋、细致、安静……从枣花的细节和芦花的情节上，已经映射出你的功力和学养，也衬托了不少人的粗糙与造作。其实，这也是一种真实，不是吗？

能想象到博文中6月15日8时11分55秒枣花的形容，于行文中分享了作者的情愫和体验。请问候你敬爱的母亲莲花好，还有你更多的亲人。你，已经成为他们心目中的东方“瓦尔登湖”和另一个梭罗。

谢谢你的及时回信和真挚语言，我已抄入日记中。

不知南北君是否还在太平湖写书？分别十多春秋，这一次相聚后，对小我10岁的南北君多了几分敬重。在小城时，我曾以脆弱的手臂为他抵挡过不公，并建议他改了名。昨日看他博客上抚箫的玉照，心中生出缕缕凄楚，却又道不明晰。也许，这才是所谓的禅境？他若仍在太平湖，麻烦你们多照顾他（南北性情倔犟，注意方式）。

但愿没打扰你太多时间，问黄山笔会文友们好。

墨 桅

痖 弦

2007年1月12日，痖弦从加拿大给我寄来两张新照。其中一张，身穿红羽绒袄的诗人站在白雪覆盖的家门之前，照片背面写着：

在游子的眼中
雪不管落在哪里
都是故乡的雪

读着年逾七旬诗人的照片和诗，如同捧着一团火。

20多年间我数不清痖弦先生给我写过多少封信，清一色的厚白纸，黑字，繁体，竖写；偶尔有个别错字了，会用白色涂抹剂覆盖了重新写；信封上永远是赵中森先生赐启。

是舞钢区的杨稼生大哥介绍我认识痖弦先生的。

稼生曾在1982年兰考笔会上被我唤作“杨大姐”并很快流传开来。稼生的心比贤惠的女人还细还柔软，有时会让人觉得有些“过”。稼生是杂志社圈定的作者，他文白相融的美文，是我一生难以抵达的净土。他写信提议让我给台湾《联合报》的痖弦先生投稿。

我知道痖弦，本名王庆麟，河南南阳人；注定是在中国文学史上留名的诗人。

于是我写了散文《进山》，一个题目，三个段落，分别写了打成右派发落大山20年的杨稼生、伏牛山深处的一家人、河南女诗人萍子。

稿子寄出后，开始了漫长的等待。渐渐，我有些沉不住气，对稼生说，我有点不相信“国民党反动派”了。稼生回信说，估计痖弦先生出差不在台北，相信他，他一定会答复你的。

果然，1984年1月19日，台湾《联合报》副刊在显著位置刊登了《进山》，还配发了大幅插图。后来又辗转寄来1500元稿酬。于是，稼生大哥给我来了一回幽默，说“国民党反动派”也有好人嘛。

这是我唯一一次给痖弦先生投稿。

痖弦先生后来鼓励我参加一年一度的台湾《联合报》征文，我没有满意的作品，就把征文的复印件分寄给各地的朋友。后来听说长垣诗人冯杰获了奖，写的是报告文学。

在我给痖弦先生寄了我的作品集《雕塑女人》不久，痖弦先生回赠了印刷精良的《痖弦诗集》，并说将来退休后，要办一个朋友赠书的图书馆。

痖弦从台湾《联合报》退休后移居加拿大，我们之间联系少了。不过我还会不时给他写信，寄亲手做的书签儿，抄写先生的短诗做贺年卡，偶尔也画字给他。有一幅“听雪”，是对诗人上面那首题诗的回应，他收到后很高兴，回信说要裱起来挂在屋子里。先生对我的一枚“煮字疗饥”闲章提议说，有些消极。这让我想到痖弦先生自己刻的闲章：“有物宜玩 无志可丧”，是指他“中年后醉心于收藏民间工艺品、古董，30年下来，家里像个杂货店（系另一幅照片背后的题字）”。

前些年痖弦先生回国，专程去舞钢看望了杨稼生。稼生居然没吭声，直到他寄来写痖弦的稿子我才知道。稿子自然是要发的，也生稼生的气，有一年多我没搭理他。

我一直记着痖弦先生的那句话：

> 这世界已经够冷
>
> 我们以彼此的体温取暖

附：痖弦的信

中森：

今年元月二十五日大札敬悉。也收到你的墨宝“雪”。这幅字，我会裱起来挂在窗边，让冬日的雪光映照它。

真的，在游子的眼中，雪不管落在哪里，落在地上或宣纸上，都是故乡的雪。

你的书法，有特别的墨趣，我很喜爱。

祝好。

痖　弦

2007.10.25

我近日回温哥华长住。

又及

易殿选

习惯叫他殿选。记得当年有一位全国劳动模范也叫殿选，这名字有些金榜题名的意思。

他，皮肤微黑，一副标准的国字脸，眼睛不大，闪烁着深邃的光芒（似乎也隐藏着几分神秘或者善良的狡黠）。

殿选是当代诗坛公认的“新诗潮中一位不可忽略的青年诗人”。

用他自己的诗说：“我是农民的儿子，单纯如一棵榆钱树，朴素如田野里的庄稼。听，只能听风的谣曲，读，只能读飘落的树叶。”

这是一位出生在豫南农民家庭、“二十岁上还没见过火车”的男子，第一次和他见面是在我家。几个大学生中，他说话最少，当你目光和他相遇，他会淡淡一笑。一个人就安静地端坐在那里细心地听着别人的谈话的模样，会让人想到村口老榆树下反刍的耕牛。这也很自然地使我联想到后来诗人李霞在一篇文章里的文字：

> 易殿选告诉我们，伟大的灵魂都是忧郁而孤独的。我们必须学会静坐，学会只身独处，学会在夜深人静时分思考，并且与自己的心灵对话，认真聆听来自心灵深处的声音。那些声音也许孤寂、悠远、单调，但是必然清幽、纯粹、不事雕琢，因为那是来自另一个你。外界太过嘈杂、尘土飞扬，几乎看不清事物的本来面目，唯有直视自己的内心，才会发现还有一方净土。

殿选，是“文革”结束恢复高考后77届的大学生。

从“中森老师”到“中森兄”，再到“中森”的称谓，丝毫没有人际关系中屡见不鲜的势利，瓜熟蒂落一般，自然而亲切。我，大他 8 岁。

殿选毕业后在省会期间，做过《莽原》《大河》和河南人民出版社的编辑。记得他 1985 年至 1986 年间，参与组织了《中原青年诗丛》，当时活跃在国内诗坛的艺辛、木公、齐遂林、李锐锋、陆健、陈俊峰、范源、康洁、王剑冰、邓万鹏、冯杰、刘德亮、关劲潮、吴元成、罗羽、张华中、郎毛、高旭旺等出版了诗集，是一种类似今天口袋书的 40 页的小册子，每人须交 200 元。当时，200 元钱是我三个多月的工资，没舍得出。

让我大吃一惊的是，诗友间传说他赴美国陪读临走时手头已经拥有 2 万美金，在当时这可是一笔令人艳羡的数目。自然，这在今天已经成为奔波于郑州、纽约之间经商的美籍华人眼里，俨然一朵蒲公英的种子。

殿选刚到美国时，我和他保持着通信联系，还给我寄过他和夫人尚书磊的合影。一次他搬家，当地邮局居然把我寄的信转到他们新搬迁的那座城市，这不能不算作一个奇迹，相信这在国内注定是不可能的。

20 多年没见面了。

辛卯年春上，殿选接过郎毛的手机给我说话，问我的近况，邀请我有空到郑州找他玩。

有年殿选回国来汴，孔令更开玩笑说他，美国再好，你脸也不会变白。不想再次归来，殿选的国字脸着实白了许多，让孔很是吃惊。

在写这篇文章时，我从书架上抽出易殿选 1991 年 7 月寄赠我的诗集《疯狂的石榴树》，随意掀开一页，读出声音来：

每一条小路都在提醒我
村庄越来越远
收获越来越近
……

附：易殿选的信

中森兄：

好。

信收到。

从信中看，你较以往舒畅了，这就好。为蝇营狗苟的事所困扰实在不上算。你我皆不是是非人，有时超然不得，远离不得，且被搅和进去，便生出莫名其妙的烦恼，我深有体会。

我有几个月不曾写一行东西了，胡乱忙，不知为什么，也不知道想干什么，人到中年了，却无端地长出此等情绪，奈何？

你最近在写什么东西？有中篇尽可寄来。

常写信来。

紧握！

殿 选

4.11

云从龙 （信）

敬爱的长者墨梳：

你好。我一直在等一本薛仁明的签名本《孔子随喜》，其间种种周折与意想不到的挫折，使我对这本书的期待足足拖延了一个半月，也因为我想送给你一本，所以连同要寄给你的书都延迟了许久。直到今天，我才收到这本书，另外有北岛的《失败之书》和《今天》第91期《暴风雨的记忆》。后者去年出版以后影响很大，欧阳江河的5月间接受媒体的采访称，今年三联将会出一本《暴风雨的记忆》单行本，在这本书里，最为出彩的莫过于对“文革”的回忆和反思。你也是这一路走过来的人，所以我想送给你一本。

还有上次跟你说过的那本《诗刊》，也一并寄去。通过这本书，我更加觉得我们之间如你说的那样：“尘缘如禅。”我仔细回忆当日的情景，甚是觉得惊奇。三十年前的你，也曾经对一个时代给予了那么殷切的期望，令我感慨，也令我更加珍惜我们之间的交往。每一个人，从成长到成熟，再到老成，实际上就是一个接近死亡的过程，这是一个多么残酷的现实。可惜的是，有的人永远抱着某种迷局不放，或者一改本来的面目，变得物是人非——这是我从你的诗行里读到的。三十年前，你也是一个被时代卷进去的人；三十年后，你却安定地走出来了。我读那首诗的时候，想到了你的文化记忆散文，你之所以面对故园风物不断反思怜悯，全是因为你走出了那个迷宫。

而我自去年到现在，对于很多东西也有过反复的思考，我觉得我也应该放下一些对于当下生活的成见，脚踏实地起来，因为只有脚踏实地才有可能出现转机和改变，所以在我的写作中已经越来越疏远于时事，但并不代表我不关心这些，尽管在我的生活里已经越来越倾向于沉思，但我的心还是热腾腾的。你送给我的字，我有时会拿出来看看，从那些字里，我也感悟到了一种修行。

敬爱的墨，请允许我这样称呼你，因为我觉得自我去年创办书店以来，你一直都在给予我默默的支持和关怀，尤其是你每次对我博客中所更新的文章的支持，令我备受鼓舞。我明白，我们之间相距千里，能够传音的也只有依赖这些。而我的书店，自从去年创办以来，一路坎坷走来，我也时有放弃的念头，但恰恰是因为受了如你这样的长者、前辈的鼓励才一步步由弱到强，并有信心继续坚持下去。目前，我的书店在本地文化圈中已经有了一定的知名度，因书结缘，也认识了很多本地出版界、文艺界的朋友。最近，《江西晨报》的一个专栏可能还会给我做一个专访，借着这样一个势头，我又在和我的朋友筹划着做一个“今天讲堂”，很多实质性的东西都还没有着落，好在我有一个志同道合的团队。我想，这样的事情，只要我们能坚持下去，一定能开花结果。

我想生活就是这样，需要经营与不懈的努力，重要的是在这个过程中，不要轻易放弃自己的理想，或者被现实淹没了自己的理想。人生的幸福，并不在于我们得到了什么，而是因为理想得以成全。

就说这些，对于一个年追古稀的老人，我最希望的是你能开心、健康。我想，有缘的话，我们会见面。

一方茶叶寄来，伏望安康，问候夫人。

从龙于南昌
2011.5.20

附：云从龙《引导我们上路的人》

“我们的生命宛如那流水 / 流入那大海 / 了无生气。”这是博尔赫斯在《诗艺》中提到的句子。如果生命真的了无生机，那么我唯一能够拯救我们的东西，或许就是诗歌。

再也没有一种艺术形式能够像诗歌那样令我们青春永驻，直刺内心，促使我们渴望对终极话题的不懈追问。在此过程中，诗人无疑成了我们生活的重要组成部分。

但是，这并不是全部。

还有一部分来自曾经读过诗人诗歌的那些人，他们是诗人自己，诗人的兄弟姐妹，诗人的情人，诗人的粉丝们，所有这些，或许都令我们足够想象生活的妙曼，但是，有一种人，还是被我们忽略了，那就是：诗歌编辑。

没有人知道，一首伟大的诗歌落在一个平庸的诗歌编辑手里会得到什么样的遭遇；同样也没有人知道，一个对世界保持敏感的诗歌编辑对缔造一个伟大诗人会起到什么作用。在仅有的故事里，我们看到在遥远的古代，中国诗歌最为辉煌的年代——唐朝，那时候的诗人们对知己的渴望胜过诗歌本身，所以，陈子昂会摔琴售诗，李白会醉卧高堂，杜牧整天泡在扬州的青楼里。但是，也有失意者，他们一生也没有遇到知己，隐疾伴随终生。

那是一个诗歌被推崇到无以复加的时代，悲剧都处处发生，何况今天。

通俗地讲，那些知己在当下的语境里便是“诗歌编辑”，他们是诗人的引路人。因为这是一个不缺少读者的时代，但是舞台总是稀少的，它甚至被扭曲和垄断。

一个诗人本身的伟大与优秀无可厚非，但如果没有人引路，引导他登上属于自己的舞台，那么，难免要发出命途多舛的感慨，这样的事情一旦多起来，一个时代的狭隘和荒唐便纤毫毕见。

以下的这些文字，便是要回答上述问题。它们出自一位年逾花甲的老人之手。他叫墨桅，是我素未谋面的忘年交。从我与他仅有的通信中，我知道他服过八年的兵役，待过十三年的工厂，做过二十五年的编辑。我无法想象，这样的经历都包含了怎样的人生故事，但是，从他写下的诗歌小辑中，我却能看出作为一个过来人的悲悯与真诚。

需要说明的是，虽然就叫诗歌小辑，但这并不是诗歌，而是记述了他在编辑生涯中经历的一位又一位诗人。这些人一路走到今天，有的已经成为巨匠，有的是诗坛的中坚者，但这位编辑却慢慢地老了。如果时间还记得他，那么我们应该读读这些文字。

这些文字未必规整，未必像散文大家那样起承转合，它甚至很短，甚至对很多值得大书特书的细节一笔带过，甚至在语言上还存留着一个特定时代的影子，但这些都是作者气质和内心世界的展现，他无意要标榜什么，只是在恬静的晚年回忆一下往事罢了。

这样的人生，我最喜欢，也能够回答这篇小引前面的那个问题。

基于这些，我要为这个集子再修订一个名字：《宛如流水》。

请铭记这个世界无数引导我们上路的人。

尹清轶

阳台上，妻子先我读了尹清轶的新书《那些忧郁》，一口气读到《送默儿至重庆》才去厨房洗菜。她对我说，平日知清轶细心、实诚；送儿子上学，哪年哪月哪时哪分哪个车次，连候车室乱哄哄的声音和汗脚气味都记得恁仔细，如今这样的男人不多见。

本来，我预备从清轶文笔中蕴含有泰戈尔的淡泊隽永、屠格涅夫的深邃苍劲，还有沈从文的乡情水韵下笔。做编辑二十春秋，对清轶可谓再熟悉不过，我的一部中篇小说中还有依他创作的人物。新著中收集的不少篇章早已读过，记得是前几年了，油印本，名字叫《做个像模像样的男人》，为此还曾致信小我十八岁的作者。

妻子，一个普通的读者，要比男人多读出些意义。

同样，妻子，亦构成了清轶生命与著作中的主弦。

“妻子的病让我改变最多。”这句沉甸甸的肺腑之语，大多男人是体味不到个中况味的。我重读那些文章时，又一次落泪。尽管我也慨叹命运时常对底层民众不公，为当年给他写小纸条的小女生、如今沉疴的妻子乞求一张床位受阻，徘徊秦淮河畔栏杆拍遍欲哭无泪的男人那跫然足音，端的也在我心头烙下步步血红履痕；然而读到清轶写妻子肾移植后“人生已大打折扣”时，行文中却分明感受到正是突兀降临的灾难延长了那生命，亦刻骨铭心地懂得了珍惜生命；作为一种隐秘的力量，它使得夫妻之爱升华到神圣境界，这已是清轶对读者的重要贡献！也正是如此，清轶著作中极少大刀阔斧的鸿篇，更多的是一针见血的字句。这，缘于他人生细节的诚实。

“我必须承认，有时候，和那些称为流氓的人、被枪毙的人一样，我也有过冲动、窥视、占有的欲望，这无疑是我的短处，我的人性中丑陋的地方。”如此与读者肝胆相照的深层内省与坦荡释放，已使得诚实筑成了高贵的基数，激励着人们踱向庄严与崇高。作者如此散发着体温的思想，在“揉橹梦幻”“读诗恋月”“故乡的灶火”“寺门的汤锅”“隔壁的恩惠”“阳台的忏悔”诸篇什中皆可真实地触摸到。

当人们屡屡念叨“诚实”二字的时候，已是谎言瘟疫蔓延的季节啊！

其实，清铁是一位很懂得浪漫的男人，一直梦想拥有一只乌篷船；同时他又是一个会在马道街从背后拍下你的肩头，让你提防小偷骗子的腼腆小伙。关于清铁的善良、智慧，还是留在他的下一步著作中诉说吧。

“人生真是花开花落，一阵风吹过来，就啥也没了。”

朋友，像清铁那样诚实地活着。

尹清铁新浪博客上最初的网名为“小河湾”，新又易网名“老蚂蚁”。细酌：苍生如蚁，已超越了诗意。另外，记得顾城有句诗，“生如蚁而美如神”。

附：尹清铁《墨桅家的烟囱》

我闭上眼就能看见墨桅老师家取暖用的烟囱——银白色的铁皮筒，长长短短，九曲十八弯，依墙逶迤，从餐厅到卧室。它们对接严密、结实，连封接口的胶带都平整得不打一个褶儿。记得第一次见到时，我惊叹不已：这哪是什么烟囱啊，简直是艺术品！

这大约是20世纪80年代的事。那时，墨桅老师一家三口住在开封东郊厂区的一套老房子里，一室一厅一厨，三四十个平方。因为面积小，空间就显得十分珍贵，家具和电器能省即省，上初中的儿子的床铺竟是悬在餐厅的半空中的——那地方原本应是个壁橱。作为编辑、诗人和作家，他的书、杂志很多，柜子里，床头上，一摞摞的，哪儿都是，但摆放整齐、秩序，有条不紊。我和文友们常去他家拜访，他就在卧室里接待并宴请我们——我们坐在他铺着大浴巾的床沿儿上，一边喝酒，一边谈诗，北岛啊顾城啊，滔滔不绝，笑声不断，壮志一屋，脸也红彤彤的。

墨桅老师家的烟囱是他自己亲自巧妙设计、合理安装的。说来真好，冬天，外面冰天雪地，而他家里却温暖如春，就连窗台上的吊兰，也仿佛长在南国。

春天，取暖炉和烟囱用不上了，墨桅老师就把那烟囱一节节取下来，擦净，上油，用报纸或牛皮纸包着，以待来年再用。来年，那一节节烟筒几乎和新的一模一样。

这和我家当时的情形形成了极大的反差。我家的煤炉胡乱矗在屋子中间的某个地方，黑不溜秋的烟囱，用两根生锈的铁丝牵着，晃晃悠悠的，总让人担心会突然倒塌，或落下来一节，而通向屋外的那个窗户的玻璃早已碎了，用一块三合板挡着。更为难堪的是，那时孩子小，系烟囱的铁丝上总搭着一些尿布，所以整个屋里每天都臊腾腾的……

墨桅老师精致、规范的生活我并不感到奇怪，因为他本来就是那么一个注重细节和追求完美的人。

你看，他衣着得体、干净，人也高挑、笔直，难怪郎毛先生在他的那本叫《被埋葬的体验》的书里说，他“玉树临风”，“一个墨桅的形象”。其实，在墨桅老师身上，我还觉得透有一种儒雅。因为见到他，我总是想到教授、学者。

在郎毛先生的那本书的序里，郎毛先生还忆起了自己80年代走黄河时的情景。他说，那时他想要和急需的东西如钢笔、手套、稿纸、旅游鞋等，墨桅老师总在他落脚的前一刻准时寄到。这显然是一种亲密无间的友情和默契，更是墨桅老师的品质所在。

在如今这个网络和电子商务高度发展的时代，电子邮件在人们的想象中传递，速度之快让人几乎听不到它的嗖嗖声。但逢年过节，我还常会收到墨桅老师亲手寄来的信件和亲自制作的贺卡。

那信件，用纸讲究，书写个性，说成书法作品一点也不为过。那贺卡，或贴边，或裱，或用篆印，或系红绫，精美极了。你见了不收藏都不行。

我还清楚地记得有一年和墨桅老师在酒馆小聚的事儿。

说好了几点到，可我却因为事情多，懒散、邋遢，竟迟到了个把小时。那天，墨桅老师已点好了一桌的饭菜，一直在那里等着，不愠也不怒。我到时他还说，你忙，没事儿没事儿。后来我才听说，那天他为了我们的小聚，竟提前了两个多小时冒雨从家里走来，鞋子里灌满了水，脚一直浸泡在里面——这事儿虽然已过去了多年，但至今想起，我还深感不安和内疚。

现在，墨桅老师从工作岗位上退休了，人也从东郊到了新区，且在我上班的路上买了一套大房子。但每次从那里路过，我都会不由自主地抬头往他家的窗户上望望。

洋中冰（一封未发出的信）

小美（中冰妻子——墨桅注）打来电话：气氛挺隆重的。我已知那隆重的象征，油然诞生了一阵阵的兴奋，似乎，已感触到那种时刻已发出响音的走近。

去家后，小美捧出散发出油墨清香的《洋中冰自选诗集》打印稿，说："他这会儿已在火车上，不知弄到卧铺没有，得32个小时……"男人的行程是昼夜间铺筑在女人心畴的，也难怪你的《女人和男人》写得那样真切感人。

自以为十分了解朋友了，可在读了你的诗稿后的瞬间，你我完全陌生了，仿佛同乘西去的列车，当我一节节读你时，突然被卸在某一陌生的夜站，车很快又前进了，灯火月台上，只剩下我与那淡去的轮声与笛音……

想到不久前一位朋友的生日舞会，一向自称"五音不全"的你，居然"卡拉OK"出一曲抒情的男中音将那一夜烛火撩拨得格外活泼多情。

在小城文学沙龙日趋江郎才尽般的浮躁与强打精神的状态下，你居然精力旺盛从从容容伏在那张简易书桌上一行行地写着，磨砺着，也积蓄着自己和诗。

我还记得你最初的小说《丹丹》，已标志着刚脱下军装的作者是经历过诗的训练课程了："筑墙的是这些人，拆墙的也是这些人……"小说的文体，却统篇渗透了诗的精神。转眼间，已是二十几年前的事了。人们在滚滚红尘中被冲动着，被磨炼着，被腐蚀着，被消耗着，最终那有限的生命也化作风中的微尘。于是，大多活着的便握着不同的动机和手段去创造与实现自我。

你，便在当年做跑线记者与夜班编辑的空隙创造着诗，也留下了人生清楚的足迹："用火焰用蒸腾解释太阳"（《我们》）、"海底多了丛珊瑚 / 走着的人依然走着"（《走在前面的人》），还有《菊败》中"……历史就这么着 / 就像冲杀后倒下的士兵 / 就像哭泣过毁掉的蜡烛 / 你 / 毕竟怒放了 / 能有一次怒放 / 一生不就足够了吗"……

你追求的是做人的质量，也包括诗。

读《性悟篇》《情爱篇》《自然篇》，一位敢爱敢恨敢喜敢怒敢歌敢舞的北方汉子便风风火火迎面扑来。

那些针砭时弊与拷问自我的诗篇，读起来很是过瘾的。这个世界本来生态平衡，缘于有了人间砍伐渐次失去了常态。平凡的日子中，我们周围虽不多见刀光与鲜血，但无时不涌现着正义与邪恶、诚实与欺骗和形势动荡时的投机、变节、诬陷以及忘恩负义、落井下石……所以我们才认识了彭德怀和张志新，所以我们才格外珍视真诚和友情。中冰，你我都曾投笔从戎，但这些年我多是消极避让渐失棱角，而你则以世态炎凉为一种淬火，将诗之剑锻炼得如此冷峻锋利！不说刮目相看，却要赠你一句：继续操练。

我读的三篇中，尤偏爱《性悟篇》，也是它，使一部诗集呈现出倾斜状。将作品分类，促形式跌宕，是构成集子的手段，但若形成通常说的第几世界的划分，则有一种本质区别。《自然篇》里的一些诗，明显看出诗人来去匆匆而未及深掘山水诗句下面哲理的宝藏，这不只是受单位差旅费的局限了。

中冰,你这大杯饮咖啡的人什么时辰作了恁多的提醒人生的短歌与俳句，这也着实形成了拍案惊奇的社会效益。"残酷的凋零 / 却高于盛开的欺骗"（《凋零》）；"做人总不能 / 老为人家的舌头活着"（《我说》）；还有《女人和男人》中的"当认真清点俘虏的时候 / 却在俘虏的行列里发现了自己"。读到此，我清醒地温习起亡母那句"你总傻，迟早让人卖了，还笑着跟在屁股后看人数钱"，便倍感你那首《大海哭过》的凝重与苦涩，并于短短六句中获得了一种博大与深沉。

你不止一次讲起自己的诗"浅、白"居多，我已为一米八的诗人谦词中那真诚而动心。为了"说服"你和文友，恕我做"文抄公"："……他的浅，却如一条清溪，澄澈见底，纵有多少沉渣和腐草，也不掩大体的清。倘使装的是烂泥，一时就看不出它的深浅了；如果是烂的深渊呢，那就不如它浅一点的好。”这是鲁迅说给刘半农的。我不说你怎与那在伦敦写出《教我如何不想她》的多情诗人相比一类的话，但我断定你在写作途中有意无意是继承了刘半农为代表的那种明快清新风骨了。更何况如今被涂抹得浓郁，假冒伪劣商品以及幕后播放录音只在前台空运嘴脸的骗术风行，善良的公民已太渴望简洁与晴朗的真实。而至今仍醉心于赘词和装饰语以及玩深沉的作者（也有读者），大概算是没有出息的。

若逼我表态，便是发扬清澈真挚诗风，开拓更新境界。

其实你已用诗回答了自己的疑惑：“我用眼睛剪裁世界 / 心儿自由地组装 / 一切都变得简洁了。”（《裁》）

我多年不写诗了，横竖将心里的大白话抛给你，也好去睡一个安稳的觉。此刻，载你的那列客车已行驶到何方？临下楼时，小美特意说了句：“中冰明日黎明能赶到重庆……”这很像一首叙事诗的小引。日常我们的妻子时而会吟出些惊世骇俗的诗句，将我们猛地推至读者的位置。

好了。

蜀道难，祈祷老朋友旅途安逸！

附：程光炜《洋中冰自选诗集·序》（片段）

作为朋友，我想直率地说，中冰的诗并非是尽善尽美的。他富有诗人气质，崇尚直率真诚的诗歌观念，使他的人和诗化为一体，热辣滚烫。他的长处同时又是其艺术的短处。他的诗歌长于自白而短于隐藏，构思直接而少于变化。他表达内心的生活感受有一定深度，然而没有形而上的东西——如果我们在阅读中产生出更高和严苛的要求，他的诗不免就“露短”了。我想，这既是表达的问题，也涉及人格的建设，需要投入些功夫狠狠读几本书才行。我们每个人也都面临着这方面的问题。但我也想说，中冰的某些诗令我喜欢。

过去就像被揭掉的一页页日历，它的逝去那样不容置疑和无可挽回，叫人伤感。但我记住了令更、殿选兄穿过风沙弥漫的开封街道，给中冰投稿的情景，还有他最近那次灿烂的笑。

1992年6月24日于湖北师院家中

岳 杰

与岳飞连着血脉的第三十一代子孙的岳杰新出版的诗歌集《开封颂》，在对文化名城历史与现实热情洋溢的讴歌咏叹中，特别注重婉约与豪放、古典与现实的融合，尽管在歌咏中暴露出匆忙的痕迹。岳杰的贡献，较多地体现在源自心灵对人性和自然的歌唱。

我喜欢开门见山。“麦熟一晌”，麦熟过程的艰难而安详且不说，这恁多来自民间生活的谚语，似乎早已被匆忙的人们所遗忘了，岳杰却如数家珍。由此便可看出诗人热爱生命、观察生活的艺术功力。

“就剩下玉米”，当母亲把一生的爱怜给了家庭也可以说奉献给了社会，那果实剥落殆尽的赤裸芯子，竟像炽热的感叹号一样堵在读者的心扉。并非节外生枝，我在装修新居时，从一块挖空下来的门板夹层发现了岳杰的“诗句”：门的骨骸，居然全部是用黏合后密集的玉米芯！这也是我在读到那些诗行时怦然心动的原因。母爱化作了门，支撑出入着的家和命运，挺立着依门翘望晚归儿子的风中的老娘啊……全诗“就剩下爱了”的铿锵结尾，声若洪钟，震撼苍穹！

“一棵受伤的玉米代替了父亲受伤的腰”。劳动是艰苦的，劳累中没有浪漫，即便《拾穗者》这样的世界名画，看上去也会觉得腰疼。这，也要求着诗人甚至读者“要用一生的感情，去弄懂要弯多少次腰，才配得上一棵庄稼”。在这个谁都承认发展和浮躁的时代，有多少人能保持一颗朴素而感恩的心？岳杰诗行中不时映现出诗人的关注、仁慈、宽容、责己，亦证明着诗的真实与圣洁。

我还想到，这个世界的爱和恨都不容易被遗忘，倒是平庸的日子会使人麻木、沉沦。偏偏正是这庸碌的日子中的大量细琐在构成着诗歌的元素，期待着独具慧眼的作者去发现与开掘。那些穿越平常琐碎的苦难和忧伤的诗歌又最撩拨人们的心弦。在这里面，人们会很轻易地触摸到诗人的社会责任感与敏锐的洞察力。大自然中有多少苹果在生长、成熟、坠落，正是牛顿于司空见惯的生活中发现了万有引力的金苹果；从这点上看，牛顿不愧为一位伟大的诗人。

那天在黄河边，爱激动的岳杰对我说："赵老师，我坚持认为：诗歌是用来倾听的，倾听风雨和心灵；诗歌是用来挽留的，挽留时光和美好；诗歌是用来拯救的，拯救苦难和迷茫。诗歌给我们理想也给我们手臂。诗歌是火焰，它在前面给我们开辟道路；诗歌是镜子，它在浓雾里高悬我们温暖纯净的生活。诗歌贴着春天飞行，贴着秋天丰盈。诗歌把这个世界切割又把这个世界梳妆。诗歌的力量就是让我们行为端正、日子高洁的力量。我放弃一切丰沛生活的诱惑就是想贴着诗歌，让自己和所有人的生活都温暖、润朗和美丽起来。"伴着大河的涛声我记下了他的话，良久，没有再说什么。

耿占春说："写作，有时是在修筑城堡，有时是对道路的探索。不给言辞与片段规定方向，任其发展，这样每一句话都可能是一个出口、一条路。人行其上。"岳杰的写作，正是暗合了诗歌评论家的理论。他那田野一样质朴的诗风，在这里早已经不仅仅是形式，它属于人类精神的自然流向中的启航，给人们以流畅、清新、亲近和温暖。

除去田园生活，岳杰的质朴风格同样可以在其政治抒情诗中看到。"'包严''欧宽'"，诗人巧妙地运用人性化的目光，独辟蹊径地做出对"开封"的诠释。至于"敢把皇帝拉下马"，与丹青皇帝宋徽宗成为促膝谈心"最要好的兄弟"，俏皮中又不无对历史悲剧的慨叹与惋惜，同时也看到诗人写作中的大胆与宽厚。

上面一笔带过，说岳杰的诗有时显得"匆忙"，甚至不免迎合，我想这大概与诗人的工作环境有关。我读岳杰诗的时候，他身为县政府办公室主任。

如今开封县改为开封市祥符区，岳杰也被调入市宣传部。置身这样一个尤重意识形态的部门，岳杰会更忙，调入市区后的几年来，我俩竟然没有见过一次面便是证明。

说实话，见面不见面倒是小事，只是期待向诗而生的岳杰诗写得从容、自然。诗歌起源于祖先祈求丰收与幸福的祷告，倘若作为农民出身的歌吟者显得行色匆匆，便有理由让人们怀疑你的虔诚。

张俊山

1984 年 5 月，一次正常的编辑工作，居然在河南诗坛卷起一股势头不大不小的风波。

在编辑当年《东京文学》第 4 期前，我先后收到河南大学中文系教授张俊山和当时的自由诗人郎毛的文章，纯粹是自由投稿，他们都是在评价上一期的“青年诗人”栏目中的作品。

我和郎毛的友谊见诸报端杂志，在此可以略去；和张教授一段蓝领情谊，确是有些意思。

“文革”中期，张俊山由开封师范学院中文系毕业，分配到开封一家一机部所属的工厂。我从同为该校学生的我大姐的毕业分配结果（她被掌权的造反派同学分配到长葛县八七人民公社），多少知道些当年的所谓分配依然掺杂着“文革”派性的毒素。张俊山被分在装配车间做装配工，我退伍后被安置在金工车间的镗床班，两个车间都在按苏联专家设计的足有两座田径场大的厂房内。我时常要脱开班组的劳动，参与厂里和车间的文艺宣传队和书画墙报、黑板报。许多回张俊山和我一起办板报，黑板就竖立在通往公厕的过道上。他负责写稿，我分工画画，我很钦佩他文章中那么自然地引用唐诗宋词。后来落实政策，张俊山回到母校，后来当了中文系的教授，俩人见面也就少了。

一次我去苹果园河南大学的老宿舍区找刘恪，在小区路上碰到了张教授，他眼袋已经耷拉下来，脸有些虚胖。照面后他居然还认得我，张嘴就问，小赵，你来这儿找谁呀？他还是当年那多少有些京剧青衣的嗓音。我说找刘恪，他摇了摇头，笑着说了句不认识，就走了过去。望着曾经一块儿在车间办黑板报的张教授苍老的背影，我突然感到岁月的无情。

本期所发表的两位姓张（郎毛，本名张真宇）的所写的文章，在具体到同一个诗人时，竟然碰撞出激烈的火花。张俊山教授温和地批评了开封青年诗人“多数作品还是心灵的‘自我表现’，幽微飘忽之情有余，时代气息不足，现实生活在作者们心目中的投影太淡薄了”。张教授在列举若干作者的作品后，话锋一转，“比较起来，《红柳吟》（作者为潘万提）……还算是佼佼者。”

可谓狭路相逢，偏偏郎毛文中也是拿当时正红火的诗人潘万提说事：“比较令人失望的恐怕要数潘万提的诗了。他的《红柳吟》和《三朵雪莲》都是写钻井姑娘的……仅仅句子的重复就使人腻烦，更不待说把姑娘比作红柳继而比作雪莲是何等俗不可耐了！三个姑娘是三朵雪莲，三个钻井小伙是三个钻头——比喻雷同而低劣，就连一般的修辞中，人们也在尽量避免这种用法，没想到竟出现在一位有着较长创作经历的中青年作者的‘诗’中，实在令人不可思议！”郎毛后面诙谐地说道，潘的诗歌现象，让他联想到曹禺的《王昭君》里的孙美人。

这本属于一场正常的诗歌作品讨论，也可以说是文学批评或者争鸣，不想竟然惊动了河南文坛和批评界的领导和权威。在时隔不久召开的一次省作协会议期间，一位德高望重的老诗人特意找到我，把我叫到僻静处，和气地说，中森，不是批评你，你们不应该这样批评潘万提同志。还有一位在全国已形成气候的搞理论的学者，在走廊里遇到我时，干脆敲明亮响地说，这本不是你们应该做的事儿。虽然他和颜悦色，声调沉稳，却不啻于朝我领口内撒了一把雪。更加可笑的是，据说到会的开封文联的一位主管刊物的领导，还主动登门找到诗人潘万提道了歉。当时，潘万提已经从军旅诗人成为河南人民出版社的领导。

对于这场27年前的风波，我不想再说什么，但我愿意重新回顾那一期《青年诗人》“深耕”所写的卷首语：

中原，背上有着最沉重的包袱，脚下有着最肥沃的土地，土地下埋着最多的苦难和骄傲。难道黄河的乳汁就哺育不出几个乃至几十个有声有色、有棱有角的诗人？

张庆明

我不相信，诗人、朋友李霞所编的《河南诗歌地图》（征求意见稿）会是一种疏忽，我甚至臆想到作为媒体总编辑的他，会在“安阳张庆明”的文字面前犹豫良久、最终还是决定跨越过去。

20世纪七八十年代相交的日子，我在金水河畔河南人民出版社一个向阳的编辑部见到过张庆明，他翘着腿坐在藤椅上，很随意地和我说着话儿，深色镜框近视镜片后，是一双善待业余作者很职业化的眸子。他手里端着印有河南人民出版社字样的白瓷茶缸，每喝一口，便把茶缸盖儿轻轻地盖住有很厚茶垢的茶缸。张编辑斟的茶水我一口没动，视线落在案头堆放着正在编辑的不知是谁的稿子上，稿纸上圈圈点点的红色笔迹，如同有望丰收的农田里开放的花朵。

后来听说张庆明回到了家乡安阳，不大清楚他为何会离开那个许多文人都向往的职业。但是很快熟悉和不熟悉张庆明的人们，甚至是文学圈之外的人们，便被大江南北铺天盖地的以《路，就应该这样走》为总标题的组诗震撼了。组诗在《诗刊》《星星》《人民文学》等刊物上刚刚发表，马上就有很多报刊转载。

张庆明以诗人特有的敏感和激情，用朴实流畅的语言，描绘与歌颂了新时期农村的重大改革和巨大变化。张庆明，成为了那个诗歌时代一面鲜艳的旗帜。诗集《路，就应该这样走》荣获河南省第一届文学成就奖。

《路，就应该这样走》的大红大紫，也让不少人很自然地联想到新中国初期，互助合作化运动伊始，河南作家李凖以小说《不能走那条路》构成新中国文学史“里程碑”式红色经典的往事。

在这里，我不愿评价以上两位我尊敬的诗人、作家刻有明显时代烙印作品的是非功过，我只想引用张庆明在1981年第2期《上海文学》上的一段话：

诗是时代生活的浪花。反映时代生活的诗，才是史诗，才是诗史。党的十一届三中全会，是历史新时期的转折点，各项新的政策使我们伟大的祖国，特别是广大农村发生了天翻地覆的变化。作为诗和一切文艺作品，就应当（也必须！）反映这个伟大的转折，引导人民憎恨黑暗，向往光明，热爱新生活。我爱读小川、李季的诗，爱读贺敬之、阮章竞的诗，他们的诗里有时代的音响，有生活的音响。写诗，我有如此怪癖：每当捉笔，便如痴如醉，或声泪俱下，或独自畅笑。诗，不是哼出来的，不是写出来的，而是哭出来的，是笑出来的。我思索：诗之种子只有播进生活的土壤，才会发芽、生根、开花、结果。我深信：血管里淌出的，必定是血；毛细孔里流出的，必定是汗。我幻想：写出一首出新、出画、出情、出理的诗来。我追求：诗，能如田野的小麦花一般朴实，虽无夺目光彩，却能孕出麦粒儿。我忧虑：诗啊，倘若抛却人民，人民，便会抛却诗！

我渴望：做人民口中的一支小小柳笛……

我还能依稀记得张庆明的诗句：

鞋子
端端正正摆在地头
赤脚
一步一步丈量着田畦

点击网络，有关张庆明的文字很简单：

张庆明，（1943—）

性别：男。

民族：汉。

河南安阳人。大学毕业，历任教师，安阳豫剧团编导，河南人民出版社编辑，安阳市文联副主席。著有诗集《路，就应该这样走》、长诗《朝阳花红》（与人合作）、《有这样一个小山村》。

附：张庆明的信

可爱的中森：

你好！

读您的信，致谢（真诚的！）。

应该说，我的诗是幼稚的，留用一篇也令我高兴。谢谢您的努力。

（诗人们纷纷来信祝愿，但我清楚，我是个学步者！）

中森，您的诗写得不错，盼您丰收。

有什么事须（需）要我，可来信，不必客气，熟人嘛！

盼您一切如愿！

顺颂

诗祺！

张庆明匆匆

7.3 家

张洪波

20世纪80年代初的5月，编辑部轮到我和王不天外出采风。在游历过曲阜、泰山、青岛、烟台，在做类似于占卜决定下一步行程时，我提出两个经常联系的东北诗歌作者所在的城市：吉林张洪波的敦化，黑龙江谭德生的伊春。结果鬼使神差地俩人共同选择了伊春；有时一个决定，往往会构成人一生不可弥补的缺憾。

张洪波，这位被格外关注他的牛汉先生称为“春天来临的熊”的诗友，从我1983年3月在《梁园》编发他的第一首小诗《十月，深山印象》，到今天我在电脑前单指敲击这些文字，近30年过去，我们居然没有见过一次面。

洪波赠我的诗集《生命状态》中，夹着一页他用流畅的笔触写的信笺：

中森同志：近好！寄上松籽，以春节尝鲜，请查收。代问全家好！致礼！洪波 82．元月

我一向拒绝收受作者的任何礼品（本辑《西华老人》有此内容），但是对于洪波的松籽，我很乐意接受，我把他当成了自己的亲兄弟；那掬在手掌间棕色的结实颗粒，仿佛是勤奋的诗歌青年劳动的果实。

洪波从一个业余写诗的偏远县城的银行职员，到华北油田的创作员，再到《诗刊》编辑，至今天一家出版社总编的同时，也书写着他著作等身的诗意人生。

在令人尊重的牛汉先生80华诞之前，我曾和洪波约定在北京见面，两人共同去看望先生，后因洪波有事搁浅。我后来读到过洪波的一段文字：

今年以来，我一直想再去北京看望先生并当面聆听教导。由于工作忙脱不开身，一直也没能成行。

1993年8月，洪波在赴甘南桑科草原采风中坠马受伤，造成腰椎骨折，险些瘫痪，此后两年时间几乎是在书房里度过的。就在我们通话不久，他寄来了新出版的随笔集《摆脱虚伪》，牛汉先生再次为这平凡素净的12万文字写序。序文中先生一段话很有趣：

我很少写“手记”，读了洪波的“手记”，我又有点跃跃欲试……

不久前读到诗人蓝蓝的文章，其中说到张洪波经过郑州，与蓝蓝对话中提及和中森的交往，当说起中森与他的书信往来时，微醺中的洪波眼睛湿润了……

我，刚刚平静地度过66岁的生日，我不知道，此生能不能和洪波有一次温暖的握手和拥抱，尽管那书架上一长排洪波的诗文集扉页上有着他那双粗壮的手的指温啊！

（去年，洪波由马新朝、邓万鹏陪同专门来开封看我。在卧龙街北口，两人见面后，久久紧紧地拥抱。我忘了自己说些什么，只记住了洪波说的话：这次相见，弥足珍贵！）

附：张洪波的信

中森兄：

您好！

来信已收到，我去了延吉、敦化刚刚回来，迟复了！

看到您整理出来的信件，我也很激动，虽然是一封短札，但情感是真实的，可靠的。1982年我还是26岁的文学青年，一晃已年近五十（我今年虚岁49），命运的过程虽是快速，但我还是把每一天当作起跑线，心灵当中一直在不停地奔跑。虽无大的收获，但还是对得起自己的“历史”的。

自费出书花销很大，如有人支持方可为之。

我们这里，单册书须一万五千元，套书（10册）二万二千元（指管理费用），如加入某人丛书中，五印张七千元可下来，给作者1000册书。社里刚做出规定，一段时间内要执行这个标准。

刚回来。匆匆回信，多多联系。

致礼！

洪波匆匆

2004.6.28

郑纯方

20 多年前某傍晚，我起笔《胭脂河》小序，墨迹未干，有新诗萌动，一是舍不得那一抹古典粉红，又担心稍纵即逝的灵感，当即驱车赶往纯方家，搁下那只有序文的稿纸匆匆告别。不久，《胭脂河》诗在《人民日报》发表，引起不小反响。连诗翁陈雨门也四处打听郑纯方何许人也。诗发表时，序依然保留送时那几行小字，而诗早已超越我当初的境界。

多少年过去了，在兰考一次笔会上，有位叫李书民的业余作者握着我的手，激动地说起赵编辑送序的往事，这自然是纯方传播。区区小事，念念不忘，已是做人的品德。遂记起几年前与少华、增军和纯方赴津门采访，纯方意外发病，化险为夷后，我带他去查病因，午饭专门为他要了西芹百合、玉米羹，纯方居然不久前还津津有味提及。这一切在物欲横流之今日，越发显得珍贵。与纯方结谊几十春秋，我早已告别编辑窗，新岁伊始，纯方依然想着寄贺年片来。

那时，纯方还是个血气方刚的青年。一次《梁园》编辑部开座谈会，河南大学某作者刚启齿检讨其受批评的小说，纯方拍案而起："要检讨你去找领导去，《少年时》是篇好小说！"弄得会场一度尴尬。关于此作品，王不天曾对我说过，是可以给女儿做范文的，而当日在座的老中青则多是表示拥护对该小说的批评的。

有文如其人说，也有字如其人说；我添上一句，字如其名。纯方的钢笔字工整而流畅，是可以当字帖的。我目睹他握笔的手小鸡啄米状使得稿纸下桌子发出共鸣时，已流水线般呈现出一水的秀丽宋楷。偶有错讹，又会从自备文具盒取出及时贴与剪刀，粘补后重写。我做编辑多年，实话讲，凡遇如此功夫稿件，会择出先看的。也难怪从开封走出的李焕振，每投稿前总要找上门请纯方抄一遍再寄。这也反映在绝少绯闻的纯方生活的另一面——纯方爱整洁是有目共睹的，即便偶遇沙尘暴，上班前照常打领带、梳头发、擦皮鞋。我一向认为，注重生活细节是一种素养，临时装不出，也做不长久；这也必然体现到文人写作中。

这些年，缘于年龄和居住位置，和纯方见面极少，偶尔街上邂逅，他总是小声提醒老大哥应该注意和避免些什么。这比起几位酒后哥们抱着膀乜斜着眼忍住笑等着有人跌进无盖窨井，已不只是高尚。

有必要说出的是，我有幸与少华、纯方合作历史长篇小说《儒皇徽宗》，80万字，几经反复，终被搁浅，从而构成开封文坛上世纪末一块奇异的无字碑（或许称路标、里程碑合适一些）。历时三年的磨砺，我想三位笔耕者都会有各自的体验，这本身也许要比一部新作的问世更具有实际意义。在此，我借来前些年我在台湾出版的长篇《李师师》自序中的一段话：“写作的初衷，亦有重温历史、体味历史的欲念；到头来却锻炼出历史对现实与笔者的严肃凝睇，它使我们感到了惶恐。”不过，在此这个历史已非赵宋王朝，而是我处于“搁浅期”的心理写照。我也感激那1000多个日日夜夜，它让我对于900多年前开封那段历史有了浮光掠影的认识，日后是用得上的，只要你付出了，迟早会有收获。

绝非吃不到葡萄说葡萄酸的寓言啊，细思量，前些年，皇恩浩荡，“万岁”潮涌，那些暴富的作家、编剧私人金库银子的光泽使得善良国民刚刚觉醒的民主精神遭遇到一种挑衅，而唯皇史观的毒素又再及时不过为衰落中的封建意识领域添加了某种滋补。我很庆幸自己并非是出于自觉地退出了时下愈演愈烈的为皇帝歌功颂德的合唱。把良知与笔端倾注于人民这衣食父母，而非“皇阿玛”，这是历史与文学的呼唤。尽管在商业的潮汐下这呼唤声已充血并显得嘶哑，但这是人间正道，也考验着作家的品质和世界观。

我注意到纯方散文中钟情于桥的文字不少，其实，一格格，一字字，也就是那砖石。一册著作问世，亦是一座心桥竣工。“你站在桥上看风景，看风景的人在楼上看你。明月装饰了你的窗子，你装饰了别人的梦。”（卞之琳《断章》）世界本来就是这个样子，谁也逃脱不了，只不过时常不觉间互换位置罢了。

甄　嘉

这是我的博文《诗歌编辑札记》中第一次用化名所写的诗人。

我编辑发表他的作品时，诗人分别生活在嵩山脚下和大墙内。

印象深刻的是那次省作协召开的诗歌讨论会，诗人们游览嵩山，经少林寺、嵩阳书院、观星台……一路上，都是由作为东道主的他担任义务解说员。记得路经颍水源头时，他从临窗的座位激动地站起，如数家珍地讲解尧帝让位于许由，许逃至萁山，农耕而食；尧又请许由做九州长官，许到嵩山颍水边洗耳，表示拒绝。由此，让我又了解到“洗耳恭听”之外的“恶闻其声，是故洗耳”的古典。我很佩服甄嘉的亲和与口才，从此我们成了好朋友。

甄嘉的诗歌才华在后来的日子得到充分展示，作品不断在省内外报刊上发表，让我好生羡慕。不久，他还获得了一项诗歌大奖（可能是河南省优秀文艺作品奖）。我曾认真地阅读了他在《百花园》的组诗《瓦砾集》，短小精练而富有哲理的诗句给了我不小启发。

正当诗人大展宏图的时候，他锒铛入狱。

我几次到监狱里去探望他，看到一身灰白相间囚服的诗友，我很奇怪自己并没有任何隔阂。铁网高墙下，轮到我“洗耳恭听”他讲述自己的冤屈和遭朋友陷害的经历；也讲到他在监狱中刻钢板办油印小报，以及他做手工工艺得到政府嘉奖和减刑。

正是在那次谈话后，我萌生出编辑一期“大墙诗歌专栏”的念头。和监狱负责人商谈后得到赞同。我至今还感激那位热情配合、名叫杨士峰的教务处副主任。我诚恳邀请他为这一期诗歌专栏写了前言《艰难的说明》：

……第二个犯人走了，我思绪很乱，说明，却怎么也说不明。

窗外，春光融融，那枯萎一冬的树木，正泛出新绿……

这期专栏共发表七位在押罪犯的作品，300余行诗。我设计了总栏目题图和所有诗歌的标题插图。

以甄嘉为发表时的“笔名”，也是依据大墙纪律，在押犯人不允许以真名出现在公开发行的报刊上。我把甄嘉的组诗排在头题，也是出于编辑的眼光。

组诗的题目是《我要重建光明之城》：

我不能
像口铜钟有了裂缝
就让自己和瓦缶同声
不，我还要长鸣！还要长鸣

这是1988年的秋天。

甄嘉提前释放出狱了。

甄嘉没有回嵩山脚下的故乡，他选择留在了他曾经生活过的炼狱所在的城市。

听说他在开封城郊从事一种室外装饰材料的研制和开发。后来和水利局一位腿有残疾的少女成了家。那位女孩儿我见过，不多说话儿，她曾帮助开封的诗歌界朋友们打印过不少油印诗集。这一段时间我和甄嘉没有过多少接触，我是怕这时节的交往会碰疼了他的那一节历史。往后，他就没有了消息，那个水利局单纯的女孩儿也到处找不到他。

一次，我在寺后街京古斋门口看到了甄嘉熟悉的背影，但是那一刻，我居然久久没有找出要唤他并和他交流的语言，而且心头涌上一股奇怪的陌生感，我就站在原地，一直注视着他的身影消失在人流中。

蠢风曾给我说到过，他看到甄嘉后来的东北籍女人用架子车拉着病重的甄嘉在大街上，以至于后来朋友圈曾出现过甄嘉不久于人世的传闻。

辛卯年多雨的秋天，从孔令更那里传出一个惊人的消息，甄嘉，突然生机勃勃地出现在他家门口。原来，这些年在北京发展的甄嘉，参与发明制造的一种泡沫水泥出口印度尼西亚，他是回到他的户口所在地办理出国护照，还说过两天要回来一趟，想看看过去的朋友。前些天在网上查阅老诗人青勃资料，突然一个熟悉的名字闯入眼帘：是他、是他！他已经成为工程师。青勃老师资料里之所以出现甄嘉的名字，是老诗人曾为他写过诗评。网上说，他所研制的新型建筑材料填补了我国建材业的空白，并影响海外。

甄嘉是一位能创造奇迹的人。我等着他来，也担心自己到时候会认不出他。

作家

雪是无法译解的传奇，
谁能想它冰凉的面容下，
竟藏着一颗温暖而期盼的心呢？
雪等雪，
是现实中最富有自然的传说。
茫茫天地间，
寻找共同的轨迹。

——任崇喜

艾 云

我书架上，有艾云三册书，作者寄二册；作者的父亲亲手送我一册，书名为《南方与北方》。老人是黄河航运处的退休职工，热衷于武侠小说，退休后，还真地动手写了一部书。我让王少华读了书稿，少华说，像民间老作坊酿造的粗糙的酒，看过会上头。

逢年过节我若在汴，会去看望艾云的父母。

艾云调广州后，我在省会和外地的书店还见过几册她的著作，全是艾云离开河南以后写的。

也许，干燥贫穷的北方不适宜娉娉婷婷的艾云。

无论人与候鸟，迁徙都是为了更好地生存，如走西口如闯关东如下海南。用艾云的自白，她“几乎是带着精神受难的累累创痕来到南方的”。

不辞长作岭南人的艾云，原名李爱云。

云，让我记起母亲的那句谚语“云往南，水涟涟”，温婉湿润的南国，使得一次灵与肉的文化迁徙的艾云，结束了北方述而不作的干旱季节。

并非所有的人都适合迁徙。开封有两名头牌记者南下，脚跟未稳就打道回府了；一位才女在深圳患癌症早逝。

艾云早些年每次还乡，我都会陪她，攀援城墙，行走老街、古河，访问故居、母校……从艾云的书中某些片段，我似乎能辨出自己瘦削的身影与平静足音。听艾云说话时总觉得是书在诉说，一页页地彳亍着，我极少插话。

浏览艾云的书，有一种行云状的笼统印象，她对北方偏重于冷峻批判，对南方则充满热情礼赞，有种忆苦思甜的意蕴在字里行间。

北方平民出身的艾云，在南方写作时依然使用钢笔。

写这篇小文时，艾云已把父母接去，说是请老中医给老人彻底检查一下身体。一次，艾云的母亲在电话中对我说，在这儿住仨月，得花闺女三万块钱呐，我舍不得，那是她一字一字的血汗钱。我说老人用血汗把子女养活大也不容易时，有些哽咽，是想到我那哺育过十个儿女如今长眠地下的母亲。

那次打电话时，艾云不在家，正好央视的天气预报说广州正下着雨。我想，湿漉漉的羊城雨巷，有一个撑着油纸伞的北方女人的身影，艾云，正在走入她的新的著作。

附：艾云的信

中森：

好！

久未联系，确实常在念中。

给你家打了几次电话，无人接。可能搬家了吧？曾记得你给过我新址电话，当时没记下，十分懊悔。

知道你常去看望我的父母，他们说起你和陈剑平帮家里解决了煤气管道的事。我不知该如何感激你们。

你近来可好？已做爷爷了，可让我觉得你真不像祖父辈的人。

中森，你进取，旷达，明理，一直坚持用心灵思考，是不被腐蚀耗损的人。这种品质与坚持，在目前，已属罕见。

没别的事，只是问候一下，闲时别忘给我们写稿。并告知一下新址电话。

夏季来临，一切保重！

再叙。

艾　云

2004.4.22

半 夏

与昆明的半夏君好久未联系了。几日前，收到她快递寄来的长篇新作《忘川之花》，很是惊喜。书架上，有着半夏、萧耳、柳营的几部长篇，都是认真读过的，却一直没有说过话。

做诗歌编辑久了，偶尔客串编辑小说、散文。也玩票写过小说，始终不得小说要领，只是凭感觉走笔。对于评价小说，尤其是长篇，着实不敢造次。借用刘恪教授曾真诚地说过的话：中森啊，你是一位有残缺的艺术家。他所说的正是我的理论的弱项。

读《忘川之花》至第13页，“我爸”以一道语文作业打标点断句，成心让缅奶雀洋（令人出洋相）的细节，竟让我失声笑了。

一句“人才十分丑陋无半点可取”，两代人的“断句”，竟如此大相径庭：

一个：“人才十分丑陋，无半点可取！”

一个：“人才十分，丑陋无半点，可取！”

绝了！

《忘川之花》是一卷恢宏叙事长诗，这个细节，无疑是诗眼。

读完全书，这十一字的作文断句，竟魂灵一般萦绕于十七万文字的阡陌，且完成着明里暗处史诗般故事的承转启合、榫卯架构，把个许德昌与缅甸太太曼丽的爱情传奇铺筑得严丝合缝，从而也完成了他们人生的精彩断句。

或许太多作者乃至大家，并不看重这一“闲笔”。

半夏君，却以生物系出身的细致入微，捉住到这神来之思，用到恰好之处，又卤水点豆腐、四两拨千斤，看似漫不经心地优雅铸造成语言殿堂这一件镇殿之宝。它的吊诡之处在于，我们通常会忽略掉这样的细节，岂不知人生中诸多本质、智慧、哲理正蕴藏其间，从中也看出一个作家的功底。老祖宗说的那句“功夫在诗外”永不过时。

诸如《忘川之花》中断句这样的细节，绝非小说中廉价的饰物，而是与人物命途相关联的事物。在半夏的心目中，它们是凝聚血与泪的水胆玛瑙，是坚韧而悲怆的珍珠。愈是寻常日子习焉不察的细微之处，愈是具有着强悍的生命力，却也往往最容易被人们所忽略。

中国有太多的作家，已经写得圆熟老道，炫技中偏偏失去了自然纯真。半夏不是那种天才型的作家，随便一个故事都能编排得天花乱坠惊心动魄。她务实、吃苦、舍身。我们可以从半夏喜欢到山野散步、关注植物昆虫的习惯得出结论，一颗驰向天蓝云白草绿土红的心，该是多么的辽阔和敞亮！经她手锻炼出的文字，干净、湿润，蒸发出本草的气息与昆虫的体温，从而力透纸背。

半夏主动走向旷野，亲近万物，自然有着大学本科宿命的成分，不也正是一种本色作家对生命家园的眷恋与回归？恁多的自诩为走近瓦尔登湖的男女，不过纸上谈兵而已。半夏则全神贯注到对一只蜾蠃的凝睇，继而深入《诗经·小雅·小苑》中“螟蛉有子，蜾蠃负之”的诗句，再追踪到台湾专家研究归纳的蜾蠃亚科的“丽胸蜾蠃”。

半夏确实曾经脚踏实地跟踪拍摄过一只蜾蠃。

> 那天，我正好看见它搬动巢穴建材之一幕。我在另一篇文章里有记录：在一条河边散步，忽然脚前的石板地上有一物坠落的动静，弯腰一看，竟然是一只蜂，当时我只从它的细腰及体色初判它为胡蜂，现在知道它大名是黄蚊细腰蜂。它在地上拖一截干枯的小树枝，似乎要抓起它来带走的样子，那截小枝比它身体还长，我怀疑它的企图根本无法实现，然而我正拍得欢时它真地抓起那截小枯枝飞走了，那截小枝是它筑巢时的建材……

正是这样，勤恳朴实的半夏，凭着一截截的“建材”，完成了鸿篇巨制

《忘川之花》。

附：半夏的信

看了墨桅老师给我写的文字，非常感谢！墨桅老师从我这个人来写评论，这也就是我与墨桅老师的共同点了，因为我们都是太感性的人，不是评论家，不是萧耳那样经常搞点评的，会从外围、从写作者的性情去揣摸他或她的心思，是一种类推法，这样的写法有专业评论家们不屑的“多余素材”，然而它往往生动。其实，我给别人写评论也常这样。

墨桅先生此文对我太过抬爱了，不好意思。但此文您通过博客注意到我现在在野阅微的生活方式，我深以为这正是我人生别开生面之处，国粹围棋里有棋从断处生之说，谢您了……

墨桅老师德高望重，是我多年的忘年交好朋友，尽管不曾谋面！更不常联系，但一切情谊并没消失，我在云南等您和有真情意的朋友们来云之南！

半 夏

2015 年 9 月 2 日

何向阳

鲁枢元说，何向阳是朝圣者。

理论家们要么论理对象神圣不可及，要么一朵新鲜的牛粪。

我是从“文革”开始不喜欢华夏理论家的。再推远点，批胡风和反右运动。周扬和郭沫若在编《红旗歌谣》时，“丰收”的农村有数百万计饥殍。曾几何时，一有风吹草动，理论国不少大树级的主儿往往稗草般地迎风舞之蹈之，要命的是与风向保持惊人的一致，像顾准那样的战士鲜见。

我走近何向阳，是前些年省会几位现代派画家和开封一位先锋摄影家的“星期八艺术展”。当时，何向阳刚刚荣获“鲁迅文学奖”。

头一回在画展大厅看到有丰盛的糕点、鲜果、饮料乃至牛奶。对于我，犹如偏远法国农场工人误入巴黎的贵族沙龙。

距我不远，一位穿白羽绒袄的女孩儿，她细心地用水果刀切出几片金黄色蛋糕，又用夹子夹了几块琥珀色点心，最后是水果，一一放在托盘上，恭恭敬敬端给两位端坐的老人。这样来来回回几趟后，自己才切了一小角蛋糕，乖乖立在长辈椅子一侧，大家闺秀地吃着。

很快，我发现咀嚼中的两位长辈一律姓何：南丁与秋声。

何秋声师任《莽原》主编时，和我说过稿子，他说他喜欢我的艺术构思。南丁老师与开封李怀发交情笃深。一次我替当时主持刊物的怀发去省文联送笔会一组小说，请南丁写评论，没想南丁把送稿人细节入文。遗憾的是这与敬仰师长一次仅有的文字交被我们的上司蛮横删去，不明白到底为何缘由，这位上司也是写评论的。

我立刻走过去，向两位师长致敬。退休的何秋声认出我后，特意介绍说，这是何向阳，南丁的女儿，脸上洋溢着父辈的那种自豪。说话间，那白衣女孩儿微笑着伸过手来，唇畔还有一痕乳白奶油。握手间，我发觉何向阳的手太轻柔，似乎不该是握文学评论这杆大笔的手。

“星期八”的作品印象早已褪色，而何向阳孝顺长辈切蛋糕的细节，已成为我心目间一帧永远清新的诗和油画。

胡 文

说来是个笑话儿，我和诗人、散文家胡文曾分别是同城的报刊编辑，胡文所在的部门，曾经有一位我不喜欢的头头，他原来是做政工出身的。中国大凡从事这方面工作的人物，多多少少都会沾染上些“政工综合征”，至于临床病况，在此就免去了哈。

一次，胡文向我约稿，在电话里我直言不讳地说，我不给你们写，你们那儿有坏人。过了些日子，胡文又来电话，笑着对我说，赵老师，给俺写稿吧，“坏人”住院啦！

我和胡文的家同在一条街上，有时见面我会喊她街坊。当年，我和她上下班都骑自行车经过宋门的城门洞。平时，在街上会遇上胡文的母亲，是一位看上去十分干练的女知识分子干部。她不认得我，加上小城一班子文人骚客平素“辈分”不容易划分，我也不好称呼她，也就从没打过招呼。

胡文大学毕业后分配到报社，做副刊编辑。她的诗和散文写得都很好，是开封数得着的才女。通常每年 3 月，我会编一期女作者专栏，胡文是必定要约稿的作者。

记得 1995 年 3 月号的《河南散文女作者专辑》，我编发她的《美女如云》，开篇她写道：

> 宋门里有一条河，乃著名的惠济河，京杭大运河中的一段也。水多，滋养人，尤其是女人，宋门里就多水灵灵的美丽女孩儿。

文中，她分别写了石榴、二巧、艳红三个美女的不同性格和命运。在写到艳红结婚后，因为家庭、生活所迫变得俗气时，胡文这样感叹道："在这世界上，你不能要求一个女孩为了保持清纯就不食人间烟火。有了美丽的灰姑娘，却没有富有善良的白马王子，生活于一个没有童话的时代是我们的悲哀，因为没有童话而让人尽早正视现实又何尝不是我们的幸运？"

在编辑到这几行文字时，我的心很沉重，胡文既用咏叹美女的方式抗议丑恶现实，又饱含深情注入女性作者特有的宽容与抚慰。胡文的艺术气质无疑是属于古典的，还有仿佛来自天籁的朴素纯净的宗教情怀；正是这种情怀，使得认识她的人们在纷繁熙攘的生活中，享受内心的安宁与诗意的照耀。

应该说，胡文调到央视后，才是她大展宏图的黄金时代。她所主持的《讲述》栏目，大多是寻常百姓间的人物与故事，这也更加广阔地延伸了美丽善良的胡文的那种悲悯与博爱。

几年前，我和中冰相约到北京看望周海婴先生的间隙，打电话问候胡文，她放下电话就驱车赶到我们住的宾馆，还带给我俩一人一份央视赠送贵宾的礼品。交谈中，你从胡文的话语中能感受到她对生活彻悟后的通达，更多的则是那种他乡遇故知的亲热与家常，如同她新浪博客中的网名：茶和酒。

黄浦生

那年金秋十月，参加省作协第三次代表大会期间，不少文友谈及黄浦生。

1995 年 11 月 9 日，作家黄浦生去世。

就在几日前的夜晚，即将随《酒韵》剧组出发的少华和我赶到医院看望昏迷中的浦生。当时萌生在病榻旁，悄悄告诉我们，浦生不久前刚刚大出血。我握着浦生的手，不想白床单上的手居然很有力地回握着我，我说了句“你的手好有力！”这句话，是一种祈祷。

作协秘书长秀芳大姐给我说，浦生故前两个月，还跑到省文联院里，累得吐血，为赶在假日前把一无啥名气的作者稿子送到编辑手里。

全国开展学习孔繁森热潮中，开封五县部分业余作者聚会，怀念这位甘为他人作嫁衣裳的市作协主席，筹备自费出一本纪念浦生的册子，后遇阻未果。

1989 年农历腊月二十七，尉氏县南曹乡政府院内，一室、一桌、一灯、一床，浦生正奋笔疾书。他受命赶写电视连续剧《焦裕禄》剧本。他用去八个昼夜，阅读过去的采访手记，然后胸有成竹地铺开稿纸，这是第十一天。

他无视医生的警告（35 年前，他右眼在学校打乒乓球时因伤失明，这一事实很多人 35 年后才知晓；两个月前医生批评他说，你对唯一左眼不是合理使用而是在残酷榨取）。

他忘掉了肝病的阴影。

他自己在跟自己赌博。

突然，眼前出现纷乱的煤屑状黑点，这些黑点迅速集结，形成一堵黑墙，铺天盖地压来！用后来浦生的话说：“桌上稿纸变成了颠晃的昏白匣子，眼球发出一种飘忽模糊无从形容的摩挲怪响，紧接着视线崩断，人像是无可奈何地抛入深不可测渊底……”

几日后，浦生便被白纱布蒙住双眼，躺在河南医科大学眼科病床上。经专家诊断，玻璃体严重浑浊，视网膜脱离 180 度，患者已濒临双目失明绝境。

妻子哭着说：“俺浦生写焦裕禄都把眼给写瞎了……”

如果从浦生 22 岁在开封地委宣传部当通讯员算起，到这部由他参与总体设计的电视剧的写作，25 年过去，18 本笔记，200 万字手稿，直至被送上手术台，浦生满腔心血居然没有浇铸出一颗成功的铅字。

1984 年，他将 4 万字的《焦裕禄在工厂》寄给一家出版社，那家出版社在退稿信上写道：焦裕禄，错误路线的牺牲品，缺乏现实意义……

这，仅仅是作家个人的悲哀吗？

25 年，浦生坚定而执着地循着认定的道路，靠自己的力量、信心，不受外界种种干扰（曾有人称《县委书记的榜样——焦裕禄》是大毒草，这一长篇通讯重新发表后竟有人提议不准在兰考发行）坚韧地写着英雄的历史，也延伸着一位正直作家的足迹。

欣幸，1990 年，那沉甸甸的《焦裕禄在工厂》手稿，被作家出版社接收，编入《焦裕禄其人其事》。在浦生痛心慨叹自己要告别笔耕生涯的时刻，文化艺术出版社出版了他的小说《月缺月圆》，另一部散文集也由刘绍棠作序出版。这是浦生可以数出的著作；然 20 余年来经浦生发现、培养、推荐、发表的无数县乡业余作者的作品，又如何统计呢？ 20 世纪 80 年代后期引起文坛注意的魏世祥的《水上吉普赛》，其中有些故事是浦生无私提供的。

浦生，是个好人。他在这个世界上活了 51 年。

随着改革的深入与人们价值观的改变，文化领域也出现了令人沉思的现象。个别人，不著一字，尽得风流。偏偏浦生编书时拒绝不劳而获者的署名，为此，他屡尝苦头。笔者在一篇发表过的文章中曾说过：“浦生兄的早逝，缘于病，更缘于气。”

当众多文友及接受过浦生关心的业余作者自发地悼念这样一位文化人时，浦生兄也该安息了。

西方现代戏剧中有一名为《四川好人》的剧目。而今，南阳内乡人黄浦生，却活生生留给人们一部感人肺腑的悲剧：《南阳好人》。

20世纪80年代初，一个苹果花儿开的季节，我有幸和浦生一道参加河南人民出版社在兰考仪封园艺场举办的笔会。说起笔会，浦生负责市作协工作以来，不知策划过多少次笔会，为此付出过多少心血，提携过多少新人。迄今为止，历任市作协领导无人可超越。记得是一个黄昏，“黄妈妈”（笔会上我送给浦生的绰号）脚步轻轻来到我的房间，双手捧着抄写工整的书稿，微笑着说，请中森给俺的作品用毛笔写上书名：“月缺月圆。”

弹指间三十余年过去，回想起这一幕，人生何尝不是月缺月圆的宿命，而浦生的高风亮节，端的是一轮皎洁的满月。

李苏鹰

今天，知道李苏鹰名字的人大概不会太多，即便作为同行晚辈的笔者，了解先生的生平，也不比《开封文艺家辞典》上多出一行半字来，偏偏是这一节文字不多的“野史”，这么多年来，时不时会叩击心扉、拷问灵魂！

“文革”初期，几乎与老舍先生殉难太平湖同步，不堪忍受屈辱的李苏鹰选择了服毒自杀。

那一天，是公元1966年8月27日，先生在彳亍死亡之境的途中，穿得很整洁，步履亦很从容。服毒之前，他曾往瓶中浓度极高的药里兑了些清水，遂走向古吹台对面筑有草亭的土坡。可很快他又折返回来，因为他在兑水时瓶口有些药液溅了出来，他生怕那毒液会殃及习惯于直接用嘴对着水龙头饮水的孩童和大人。他把水龙头冲洗得很干净，泥水溅脏了他的鞋袜和裤腿。待这一切做完，李苏鹰才离开此地。这位戴宽边眼镜的中年人的举动，被一位当地小姑娘看了个仔细。后来，她在“造反派”收拾草亭下的尸体时，又辨认出了那个俯身冲洗水龙头的陌生人，亲眼看见他被粗暴地装入一口“白棺”。20年后，这位少女成为我一位年轻文友的前妻，她怀着敬仰之心叙述这段难忘经历时，李新叶（开封日报记者）、杨稼生（舞钢市作家）、郑兢业（我市业余作家，后为郑州市专业作家）、笔者及我们各自的子女，正小憩于古吹台前5月的草坪上，西侧不远，就是那水管、那水龙头，它正在如泣如诉地缓缓滴着晶莹的水珠儿，似乎是在佐证这个鲜为人知的故事。

对于苏鹰告别人生之际居然有心情牵挂他人安危，也许人们会轻而易举在词典上择些个词句来概括。而当一个人半个身心已跨入地狱的时刻，又有多少人还会顾及责任、良知呢？勤奋整洁的苏鹰，则将最后一瞥的世界亲手打扫得一尘不染；有评论家说苏鹰一生无惊世之作，而此举则无疑构成他生命之绝响与著作之丰碑！

距先生含冤而去，弹指50余年过去。中国知识分子的生存环境发生了根本性的变化，伴随着市场经济的大潮，这一群体也无一例外地在经受着考验与磨炼。自古以来，东方文人，讲究人格操守，追求精神高洁，乃至固守清高、淡泊的自我设计、世外桃源，无奈一梦醒来，竟被市场化的游戏规则所搅乱而面面相觑。市场成为检验其笔耕收成的铁面法官，功利主义则公然藐视高尚的传统，利益被合法化，“价值”成为口头禅。

改革潮起，笔者曾以其作《崩溃的楼阁》宣告小城诗歌沙龙因为精神物质的拮据与无奈而解体。今天再读时，不免有些“小资”的苍白无力，但毕竟是笔者在经受潮汐冲击时的一声叹息。面临新的历史语境，使得人们如同走入四面竖镜的考场，你必须交出真实的答卷，因为你已无处藏掖，亦无法作弊。再次走向古吹台下那一截历史，重温李苏鹰的纪实情节，着实已铺成笔者案头的一份试卷，虽时值春寒料峭，试卷却被汗滴溅湿……

中国文人，作为传统精神高地的坚守者，务必保持自身的执着、信仰、真诚与人格的高洁；否则，我们日后纪念屈原、文天祥、老舍、傅雷和苏鹰，则会显得虚伪且毫无意义。

窗外的蓝天白云间，已经很难寻觅到鹰的踪影。

我怀念那只鹰啊！

补充说明：

关于苏鹰之死，另一个版本为我的邻居孙润田提供，他读过本文后，指出有几处失实：

1.当时没有水管，是那种有水槽、链子的老式水车，用人力或牲口推拉汲水，我少年及参军后都参与过这项劳动；2.服饰，苏鹰当时上身为白汗衫，下为西式灰色短裤，脚穿新流行带襻塑料鞋；3.尸体旁大树张贴有黄纸黑字“现行反革命……”标语。

孙润田是和同学去禹王台玩时所见，这与那位目睹苏鹰服毒前后过程的驻地女孩所言大体相符。谢谢老街坊！

李焕振

20世纪70年代，在高压阀门厂做工的李焕振，走在街上，身上是笼罩着光环的。

我家住在与宋门同一条街的自由路，和焕振多在鹁鸽市南口相遇，沿胡同往北走到生产后街朝东拐，路北有一典雅中西合璧的民国时期建筑群，焕振的高干岳父岳母住在那里。我去过那儿，室内有着棕色的木地板和楼梯，从楼梯口透下来的光线，让我这平民出身的人，会产生出一些不切实际的幻想。

那时，焕振常有诗歌小说在报刊上发表，这在小城是不多见的。焕振的字写得潦草，投稿前常常要跑到家庙街找郑纯方，这是位钢笔字能当字帖的业余作者，主攻诗歌，在拖拉机电机厂当工人。纯方的字写得既快又流畅。诚实地讲，我做编辑时，对那些天书一样笔迹的稿件是很头疼的。

有趣的是，我后来调到空分厂宣传科做播音员，和焕振的小舅子杨令军同事。那是一位很有头脑的青年，后来做到省委领导的智囊团成员。他在科里负责全厂的政治学习。

他好像有些看不起在小城颇有名气的姐夫，我有时羡慕地提起焕振时，尽管他不言语，但我能感觉到对方嘴角上的不屑。

命运偏偏把我们这仨男子给绑到了一块儿。

说来话长，我的这位宣传科同事，对“文革”有自己的见解。他由于多次参与对一些运动和人物的口诛笔伐，“文革”结束，被厂里新的掌权者划定为有严重政治问题者。开始还能在隔离期间见到他，我常常勇敢地找他打篮球玩。看守他的民兵知道我是“楼上”（指厂办公大楼）的，也不好指责什么。后来随着运动的深入，他被完全隔离。

一天入夜，焕振忐忑敲响我空分厂生活区的家门，照面后有些结巴地说，白天他通过关系去探望被关押的小舅子，不料中途换岗，看守慌了手脚，命焕振赶快离开，以致他把自行车丢在楼下。焕振担心会成为“罪证”，要我想法儿把自行车推出来，并说已经在我家楼下犹豫好久了。我毫不犹豫就答应下来，让焕振在楼下等着我，其实，下楼时我脑子里一片空白！走着走着，突然看到生活区对面广播室的灯光，我做过厂宣传科的广播员，顿时开窍。我赶快跑到厂办公大楼，敲开播音室的门，对我的接班人小李子说，我的朋友白天去澡堂洗澡，车子忘院里了，那里的工人民兵都认识你，帮师傅把车推出来，快去。小李子是位爽快的美人儿，也是有来头的，二话没说，披上外套就跟我下楼了。

当时开封有许多秘密监狱，共和国主席刘少奇就在土街的一个小楼上被囚禁过。“文革”期间开封还囚禁过一位共和国元帅。空分厂的监狱设在厂职工澡堂上的二楼，一般人们怎么也不会想到，热气腾腾的澡堂上面会设有监狱，有经过严格挑选的工人民兵昼夜执勤。

叫开铁门，荷枪实弹的执勤的大个子民兵看到小李子，笑容可掬。当她说明来意，大个子有些为难，说是有一辆来历不明的自行车，他已经搬到楼上了。小李子撒娇地说，那我不管！面对眼前全厂几千人瞩目的“喇叭花”美女，大个子犹豫了会儿，说那恁俩和我一道上楼推车吧，千万别给人家说这事。在楼上，见到了我熟悉的李焕振的小舅子，他正在楼道上踱步，朝我礼貌地微笑着点了一下头。还是大个子帮忙扛着自行车下的楼。

黑暗中，当焕振推车步行的背影消失在夜色中，我这才发觉，衬衣早已经湿透。

后来焕振考上河南大学，毕业后调到省里，一直做到《莽原》和《热风》杂志的副主编，来往渐渐也少了。焕振与我同庚，如今也早该退休了。

有一年，我去省里听《莽原》主编何秋生谈对我的一个中篇小说稿的意见，焕振时任责任编辑。我看到稿签上他写了许多努力推荐的话（小说终被《莽原》淘汰，我改投《花城》后发表）。

告别焕振，我在德华街拐角一家书店看书，突然背后被一双胳膊给结结实实地抱住，我吓了一跳。待手臂松开，回过头来，竟是杨令军。他亲热地说，今晚住我家吧，我妈一直想见见中森呢。

刘 恪

我一直是把刘恪当作诗人的。

这不单单是因为他的那部35万字长篇叙事诗一般的超文本实验著作《梦与诗》。你看他的作品:《耳镜》《墙上鱼耳朵》《蓝色雨季》《红帆船》《梦中情人》《欲望玫瑰》……分明是一首首诗的题目。

刘恪以其《红帆船》轰动文坛时,我俩正好都在北京。我借调在季羡林麾下编辑“神州文化集成”丛书。他和陈染结婚的新房,离我编书的青塔不远。那时节刘恪已是北京师范大学的硕士。

小寒过罢,接刘恪教授电话,说他近日返京写作,临走前想说说话儿。刘恪是河南大学文学院特聘教授。来开封已四五年光景。我知道刘恪写作,用典、选参考资料极严格,有些专业书籍,除了开封9个书柜,还分别存在北京、岳阳、廊坊的书房里。他这次回去,正好所写内容的资料大部分在他北京苹果园的寓所。

到后,见半月前送他瓶插的绿萝、吊兰,已在水中扎出了雪白的根须。我叹道,“罗曼·罗兰”活得好喽!刘恪微笑点头。此前,他的屋子里没有养殖的植物,他说没有时间。他对我说过一句话,写作是我的命。

午饭是刘教授掌灶:焖米饭,炒鸡蛋,白菜炖豆腐和他拿手的鸡蛋羹。

因为说话儿,免了小酒(俩人皆不善饮)。席间说到我的文字,他说,做过编辑的,文字读起来干净。这点我默认,生活与交友我也追求清洁。说到这儿,刘恪诚实地说,认识中森后,我比过去讲究些了。在北师大教书时,一个陌生的学生一下就认出了刘恪教授，这让他很惊奇。原来，是熟悉的同事告诉那位新生，你在路上，若看到一位红格子衬衣扣子扣错位的白净男子，一准儿是刘恪。还有一事让我感动，刘恪平素交际不多，更少和学生来往。一天清晨有人敲门，打开门，迎面是一只精美的工艺品红帆船。一位毕业的女生特意从外地赶来，给刘教授送生日礼物。

这次去，给临近生日的刘恪教授做了57枚书签儿，带去一册精致的大16开日记簿做新年礼物，驼色封皮。刘恪接过，一句话让我惊奇：

我要用它写一部中篇，正好一本用完。

我见过刘恪一遍完成、刚劲且秀逸的字迹，书写在20×25的"刘恪稿纸"上。他至今坚持用纯正的钢笔（"英雄"或"派克"）写作，用鸵鸟牌蓝黑墨水。他说写过万把字后，拧开笔管吸墨水的感觉很好，一瓶墨水用尽，一部书稿完成。

他拒绝使用流行的中性笔，这一点有些像法国罗兰·巴尔特绝对不用圆珠笔写作，他说这种笔只配率尔记录些零星杂感。这似乎也是刘恪做人做事的选择。还有，刘恪一向不吃肉。关于这点，耿占春当面说过刘恪，吃饭挑食的他，活像个孩子。

不敢久留。刘恪案头正有一部40万字的签约书稿在进行。

临别前，刘恪去卧室抱出好高一摞书，说是新从旧书铺淘得，非让我挑一本喜欢的。我没客气，从中抽出一册厚的，是美国安德鲁·所罗门著35万字的《忧郁》。我请刘恪在赠书上写几句话，且"要赖"要他多说几句。刘恪握书，略微思索了片刻，写下：

新年返京前约中森絮语

欣赏他的为人处世之态度及为文的从容不迫

亦想作为我晚年之境界：淡定 儒雅 从善长乐

分手时，刘恪认真地说，走前，要给"罗曼·罗兰"续满水。

他这话儿，立竿见影地促我联想到，刘恪教授受聘河南大学后短短几年，给予我读书、写作与做人恁多的滋润。

不久前，刘恪临60岁生日。谈话中说到要送他的礼物，他说自己弟兄，还是免了，你对开封熟，可否找人为我刻一方章，内容三个字：红帆船。我答应了他。

附：刘恪的评论

中森是一位真正的作家，是开封最好的作家之一，是他让文字散发出迷人的光芒。我来到河南大学第一个捕捉到的是他带有生命体验的文字，此后便是我在这块古老的土地上不遗余力地鼓吹他。

最近中森在报纸上连续推出了“茶余集”，这个系列叫“文化记忆百篇”，称谓是那么恰如其分。笔调依旧是那么简洁隽永，感伤而锐利。我不知道他为什么选择这一怀旧主题，希望它和作者的年龄没什么关系，真正切中要害的它是一个现代性的关系问题。如果说是后者，我只会喟然长叹：

中森宝刀未老。

中森的文化记忆与童年，与社会时代、与政治、与意识形态切近，是叙事，也是感叹，是呼吁，也是挽歌，是甜蜜的忧伤，也是曲近衷肠细语。古城的遗迹今日安在？黄河东流去，不闻浪涛声。

中森今天用笔写下这一篇篇文化考古宝物，也许世人没看清楚，这是一部“新东京梦华录”，其意义可抵那巍然的大梁门与琳琅满目的御街。就近视眼而言，这些价值也许在一万年以后由新一代文化人才能看清楚他宝贵的内容。

说到中森的为人，它是我心中的一张文化名片。文人雅士这个词在物欲横流的今天也许略带反讽，我却是敬重有加。他一身行头总是洁白高雅居多，让身体自己也归入一种文化，板直而徐行，从容论道，声音压低而总是铿锵共鸣。我忆想他年轻时准是个风流才子，会冲冠一怒为红颜的那种，但更多的听闻中的中森却是同上司叫板，决不妥协！我还没听说过谁冲冠一怒撕毁人生所有的通行证，他敢把那些红色碎片置之于地扬长而去，视名利如粪土。前天，中森、占春我们三人逛书店，他挑了几本书，结价30余元，柜台无法找零，由占春代出。复一日他从城西跑到城东将30元钱送之书店，让店员把钱转给占春，我和占春哑然失笑。他的名言是书钱不能欠，可他没想过跑一趟得两三个小时，好朋友若太计较金钱与道德的关系那不太累了吗？当然今天贪朋友之利的人蔚然新时尚，谓之：宰熟。那又是一种令人胆寒齿冷。怀旧，让他总去挂念昔日的朋友，他会专程去看看牛汉诗人、蓝蓝诗人，认真地去拜访周海婴先生。我总担心某天我在北京的居所里，有人轻轻地敲门，中森自天而降：刘恪，我给你送书签来了。（中森制作书签一绝）这就像我的农民朋友王与渫，让我从乡下扛一袋棉被回京送给身价过亿的叶子女士。我做了故事不愿让中森再做故事，但人世间所有的微妙都在这个中的故事里。

刘恪

2010.6.9

附：赵云《故事》

读刘恪的小说是在家父推荐之下，许久未曾读国内小说。如冯唐所言：中文小说整体水平低下，一是中国文字太精简，难负重，二是中国文人外儒内庄，不吃苦。

但此次阅读却找回了许多过去的记忆。父亲在文联工作，从初中始家中便订阅有《小说选刊》《中篇小说选刊》《收获》等杂志，那时最大的爱好除了篮球便是阅读。

故事读得多了便和生活有所混淆，觉得生活必然含有故事的内在逻辑，鲜花定会开放，山顶必会出现日出，渐而有些宿命的观点，认为是你的就是你的，不是你的争也不来。正如一部电影只要出现手枪或绳索，就必然会出现枪战和谋杀。每一个场景都有它的归宿。

沉浸于阅读便越来越喜欢想象，其实故事的本质就是想象，完全真实叫传记，无从选择叫作命运，无法解释叫作悖论，看破红尘叫作豁达，择南山而居叫作出世，为功名沉浮叫作入世，故事演绎无数场景的同时定义了我们的人生，我们变得先天归属于某个故事，后来才明白这叫作因缘。

由于阅读变得敏感，同时也越来越少有故事打动自己。没有故事时只好寂寞无语，任丝丝感触围绕自己，青葱岁月，似水流年。

故事是神奇的，它穷尽一切可能陷我们的生活于黯淡，故事是销魂的，它解构所有因果令我们无所前行。现在懂了，生活是生活，故事是故事。故事于生活是一种奢侈，是淡蓝夜空中的绚丽焰火。故事中的每次相逢都有归属，是一段永久记忆的开始，也可能是某个精巧的布局，而生活中的相逢大多是擦肩而过，连记忆的角落都难以存放。故事中有自明的真理，存在即是合理的，而生活却恰恰相反。或许真正能做的，不是渴望生活如故事般精彩，而是身处寂静中，返归内心，不再渴望某种相逢，不再奢求某次邂逅。

罗 锐

这些日子，我在阳台上阅读罗锐的长篇新著《浴》，有一个问题始终萦绕在脑海。

且不说一块儿起步写作，同窗风雨 20 个春秋的编辑生涯，应该说已经是了解罗锐了。平心而论，他是一个很称职的执行主编，也许与他曾经经营生产资料服务有关，总有很多办法，把经费拮据的刊物运作得行云流水。记得我被调到季羡林麾下编书的日子，每月总是他把工资、福利亲自送到我家楼上。《雕塑女人》一书的出版，他也付出不少心血。这说明罗锐的才华和为人。后来脱离为他人作嫁衣裳职业而从政（民主党派）的经历，又使得平民作家了解了官场的风云变幻，这些在《浴》中得到了淋漓尽致的发挥。但是无论如何，罗锐不是一个爱冒险的人，32 万字的长篇巨制，他，居然放在“文化大革命”的背景下从容铺展开来。

在尘埃落定的今天，大多“过来人”早已经淡漠了那段历史，即便有谁偶尔提及，也多是有意涂抹掉个人在那个荒诞舞台上的不洁色彩，或当作一折拍案惊奇。

毫无疑问，小说中众多人物、生动情节，组成了太多耳熟能详的故事，然而让人意想不到的是，一位浴池女职工许丑妞，居然“卤水点豆腐”一般，成为如此鸿篇巨制中的触媒，使得一位平凡得再不能平凡的“蚁民”，铸成那场史无前例“大革命”的活标本。

作为运动骨干的许丑妞，在浴华楼“造反派”组织的批判程顺天的群众大会上，鬼使神差地呼错了“打倒”的口号，立即沦为现行反革命分子，成为新的批斗对象。不久，许丑妞疯了。

在那个可谓中国历史上疯狂的年代，有时一半句话就足以断送一个人的政治生涯以及生命，而这正是那个畸形年代司空见惯的悲剧。

我想说的是，如今，小说中描绘的与浴华楼毗邻、当年象征古城革命中心与灯塔的鼓楼早已夷为平地，成为闻名遐迩的小吃夜市。摩肩接踵的美食家人流中，偶尔会撞见一俩疯子，自然会招来厌恶嫌弃的目光；偏偏这时节我想到了许丑妞。我不敢对她有丝毫的轻蔑，她依然呼喊着革命的口号朝人们走来；她早已超脱作者的虚构而成为新时代广场角落的一尊锈蚀的雕像，也着实构成罗锐小说众多贡献中的独特的“这一个”。罗锐看似并没有在许丑妞身上注入太多的笔墨，甚至连人物的剖析也省略了，只是选择了她人生的两个片段——“文革”与改革开放时期同样呼喊着口号的细节，也正是后者的呼喊，让今天的人们不寒而栗。

掩卷良久，思绪万千，历史，有时竟然会是一个或众多疯子的自传；这也是作为小说家罗锐的贡献。2016 年 8 月，由中国工人出版社推出的长篇小说《洗牌》，则象征着年逾七旬的罗锐桑榆之年，重新洗牌，融入时代，以掌控自己的人生牌局；亦彰显出一位实力派作家的从容、睿智和老辣。

墨 白

认识墨白，是在孙方友之后，哥儿俩都是当年我们刊物的骨干作者，但知道他们是亲兄弟，还真是后来的事。

和孙方友第一次见面，是20世纪80年代初，河南人民出版社在兰考仪封园艺场举办的中篇小说笔会上，笔会由出版社的资深编辑单卫东老师和李明性负责。当时参加者还有杨稼生，张兴元，一位安阳姓崔的大哥（对不起，忘他名字了，但记得他的力作《太行志》），黄浦生，南豫见，李新叶，郭萍和南阳的两位作者等。在仪封半月，笔友们私下给崔大哥、黄浦生、杨稼生起了绰号：崔奶奶、黄妈妈、杨大姐。笔会进入尾声，编辑对我的作品要求改动很大，住在邻屋的孙方友主动帮我抄写后两章，有一万多字，中间还跑过来，建议我文中的“不锈钢手铐”改成“镀镍”为好。笔会后，两人见面少了，见得多的是他的投稿和信。

当时我是诗歌编辑，1985年送孔令更、张真宇走黄河后，我告别诗坛。第二部中篇小说《母魂》在《花城》发表，很快接到孙方友的祝贺信，其中有句“哥，老上《花城》”，这是他典型笔记小说的语言。有趣的是，墨白与墨桅的名字都上了那一期《花城》封面的要目。也就是从那儿以后，我开始注意墨白的作品，清楚记得他稿件信封的落款是淮阳的一个文化站。墨白作品的品质，明显高于大多的投稿者，墨白的字写得很端正，从不用复写纸复印，坚持一稿一投，这是当时编辑很喜欢的。

墨白数十年如一日，依赖着颍河镇那一块“邮票”大的根据地，辛勤坚韧而智慧地耕耘，最终迎来了他创作的黄金季节。

至今我还记得他有篇小说，题目忘了，说一个人隆冬的清晨捕获了许多大雁，快乐的猎人把冻僵的猎物堆积在河滩，不知干什么去了。结果大雁的“金字塔”依赖相互的体温逐渐苏醒，等那人归来，河滩上空空荡荡，大河上空的雁阵使得他哭笑不得。墨白的故事，让我想到定居加拿大的诗人痖弦不久前给我的来信中说的一句话：“这个世界已经很冷，让我们用彼此的体温取暖。”可以说这是一篇精致的寓言，而且是在作家的初创时节，就显得尤为可贵。我以为中国的作家大多满足于在编故事上炫技，或者忙不迭地模仿国外的潮流，真正进入寓言境界者鲜见。小说本身就是寓言，它能告诉读者一些朴素的真理，完成了这些就已经是功德无量。当然也不凭借寓言便可捉到“芝麻开门”的秘诀，优秀的寓言也只是完成了所谓的启蒙，使人们从浑噩世界清醒一些，或者隐约察觉到自己的蒙昧或迷失。卡夫卡和马尔克斯的作品正是伟大的寓言。从某种意义上，能够保存这个世界的恰恰是寓言。

我是一次在某酒店等候几个朋友说事，无意间翻阅大厅报架上的旧《大河报》，得知孙方友半月前病逝的消息，顿时心头一阵难受，那次的聚会也魂不守舍。回到家就翻开电话本，给墨白打电话，表示迟到的悼念和慰问，深夜里墨白在电话中说了声感谢。

2013 年 10 月 12 日，我应邀参加了在开封举办的墨白长篇小说《欲望》研讨会，被点名做了简短的发言，说的就是关于猎人与大雁的寓言和我对小说的粗浅认识，在那个专业评论家云集的庄严会场，我的声音显得多少有些薄弱，如同在大海里丢下一枚果核。再一想，一场研讨，曲终人散，人们又能记住了什么呢？猛然中记起了萧开愚在送温青走上新岗位的雨夜说过的话。还是这个萧开愚，在一次名家大腕云集的刘恪作品研讨会上也说了同样的话，让我见证了一位真正的诗人一贯坚持的立场。

晚宴上，穿一件火红 T 恤的墨白，红着脸膛，端着盛有红酒的酒杯，专程来到我的座位跟前，笑着叫了声哥，遂两人碰杯，一饮而尽。

马建华

20世纪80年代伊始，在活字印刷术滥觞的古城，我置身于作坊一般的排字车间，目睹那由一双双手把零星方块字码成“文章”的过程，确有一种抚摩北宋桑皮纸版本的肃穆与陶然。更重要的是，那些天和罗锐、纯方、世祥等一同起步的文友谈论当期杂志排在头题的诗意小说《开冻》的情景，至今仍记忆犹新。美编还特意把该小说原稿寄到南方，请著名画家为其插图。也就是从那时起，我记住了一个让小城文坛怦然心动的军旅作家名字：马建华。

在充溢着铅的气息的案头，我默读到捆绑整齐的字盘上“人若是没有灵魂，还要这躯壳做什么”的反字，眼前为之一亮。排字女工以为哪儿出错了，不安地望着“赵编辑”。我没有任何语言。当时我分管诗歌，那两行小四号金属宋体字所折射的思想光芒，恰恰正是小城大多操练小说者所欠缺的。文学是诗性的，亦是哲学的。我隐隐感触到，也许正是由于这位从后保定巷走出的军人作家的走近，会对古城这一班写家有所触动，有所启迪。事实上，20世纪80年代中期，开封文学确实迎来了它的“开冻”期。

白驹过隙，今天再次捧读作家出版社出版的《湿润的阳光》，重温篇中熟稔的《开冻》，胸臆间已是潺潺暖流。而届知天命的作者，早已在故乡开始他另一种意义上的“写作”。姑且不论建华在民间、政界和文坛良好的口碑，《湿润的阳光》以其24万字私人记忆的诗意文笔，向读者抽绎出一条关于战争、人性的绵绵红线，引导新世纪远离硝烟、看重“物质文明”的人们咀嚼历史，体味那渐已淡薄与丧失的信仰、正义、良知乃至清贫、淡泊，以及人类精神家园的日益荒芜。

诚实地讲，在我阅读完全书，目光泊在作者内心独白世界，它所造成的心灵震撼，甚至超越了恁些荡气回肠的故事。在此，你分明触摸到和平年代鲜见经历过战争血与火洗礼的北方汉子真实的心跳。“后记”中建华说，有一句让他“如醍醐灌顶，茅塞顿开”的话：“人是一根有思想的芦苇。”这饱含哲理的诗句同样也深深打动了我，而它所迸射出的人生真谛的冲击波，又逼得你良久说不出任何话来。这也让我油然联想到建华平素的言谈举止，难怪阎连科感慨道：他常常让我们感到汗颜和无能。而他所表现的清醒与理性、通达和淡泊，就不能不让人觉得，建华是一个老城市郊野茅屋中的淡雅之士。

想起建华还说过一句话，无论如何，我得回去把科室的旧报纸、杂志收集来卖点钱，请弟兄们吃顿饭、说说话儿。这在局外人听起来看似玩笑的话，却一字一顿在我心田掷地作金石声。建华时任区委纪检书记，安排一席上档次的饭局不在话下，可这么多年，他从未利用职务之便挥霍公款，像阎连科、张挺竹这样的大家抵汴，也是悄悄带回去家常便饭款待，市里文友更是他并不宽敞之家的座上客。著作等身的另一番诠释，乃是作家如何做人。而文学说到底，还是文人品质的结晶。也怪，思绪至此，再煞有介事地评说建华的小说技巧长短，顿觉无言。

感谢建华，带领我们穿越久违的蓬勃芦苇荡，并幸福地沐浴“湿润的阳光”。

还记得一天，建华语出惊人：中森，是这个城市最后一个文人。我把这话当成一种激励。

倘若建华不走从政的道路（目前他已经是区人大主任），也许他会和他的挚友阎连科、张挺竹一样，在小说世界构成一隅风景。

庞嘉季

说起庞嘉季老师，我在《冯杰》一文中写到了他，为了一篇作品，亲临当时的业余作者、后来成为全国著名作家张有德的家乡，指导他修改作品，成为河南文坛流传甚广的佳话。不夭兄不久前写过一篇《庞嘉季时代灰飞烟灭》的博文，是这样描写庞嘉季老师的：

> 庞嘉季何许人也？年轻人大概都不知道了。但是，像我这年龄段的河南作者，都受过他的恩惠啊。从建国后河南第一本文学刊物《翻身文艺》起，他都一直做着为人作嫁衣的事。从他的手掌上走出的和走过的作家，一流的二流的三流的末流的或者无流如我者，一伙又一伙，一茬又一茬。人所共识，他的作品，就是他给作者们写的信。有时候，他给你写的信，比你给他寄的稿子都长。1980 年春节前夕，他在《奔流》编辑部的走廊挨门交代：大家抓紧划稿费呀，不要耽误作者们过年。“不要耽误作者们过年”，这句话，在现在的青年作者听来，是天方夜谭吧？可那是千真万确，我是亲耳听到的，而且，他说这话时的表情、语气，还有那一头的银发，至今都在我心里生动着。

不夭文中提及的“人所共识，他的作品，就是他给作者们写的信”，在我身上得到了充分的体验，也许无须我再多言语了。

不过最后我还是要郑重地说一句，庞嘉季老师的女儿，在北京工人出版社就职的庞洋，20 世纪 90 年代做过我的中篇小说集《雕塑女人》的责任编辑。

这么多年过去，庞嘉季老师给我的信纸页已经发黄，我打电话给文学院的张颖问询庞老的近况，张颖说庞老师很会调理自身，不像南丁……我打断她的话，说南丁老师是不减当年海洋浪漫情怀，嘉季老师则是永葆江南山水蕴藉。张颖在电话中大笑。

衷心祝愿庞老师健康长寿！

附：庞嘉季的信

中森同志：

昨日机关同志到医院探望捎来你五日来信，读后使我既感动又愧怍。

我于七月二日病倒，已住院半年之久，现在病情已较稳定，但不时还有些小的反复。此病是不可逆转的，发一次便危险一次，医生说，只要平常注意一些，便不会再发作。他们这是安慰的话，我很感谢他们。

我是学新闻的，文字水平与文学水平均极有限，因为没有受过专门的训练。参加工作后又一直搞编辑工作，没有多少写作实践，是个十足的“半瓶醋”文学工作者。近日我翻《读书》杂志，读到一篇介绍《启功韵语》的文章，像启功先生那样学术根底深厚的人，都不敢谈文，我这样的人就更不敢谈论文事了。

住院后接触到不少老同志，每一位都有一番辉煌的经历。但到现在，好像都有一种“无可奈何花落去”的情绪。这不是他们告诉我的，而是我在接触中感受到的。我弄不清楚这是人到暮年的一种共感，还是各人有各自的失落所致。如果善于写文章或思考的人，这里倒是有不少素材的。

我与稼生相识甚早，他对我常有溢美之词，你不要相信他说的那些话，因为我的弱点、缺点他都采取遮幅电影式的手法遮挡住了，剩下来的都是一些比较美好的东西。他对散文也是这样。他这样看人、看事、看生活，与我有些相似，所以我们能够谈得来。不过你看，这里面是否也有些“无可奈何花落去”的情绪?

开封的同志对我的关怀，我深为感谢。我几次去开封都受到你们亲切的款待。病前，我读到怀发的一首悼亡诗，深受感动，曾想给怀发与不夭写一封信的，后来病倒了，没有写成。你向我约稿，我想过一些时候，我的体力稍好一些了，再写一篇东西寄上。我现在有一些感触，但体力不行，老是不能把它们集中起来，提炼一个意思出来。我今年六月间，曾给保民同志去了一封信，谈了一点感谢，那是读了《小小说选刊》上的一篇文章引发出来的。保民把那封信发出了，这封信几乎成了我的绝笔。

我住院后，机关同志来看我时，说到你写了一篇关于《红楼梦》的文章，很受红学界注意，引起不小的震动。我没有读到这篇文章，但听到这消息后很高兴。红楼梦研究这个领域，文章已经发表了不知多少，要想引起震动是很不容易的。很为你高兴。（庞老也许是听错了，发表《红楼梦》文章的是开封另一位姓赵的，是赵国栋。——墨桅注）

浦生的眼疾是否已康复了？他曾给我写一信，我在给张子英同志的信中请代我问候他，想他已转达了我的问候。你如见浦生时，也请代为问候，请他珍重，不要看太多的东西，不要过度劳累，要保护好视力。

体力不好，不多写了。即祝

阖家安康，创作丰收！

嘉季

12.10

钱文忠

丁亥年仲春，读到《大河报》“百家讲坛”钱文忠教授讲《玄奘西游》的预报，胸臆涌上阵阵惊喜。十多个春秋，从未松懈过的寻访与挂念，如同消遁于云雾已久的纸鸢，心头与手头突然有了强撼的牵动感。立刻报告给妻，她，仍记得上世纪钱文忠为她寻医和捎来几十听罐头的温暖细节。

1990年，在文友诚邀下，我赴京投身于季羡林先生主持的“神州文化集成”大型丛书的编辑工作。那些走动于季羡林、汤一介、庞朴、孙长江等鸿儒浓荫下的日子，注定构成我卑微生命史中辉煌的季节，几无报酬的辛劳也缘此充实愉快。翌年，我荣幸参加季羡林荣登八秩庆典不久，便接到先生为带头支持丛书而撰写的《中印文化交流史》书稿，虽任责任编辑，可拜读大师著作，晚辈所做的也只能是校对活计。书中有一处引用《尚书》的句子不甚清楚，不便打扰皓首作者，同事建议不妨询问季老关门弟子钱文忠。电话打过去，对方用略带吴越口音的普通话，不假思索道出精确原文以及所在页码。天哪，曾闻茅盾背诵《红楼梦》一字不落的故事，更有学者吴宓倒背“红楼”传奇，这一切如同神话；而今亲历信手拈来对答如流之现实，着实让我慨叹不已！不久前读到季羡林推荐24岁钱文忠免试攻读博士学位的手迹：“钱文忠的业务基础和其他能力，是异常突出的，应该说在我任教五十年内，从来没有遇到过的。外语和汉语都有比较坚实的基础与分析问题的能力，他的同龄人恐怕都难以相比。最难能可贵的，是他对中国古籍掌握运用的能力。”

已闻其声，更想拜见钱氏其人。于是投书海淀，很快收到钱文忠毛笔竖笺回信。不日见面，博闻强记、学识渊深的钱博士，竟是一英俊少年！他递过名片，让我试着撕一撕，打赌说若撕破了，他请客。果然那名片任你撕扯毫无损伤。他像获胜的孩子天真地笑了。我笃信这是一场游戏，可谁又能排除人生游戏之外所给予的一位才子多舛之命途呢？请客的，还是他，在王府井皇冠假日酒店，大厅天井有中央乐团穿燕尾服的艺术家演奏小夜曲，饮的是从德国空运的啤酒，花去他 1000 多元。

后来文友曾邀请钱文忠参与丛书事务，他以其敏锐发现其中隐患，并及时提醒了“森哥”。在此期间，正逢我的中篇《母魂》在《花城》发表，他读过后说，将来一定帮森哥出本书。不久，终因不堪身心重负与屈辱，我决计离去。在北京站，我给钱文忠打电话辞行，钱用命令口吻要我立刻打车抵海淀，车费由他付。在北大西邻一雅致餐厅，他要过酒菜，又专门点了一道凤爪，说我看着你吃。霎时，临近半百之人，泪如雨下……

返汴后，彼此通了一段信。他说择机来开封一趟，最终未果，遂失去联系。借哲学家汤一介先生的话：“此后，文忠流落京沪，连登记一纸平民户口亦数年而不可得。”1999 年，汤教授赴香港教书，无意中读到 7 月《香港书评》一赫然醒目标题：“中国学术界的希望——《瓦釜集》及其作者钱文忠”。文中说到很多人以为陈寅恪、钱锺书之后，中国学术界后继无人，而今，“有了钱文忠这样的青年才俊，顿时令人觉得中国学术界还是有希望”。汤先生深有同感，更为北大如此人才流失痛心疾首。

1992 年，我曾于所订阅的当年第 1 期《读书》中，惊喜地发现了钱文忠的名字，是他和王守常合作的《侠儒经师黄季刚》，当日就在日记中写道：钱文忠乃当代侠儒也。此后又无任何音讯。冬去春来，直至 2007 年，那半月每日午间一家人在电视屏幕前，聆听复旦大学钱文忠教授口若悬河讲玄奘西游，亦陶醉久别重逢喜悦之中。我怀着忐忑心境又一次投书复旦，喜出望外，钱文忠不但很快回信，又在赴京前夕用特快专递寄来了新著《季门立雪》和《末那皈依》。前者是身为季羡林研究所副所长的钱文忠对恩师的学术研究著作。“末那皈依”本指一种精神觉悟，是指在更高的峰巅，以更深的智慧回首浩瀚红尘。汤一介先生评价此书说：“《末那皈依》这本书是本世纪初的一部很重要、很有特色的心灵史、精神史、学术史。”

接到赠书当日，我拨通了钱文忠的手机，几声浑厚钟声后，依然是昔日熟稔的声音，只是略嫌沙哑，背景嘈杂。他说他正在返沪的火车上。我立刻心疼地说：书收到了，谢谢您……

不惑之岁的钱文忠教授，正如玄奘跋涉于途中。

《寻找钱文忠》在钱文忠博客转载，阅读者逾万。之后的几年间，和他有过交往，皆是电话。一日，看到央视崔永元的节目中，钱文忠与津沪朋友回顾在逆境中互相帮助及调侃的场面，妻子说钱文忠还怪艮（天津方言）呐。无论信还是电话，钱文忠都说起若来河南一定到开封看我，我很感动，特请著名书法家雨苍先生给钱文忠书写了“季门立雪”斗方，用快递寄沪。后来，钱文忠到郑州举办《解读三字经》新书签名售书活动，先是由女秘书打来电话，约我到郑州和钱教授会面。后来钱文忠又亲自打来电话。我想到那种活动场面大，肯定会给钱文忠和活动组织方添不少忙乱；再说，钱文忠已非当年在海淀时夜雨对床的英俊男生，而是“百家讲坛”万众瞩目的人物，我此生最怵见名人，怕一旦见面后自己的拘谨会破坏一场美好，犹豫良久，最终还是没有前往。事后曾想，钱教授也许会生气，或者早淡忘了，这样最好。

附：钱文忠的信

中森先生兄：

弟昨日方从北京回沪，今日到校，拜读尊函并大作，高情厚谊，感动无似。别来十余年，不知兄台是否安好，常在念中。最近数月，弟忙碌不堪，此段时间过后，当赴开封与吾兄把酒长谈，一慰十余年长别。

耑叩撰安！

钱文忠上

五月二十二日

又：

中森先生大作可否刊于我的博客，我的电话：（略）

中森兄：

前封信中，将弟手机号码附告，因用毛笔书写，恐怕不够清楚，特此再告兄一次（略）。

…………

兄台大作唤起弟一大段回忆。当时弟之处境实际上已经非常困难，与兄之交往就显得特珍贵。

兄台近况如何？在哪里高就？做什么工作？来函均未赐告，而弟亟愿知道也。能与兄恢复联系，大快大快！时届暑热，中州想必不凉快，兄甚保重！

弟　钱文忠上

2007.5.26

任崇喜

散文家任崇喜，原来名字“喜”字下面，是带“水”的。辛卯岁末，他在人民日报出版社出版的新书，没有用原来的“熹”。赠书时他告诉我说，老师，以后就用这个“喜”了。我本想给学生开个玩笑，如今日益荒漠化的世界，知道节约用水是多么的宝贵；只是我不知道崇喜出生时，为他命名的长辈或大师，是否循着生辰八字，推算这孩子是不是命中缺水，因此在任氏家族大喜之时，在为婴儿起名的“喜”字添加了四点水。

认识崇喜，缘于文字。

我做编辑时，经常读他寄来的整洁文字，信封落款是开封市轴承厂。不管散文或诗歌，都写得明净典雅，可惜一律的“豆腐块”。但能让你感触到，如同江湖上初次过招，对方明显隐蔽了高深的功夫。我忍不住给作者写了信，鼓励他把文章放开了去写。

崇喜没有辜负编辑，很快写出4000字的散文《心路历程》，我断定这会是他写作生涯第一篇这么长的文章。他是亲自送到编辑部的，我们俩也是第一次见面，没有多说话，日后证明两个相差三十几岁的男人都不善言辞。崇喜静静地坐在我办公桌一侧，看稿子前我递给他一册杂志，俩人都低头读着文字，偌大的编辑部内只有纸页掀动的声响。后来我碰到崇喜的妻子、诗人彩霞，她笑着说到那天的情形，崇喜到了编辑部，看到穿着白裤子的瘦高男子，认定是给他写信的赵老师，没想到俩人都不爱说话，弄得一时都很尴尬。我说哪儿来的尴尬？都挺自然的，只是话少罢了。

我被身边这个“临界婚姻的男人”那真挚而深沉的文笔打动了。我很惊奇，他小小年纪，如何熟练握得三四十年代民国作家的那种古朴文风？

雪是无法译解的传奇，谁能想它冰凉的面容下，竟藏着一颗温暖而期盼的心呢？雪等雪，是现实中最富有自然的传说。茫茫天地间，寻找共同的轨迹。

不敢想象能够在这样的雪中静坐成风景，那简直是一种奢侈。

“雪等雪”，我从没有读过这样的句子。

两个平生第一次相见的人，不敢想象能够在这样的雪中静坐成风景；也就是从这初次的相见，铺筑了我和崇喜忘年的四季常青的友谊风景。

这篇美文，我编发在1996年第3期《东京文学》上。

画版时，我特意把他和蠢风的那篇《丢失的鞋子》安排在一起，和崇喜同样，蠢风，是这座城市我为数寥寥认可的学生。

受聘于河南大学文学院教授中文的刘恪先生，一到开封就发现了任崇喜，他曾热情向权威刊物推荐了崇喜的散文。有意思的是，尽管崇喜不说，经我发现，他的散文不止一次地被剽窃并登上林贤治、王剑冰主持的《散文选刊》一类的大雅之堂。

这里还有一个插曲，有次文友聚会，某报纸编辑当面对崇喜说，我早看出崇喜有才，成心压他10年，看他能不能冲出来。说实话，当时，我若不是看着他年龄比我长，又恁多文友在场，险些把桌子给掀翻！事实也验证，真正有才华的人是压制不了的。

但是给我心灵震撼的，并不单单是崇喜的文章，他除了孝敬父母，还数年如一日地承担着供养弟弟上大学读研的资金，这笔钱，全部是崇喜创作获得的稿酬。与许多同龄人住进新楼别墅相反，崇喜至今还没有买上新房。

一次，与几位后生在黄河边小酌，我对崇喜开玩笑说，我死后选定四个抬棺的学生，一定有你崇喜。当时还说到三人中有一个是蠢风，不过其中那二人已经成为新贵，我是不会再想他们了；我相信到那天，无论如何，崇喜和蠢风是一定会来的。

我知道崇喜特别忙，如今他供职的报纸，许多重头文章乃至市级政要的讲话稿都让他写。可多少年了，每逢过节，崇喜都不忘打电话问候祝福，隔一俩月，他总会找时间约我聚会小坐，这很让我感动，也很温暖。

2016年伊始，崇喜的两部新著《花信》《节气》同时由河南大学出版社出版。这也是该出版社破天荒如此出版纯文学著作，可见崇喜的影响。崇喜邀请我出席他的新书发布会，不过他并没有冠名发布会，横幅上写的是“读者分享”，这是我所熟悉的崇喜的风格。头天晚上，我给他做了个一尺见方的贺卡，亲手裱上洛阳手工宣纸，纸上保留有本草的叶和根须的标本，宛若远古化石。我在上面抄写了崇喜新书上的一段话。尽管崇喜提前把新书送到我的手中，我还是坚持提倡尊重作者劳动，掏钱买了《花信》和《节气》，也是把它们当作自己的节日与信物。那天排队签名者甚多，我找到崇喜的妻子、诗人彩霞，请她代崇喜签名，女诗人的脸红了，不假思索，写下：“感念师恩　秦彩霞　2016.1.31。”

师　陀

20 世纪 80 年代初，文联领导嘱我陪来汴访问、客居上海的杞县籍作家师陀到包公湖畔探望老诗人陈雨门。

我知道，此前，雨门老拄着拐杖已去宾馆看望过客人，去时，特意去市里买了两斤鸡蛋糕。

不想，师陀先生来时又把那礼物带了过来，两人见面后，师陀先生亲热地对雨门老说：“你生活那么清苦，留着自己吃吧。”

我去无梦楼时，见到下车的师陀先生手里的那捆着的点心，是那种发黄的包装纸，上头有红封，捆点心包装的是那种胶泥色毛线粗的纸绳。

起初，我把它视为一种尴尬。

但我错了，再去无梦楼，雨门老平淡地微笑着向我叙述了他和师陀的几十年间的交往，说着，便动手去解那纸绳……

笔者与雨门老相处多年，写过几篇文章，也算肤浅了解前辈了吧。对于师陀先生的认真，缘于读了叶兆言的《围城里的笑声》。

1941 年，师陀先生写了《无望村馆主》。40 年过去了，他一直惦记着修改故事结尾。1983 年再版时，其结尾部分“完全是神来之笔”。这恐怕是当今急功近利的作家一生也做不到的。

我想，师陀先生把点心还给雨门老的做法，必定也是极认真的。我有幸见到师老，与面容枯槁的雨门诗翁相比，尽管他右眼有疾（后失明），又体弱多病，但看上去仍要比老友健康得多。桑榆暮景，故友、故地，两人又同是刚刚脱离苦海，劫后重逢，别有一番滋味在心头。两包点心，一幕情感剧中微小的道具，却似上演了一幕《小白兔还萝卜》的童话剧，催人泪下。

师陀，原名王长简。1910 年 3 月 10 日出生于河南杞县。1931 年师陀高中毕业后赴北平谋生。“九一八事变”后即参加反帝大同盟，进行救亡宣传工作。师陀最初的小说《请愿正篇》发表于《北斗》，1932 年与汪金丁等创办文学杂志《尖锐》，第一个短篇小说集《谷》，因艺术风格独特而获《大公报》文艺奖金。1936 年秋，师陀从北平到上海；抗日战争爆发，遂长期蛰居于日军占领的上海。1941 年至 1947 年，师陀任苏联上海广播电台文学编辑，《果园城记》的大部分写于这个期间。他还写有长篇小说《结婚》等。1946 年以前师陀曾用笔名芦焚。

不久前我和刘恪教授对话，他说到有件事一直弄不明白，师陀先生为河南人，可几十年来，他从没对河南说过一句话，哪怕恨、怨，更不说是爱，这，有些不太正常。

如今，师陀和雨门两位前辈皆已作古。君子之交淡如水。两包点心，一段佳话，演绎为一段黄连苦胆般的诠释。而它所告诫晚辈的内容，又是一两句话道不清楚的。

宋天仓

几日前，崇喜打来电话，声音明显有些湿润，他是看见了我晚报上发表的文章《永远的夏影》，说宋老师是新成立的散文协会聘请的顾问，证书还没交到他老人家手上，就走了……

电话里出现了一阵空白。

那段空白，很漫长，也很短暂。

1980 年的秋天，我当时在一家大型企业做播音员，宋天仓老师骑着一辆破“永久”牌自行车赶到城东，在厂传达室给我打的电话。这是我们俩的第一次见面，就在公园路人行道边浓密的法桐树荫下，他微笑着对我说：“中森，剩下的只是摁公章一类的手续了，你就自己跑吧，我实在忙不过来。”宋老师是“十年动乱”结束后文联恢复机构的元老，在俩人见面前，对我的政审、考察等繁复工作都是宋老师一人跑的。想起不久前的一日清早，我在办公楼的走廊拖地，走过来的宣传科的上司问我：“小赵，你调动的事跑得咋样了？”问得我一头雾水：“我往哪儿跑呀？”他笑着说：“别装迷瞪了，人家文联都来调你去做编辑呢。”当时，我已经在《诗刊》《星星》《奔流》《人民日报》等刊物报纸副刊发表了大量诗歌散文，我寻思着，大概是文联领导了解这些情况，正好处在组建新一届文联成员的关口，他们选择了一位努力向上的业余作者。

那是一个创业的年代，一个纯净的时期，一个无私的岁月。年底，我正式到市文联报到，成为《梁园》杂志最年轻的诗歌编辑。

宋老师的名字为天仓，平日里，我们都习惯直呼其名。他有一个笔名：夏影。今天看来，也就是从那天我人生崭新的路口，宋老师如同一棵根深叶茂的大树，我，开始了在他浓郁温暖的树荫呵护下的成长与进步。

诚实地说，做一名为他人作嫁衣裳的编辑，是需要很高的素质的，那些日子，我如饥似渴地学习、补充。这期间，宋老师给予我不少帮助。他会拿着还散发铅字气息的《梁园》，一字一句地给我指出经我校对后的错别字，苦口婆心地给我列举苏（sū）和艻（lè）、氏（shì）和氐（dǐ）的区别，以及"弛"和"驰"、"崇"和"祟"、"啜"和"辍"的误判。我曾出现过把饮鸩止渴的"鸩"当成斑鸠的"鸠"的低级错误。宋老师说，有些字，资深的学者也不一定认得全，丢一回人，就记住了。这情景，让我想到宋老师当过中学教师，我市女作家黄萌生曾是他班上的语文课代表。我俨然是他执教下笨拙但勤奋的学生。

改革伊始，编辑部尝试着实行聘用制，有两个一同起步的文友没有被列入聘用名单，我仗着血气方刚带头抵制，还出现过罢会现象。宋老师像老大哥一般找我谈心，并循循善诱做通文友的思想工作，保证了编辑部工作的正常开展。后来正是这位同龄的文友主持杂志，充分发挥了他在基层时磨炼出的经营才智，几年间把刊物的质量、发行做得风生水起。这时，德高望重的宋老师已经从编辑部到了创研室，开始了他散文创作的第二个春天，《人民日报》（海外版）、《散文》《散文百家》《艺术世界》陆续见证了他的耕耘成果，其中一些文章被选入《中国散文精选》《中国精短美文100篇》。

宋老师爱笑，后来掉了一颗牙齿，笑起来竟有了些孩子气。

那天清晨，我给值夜班的国栋打电话，报告宋老师去世的消息时，国栋第一句话就是，天仓老师是一位天真的老人。是的，还记起他和同室的书法家王澄就王学仲的一个字的雅与俗，据理争辩，一时脸红脖子粗的，最后他要大家表决，谁输了谁下班请客。

说到请客，真还有不少话要说。

那时，社会风气淳朴，外地来了客人，都是同行的编辑做东宴请。一次《工人日报》的诗人王恩宇来汴，我在万芳春请客。事后，宋老师把10元钱塞到我手上，说中森你工资低，钱要大家分摊。

一天，办公期间休息（相当学校的课间操），几个人打了会儿乒乓球，有点饿了，宋老师说，中森，听说小郑（我爱人）的菜做得好，去你家吃顿饭吧。在这之前，我妻子一直说请宋老师来家里坐坐。那天陪他去的有肖云星，妻子做的是天津烩头，那是种带肉馅的面食，三指宽，一指多长，煎半熟后，在平底锅里添水焖熟即可吃。妻子又给客人做了拿手的天津小吃疙瘩菜。临走时，妻子送宋老师一副工厂发的劳保白线手套，他一直戴着。

我 6 岁半的儿子该上小学了，宋老师答应承包这事，专程找到当时在市委宣传部分管教育的蔡泽恩，俩人领着孩子到一所市重点小学面试通过。后来儿子考上大学，退休后的宋老师一见面就骄傲地说，当年可是我牵着你孩子的手报的名。

我有时也没老没少地对宋老师的作品“提意见”，说他的文字间有学生腔。宋老师哈哈一笑：“你说有就有吧，我慢慢改。”

编辑部下班，大家还舍不得走，会下盘棋，打几轮扑克。宋老师的棋艺属于中流，难免会出现落子悔步的局面，于是对弈者、观棋人吵吵嚷嚷，一群人闹得不亦乐乎。宋老师的笑从来不出声，似乎人还在思索着棋局中哪一步的疏忽。

宋老师在编辑部 10 年，他那副标志性的微笑成为古城文化界一隅温馨的风景。

宋老师退休后，过年过节，我会想到给他打电话问候。有趣的是，我儿子工作时常常会和宋老师的女儿、女婿接触，也间接了解一些宋老师的情况。巧合的是，对于刊物商业操作的介入我很不适应，告别编辑窗后，也和宋老师同样进入了创研室。

2013 年 12 月一个雾霾寒冷的下午，黄萌生打来电话，说宋老师病危，是食道癌晚期，原医院大夫已经动员病人回家，是李新叶和她联系了中医院，住在 4 楼的高干病房。我当即就对黄萌生说，放下电话我们就去看望宋老师。

走进宽敞的病房，有一股淡淡的茉莉花香扑面而来，一团乳白色的蒸汽朝着病床床头方向徐徐散开。我看到了宋老师，没有预想中的消瘦，还是原来熟悉的微黑的皮肤，头枕在调起的床头给了他一个高岗俯视的角度，他那安静的神色让凝重的空间宛如春天清润的花园。看到了我，嘴唇动了一下。我绕过病床，走到宋老师右侧，偎依在他身旁，握起他的右手……霎时间，这个动作给了我一阵的惊悸，我想到了陪我来看望班主任老师的黄萌生她那不在人间的哥哥黄浦生——是一个冬天傍晚，我和少华在剧组出发前的晚上一块儿去看望病危的浦生，我也是拉起他的右手，和宋老师区别的是，刚刚吐过血的浦生紧紧配合着我，他的那种手势是一种对 51 岁生命的渴望与挣扎。我立刻大声对他说："浦生，你的手好有力气！"这是一句激励，更是一种祈祷。眼下，萌生站的位置几乎和当年一样，不同的是宋老师任我握着，癌末之人的手如同芳草地间的婴儿。

对话十分简洁，首先宋老师嘱咐大女儿红叶拿出他的诗集送我，诗集的名字是《浅草》。在我看来，这也是宋老师做人一贯谦逊的写照。接下来让我吃惊的是，平日言语严谨的宋老师说了一句旁人难以听得懂的话："我保护过中森……"这话，我懂得，听过后我热血激荡，往事历历在目；我自然也懂，这个世界，有些人、有些事是不能够写出来和说出口，甚至要带入棺木的，而保守秘密，更是检验一个人的人品最灵敏的试纸。我用力点点头，眼睛湿了，但我尽力地微笑着，把带来的数码相机递给萌生，倚靠着宋老师，让她给我们拍了合影。

突然病床上的白色被单滑落了，宋老师的双脚裸露出来，他索性搭在床头，看上去肿得发亮，也让我心头有些发慌。我是想起了那年在陈雨门家里，先生曾对我说过的民谚："男怕穿靴（脚肿），女怕戴帽（头肿）。"不想今日宋老师竟然重复了雨门老的原话，接着异常平静地说："这已是我最后的日子了。记住，我的墓碑上，要刻上作家夏影，要按照伊斯兰的风俗安葬……"这些话，显然已经属于遗嘱了，而当着学生的面从容口述对人生最后的交代，是老师把我们视为亲人。

又有人来看望宋老师，我和萌生告别前，把脸贴在宋老师的脸颊上，久久不愿挪开。

宋老师是在我们见面后第三天的凌晨去世的，享年 79 岁。

送别的仪式十分简朴，在王少华描写过的寺门：东大寺。

少华是听我说起宋老师的病况，第二天去看望宋老师的。在单位，少华爱和宋老师开玩笑，大声喊他“岳父大人”，宋老师总是笑眯眯的，并不在乎。那天，最后的一面，当着宋老师的家人，少华还照样喊，照样开玩笑、合影、递烟。

印有伊斯兰文的灵车驶远了，泪水模糊了视线……

那天，红叶在送我和萌生的走廊上说，父亲的墓地早已买好，选在豫南的青山绿水旁，那里是母亲的故乡。宋老师在诗中描写过他金婚的妻子：“一生默默无所求，老伴原本系属牛。无缘高就经纬业，有幸甘为孩子头。三尺教鞭赶日月，五步讲台度春秋。雪霜濡染乌发白，十万蚕丝飞上头。”目前，我们熟悉的丁老师，也在病笃中。

红叶的一番话，让我想到宋老师弥留时赠我的诗集中有这样的诗句：

清芬因风漫山飘，
幽香缘气顺谷流。

田中禾

和田中禾结识,是在郑克西老师邀请我参加的省作协城市文学讨论会上。

一次饭后散步，事先并没有谁叫上谁，如同山涧两条溪流的汇聚，俩人无意地走到了一块儿，相互客气地点点头，又都不好意思走开，于是顺水行舟，很随意地在会议驻地附近的街巷间溜达着，有一搭没一搭地说些什么。我至今也不知道中禾的年龄比我小还是比我大，漫步间，他说这条街他和妻子当年谈恋爱时曾走过，一下子使得两个从未交往过的男人有了一种似曾相识的感觉。正走着，中禾揽了我一把，身子闪过，背后飞快地窜过一个骑自行车的愣头小伙。

当时，中禾的《五月》在全国 15 篇获奖作品中名列第一，可是从他身上看不出丝毫得意和某些人金榜题名后的那种张扬与傲气。

我不大会说话，通常与朋友交往，多是呈倾听状。一次张一弓等师友在开封讲课，小聚时，齐岸青当众夸我说“中森好深沉”，当场就弄得我心虚冒汗——哪里来的深与沉，明明是一种自卑和胆怯，而且这与年龄无关。

不久前遇到河南大学文学院教授孟庆澍，说读过墨桅老师的《少年刽子手》，不像其他作品，看过也就过去了，读了这篇小说后，觉得有话要说，建议回来开个座谈会。在场的有好友刘恪，还有新锐王向威、智啊威等人。我说我不习惯当着许多人的面讲话，刘恪说，不就找几个研究生一起坐坐，很随便的。向威也赞同，说他也看过这部小说，很喜欢，问我手头有其他著作没有。我说，不久前在孔夫子旧书网买了一本自己的书，年轻人就在我对面，摁了片刻的手机，迅速敲定了一本《雕塑女人》，让我好佩服。关于座谈会最终我还是谢绝了。

那次和中禾在一起散步，身上仿佛被注入了某种能量，谈吐间陡增了自信与自然。那晚，我给中禾说起不少儿时的趣事儿。他说这些旧京故事，无论文学、史学都很有价值，中森你应该写下来。俩人回到宾馆，已经深夜。

会后许多日子过去，有回到三联书店买书，看到一本去年的优秀随笔集，其中有田中禾的《眷恋皇帝》，一口气读完。着眼的高瞻，文笔的犀利，中禾用他冷峻睿智的笔锋，直抵一个民族的麻骨，使得印象中儒雅的中禾霎时间多了《牛虻》中主人公的色彩。

回到家我就给中禾打了电话，也就是那天，他有一句话至今我还在思索。他说，图钉，一般人们按的时候都是图钉尖儿朝前，可我们有些人却是拿指头肚顶着图钉尖往墙上按！听他这番话的当时，我真的有种被图钉尖戳了指肚的难言的痛楚，却一直没有悟出中禾的深层寓意。我事后想过，也许，这句尖锐而诡异的话是他正在写作的文章中灵感乍现的某种意象？

不久，收到中禾寄来的书和回信，我把它看作是那场夜话的继续。

附：田中禾的信

中森：

你好！非常高兴地读到了你那书法艺术品的来信。开封倒是也去过几次，匆匆来去，不得兄的信息。尽管我很清醒地持守自己，保护民间立场这块绿地，还是未免耽搁心情和时光。所以，在尚未到龄时坚辞离位，重又找回了原有的舒意。现在每天在书斋里读书，写写东西，私下与民间朋友小聚，一般辞谢场面、会议，苟全心情于乱世，不求闻达于闹市，煞是自在。除了继续未了的长篇，偶尔应约写点小杂文。你读到的是 2002 年到广州会友，应命两篇，都起到了些小波澜。前一篇被多家转载并流播海外，后一篇即你读到的，已有三家转载。类似文章尚无意结集，兄若想读，不知有否伊妹儿？若有，告我，可以发过去看，或者上网，点击郑大网站进入“英美文学研究中心”网页，即可看到。

寄上两本书，收到请复知。

欢迎到郑州做客。我的电话（略），家址（略）

礼！

田中禾

2004.3.18

唐　晋

戊子早春二月，收到诗人唐晋惠寄新著长篇《玄奘》，并附长信，用的荣宝斋竖印信笺，文笔儒雅。想起不久前《百家讲坛》中《玄奘西游》讲演者钱文忠来鸿，一笔融阳刚与俊秀手札，素笺印有“无锡万石钱氏”与祥云背景图案。唐晋创作25万字《玄奘》所依蓝本《大唐西域记》，又是钱文忠口若悬河之源头。学者文忠，为历史系教授，成绩斐然；诗人唐晋，则耕耘于历史长篇领域，硕果累累。真可谓无巧不成书！

如果说江南才俊的《玄奘西游》是钱文忠循循善诱指引人们“按图索骥”，那么晋土诗人的《玄奘》已是唐晋妙笔生花中复原甚至重叠了大唐高僧。如此异曲同工，共邀观众读者步入味蕾历史，品尝艺术盛宴，这，不能不说是文化百花园里一道绮丽的风景！

关于文忠，笔者已有文章发表，且有着10多年的手足情谊。唐晋走近我的视野，竟也有10余年“历史”。

20世纪90年代中期，我参与写作河南文艺出版社列入重点计划之《儒皇徽宗》。启动时，收到同乡王虹昭从广州所寄的《花城》，上面刊有《夏天的禁忌》，作者为唐晋。我被作者那种特有的清丽典雅文采所吸引，而时任《儒皇徽宗》的责任编辑田桑乃一诗人，当即建议我等所写历史长篇就以唐晋文风定调。写作途中，田桑托我打听唐晋地址，说社里有意将其作品列入“金钻长篇小说文丛”。我立即致信虹昭（《夏天的禁忌》责任编辑），虹昭回信也快。就这样促成了后来唐晋《宋词的覆灭》的出版。可叹《儒皇徽宗》一书几经沉浮，终未结果。岂料10年过后，当网络掠过“唐晋”名字时，我立刻点击该博客，果然是那一个“神交”唐晋啊！只不过和1999年版书页中颇似瞿秋白的作者黑白照相比，博客上的彩色照片显然发福了。联系上以后，不久他就寄来了大作。

出于郑重和偏爱，一连几个晴日，我不忘带上红黑两色笔和本子，携《玄奘》到置有落地窗与一人高藤萝的阳台，虔诚品读唐晋新著。

它，并无那种呼风唤雨的大故事框架，一笔一画，细微如蚂蚁在白骨上啮咬出奇妙花纹，震撼至为美丽经文而献生500蝙蝠……而这一切一切，又夜雨润物般滋养着小说中主人公的斑斓生命，使得一部通往圣殿之路心灵史诗，高贵、圣洁、辽阔、精致……而作者用精练词语于书叶上升腾出的海市蜃楼，又分明让你能触摸到那檀木窗棂的质感和暗香。

我承认自己绝对不具备评说这一巨著的力气，可我又不得不心悦诚服地坦言，唐晋，是在用诗人与学者的智慧和卓识，在如此浮躁时世，精雕细刻出一座文坛鲜见的水晶宫！

先锋作家张锐锋评价《玄奘》说：这一部充满神秘想象和强烈文字激情、诗意盎然的书。它以天上云彩一样的诡秘变幻，暗示着时光的流逝，转述着世界的无穷。诗人海南感叹道：《玄奘》是我的阅读生涯中，邂逅到的一本诡异而辽阔的书籍。它让人屏住呼吸，像战栗的幽灵一般，伴随着书中的词语穿行一个国家最动人心弦的历史。

阅读过《玄奘》的这些日子，我一直想给唐晋写封长信，却又无从下笔。在阳台至客厅的无计踱步中，脑海里渐次走出一个古朴的词句，正好说给唐晋：“文心雕龙。”

附：唐晋的信

中森兄大安：

接兄大札，有些出乎意料，原以为在博客上建立了往来，未曾想兄仍然保留着写信的习惯。看来古都之人古风不减，真是令人欢喜。

出版拙作都快十年了，一直不知是哪位朋友举荐，心存感激却无以言说。如今知道事情原委，也是了却夙愿，谢谢兄长。

随信附上新近出版的长篇小说《玄奘》，希望兄喜欢。玄奘大师亦是河南人，这部小说写了前后约有六年光阴，写成到出版又过了整整十载，其间颇多坎坷，流转国内数家杂志与出版社，均未有果，几乎与大师磨难相仿，奇欤！

小说有依托蓝本，即《大唐西域记》及《大慈恩寺》《三藏法师传》，更多是想象还原。不知还原得怎么样，请兄批评。

前一段时间箫开愚来太原，我们相聚，何时兄长来并，也好把酒临风，喜洋洋一番！

余删。顺祝

健康！

唐　晋

零捌年叁月叁日并州

王立群

我和王立群，可以说既陌生，也熟悉。从文前，我在国家一机部下属的开封空分厂当播音员。该厂当年被誉为开封的“四大名旦”（即空分厂、阀门厂、仪表厂、拖电厂）之魁，4000多人的大型国营企业，加上神秘的厂名，坊间流传说这个厂的姑娘很难追到手。

王立群时任厂子弟学校的语文教师。

或许是子弟学校的特殊，老师平时在教学中习惯使用录音机，当时学校又没有，要到厂播音室借用。我所掌管的两台601型磁带录音机，只要不耽搁工作，通常是会借给辛勤的园丁们的。白面书生印象的王立群找过我的次数寥寥，由于公对公，便不存客套，两个同龄男子，几句交涉，彼此一笑了事。

“十年动乱”结束，国家恢复高考。王立群考上的是河南大学中文系古典文学第二批研究生，这在当时可谓厂里的一大新闻。

也就是从那儿之后，我再也没有见到过王立群。

《百家讲坛》红火大江南北时，央视海选主讲人，一干人抵达古城，王立群在所选名单之中。当时，他正着力于《〈文选〉成名研究》一书与商务出版社的事务，险些与这一改变他命运的海选失之交臂。

王立群以《史记》开讲，一发不可收，被观众誉为“《百家讲坛》最佳学术主讲人”。当我看到王立群成为奥运火炬手出现在电视屏幕上时，他已驰入了人生辉煌的里程。

我和王立群真正意义上的见面，是在我的学生蠡风的汉铭瓦当古陶博物馆。

一天，蠡风打来电话，说得到信息，王立群先生近日要来古城签名售书，依稀听说过我和王立群原先在一个厂，问我能不能请学者来博物馆指导。我报着试一试的态度，跟好朋友林奎成说了这事。林奎成当年和王立群同在空分厂子弟学校语文教研组。调入文联后，曾赴日本广岛大学完成历史硕士学业。前几年他力排众议，旗帜鲜明指出新发现的曹操墓存伪的见解。2013年冬，他的《吴三桂与甲申之变》（知识产权出版社出版），以其深邃的思辨光芒，凭借强健的逻辑力量，去伪存真，还原历史，提出了吴三桂没有降闯；借清兵入关者非吴三桂、吴三桂降清与陈圆圆了无干系的论点，在历史、学术界引起轰动。林奎成尽管小我10岁，却是我的良师益友，每每我写作上遇有疑惑，打过去电话，他从来都是详尽说明正误、出处乃至延伸意义，端的一部活《辞海》，在这里说感激已嫌太轻飘。放下电话，奎成便和王立群联系，没想到他当即爽快答应，只是这次签售活动安排档期太紧，说等春节前回来时一定抽时间到博物馆一趟。

马年春节前夕，王立群准时到达汉铭瓦当古陶博物馆，阔别30多个春秋，见面后王立群依然如同当年一样，直接叫我的名字。他在认真参观了博物馆藏品和蠡风的作品后，对其坚持不懈的努力和卓越才华给予极大的鼓励，并提出需要调整思路的一些想法。蠡风受益匪浅，俩人当场互留了电话与微信。听蠡风说，过后，王教授不断和他有电话和信息的交流，并再次亲临蠡风的工作室。

那次和王立群见面，听他说到一个词：洗肺。不明，问过后，方知这些年王立群多在首都居住，那里空气污染严重，春节后，他要和夫人到海南的住所住些日子，以多呼吸些海边的新鲜空气，谓之洗肺。我恍然大悟，继而寻思，人生，不也是需要吐故纳新，不断进步？试想，若没有当初王立群的脱开讲台，投入更高学府的深造，也就不会有今日更广阔的讲坛和赫赫成果。

也正是30年后的这次聚会，让我意外地了解到，已经抵达优异人生境界、对历史握得真知灼见的王立群，竟怀念已故诗人海子诗歌交织的美好时代，期冀于尘世中营造一种平凡幸福的生活，在喧嚣的都市之外寻找一种纯情干净的世界。他说，海子的理想，听起来，很简单，很朴素，其实，这已经是一种很高的境界了，在当下，这似乎是很奢侈的理想，也似乎遥不可及了。

王不天

认识不天，是20世纪60年代末党的“九大”召开当日。

我写了一首诗，冒着子夜严寒驱车赶到文庙街开封日报社。副刊在二楼，拾级忐忑而上，在走廊徘徊良久，才去推那虚掩的门。灯光下，迎面一巨大头颅俯着，掩在稿堆后，听到动静，稍仰，目光仍泊在稿件上，搭话：“我是王不天，送稿咧？”应诺后，我递交国书一般捧上诗稿。王编辑浏览一遍后，客气地用目光指了指一侧的藤椅：“坐那儿，帮我挑稿吧，工农兵都选点。”他那浓郁的低音有些像教堂里的神父。翌日，经我“挑选”的欢呼“九大”诗歌专栏见报。这是我平生第一次当“编辑”。

10年后再做《梁园》杂志诗歌编辑，已和不天同处一室。是时，他的作品几乎覆盖大江南北，堪称中原“短篇小说之王”。

和不天有过一次远足，那时编辑部还“阔”着，我俩选择了由汴而东：曲阜、泰山、济南、青岛、烟台。过海去大连，船票只有下等舱，满目黑压压箩筐挑担，空气中弥漫着家禽海鲜与汽油味，发动机声“如雷贯耳”，商贩民工大多席地而卧。我找到船长，拿记者证换了三等舱。不天挺不情愿地说，这儿多好，可体验生活。不天的名气端的成了此行畅通的名片，所到之处，皆贵宾接待。铁凝、张炜、王小鹰、尤凤伟、纪宇等见到不天，如同故交。行至天津，不天的钢笔丢了，我把自己多带的一支送他。不天接过，认真地一句：“你为啥送我笔？”这句话至今我也没有答案。不天若不是出身拖累，注定是做科学家的人才，但如此简单朴素的事理，他那颗智慧的头脑里显然运算得过于复杂化了。

不天的母亲是因糖尿病恶化去世的。据说不天曾有意捐献母亲遗体供科学研究，遭家人反对未果。在郑州预习考职称期间，因糖尿病忌食，不天每天吃从家里带去的豆面窝头，我亲睹他掰开的窝头抽出老长的绿丝。不久前我见到不天，问起他的身体，不天淡淡一笑，我现在打上胰岛素了。在郑州预习时，我和不天同一寝室。时值盛夏，不天入眠，总是放下蚊帐裸睡。曾问过他，答曰：白日禁锢恁多，晚上也该解放了。不天如此脱俗，亦是魏晋士大夫放诞风骨再现。

河南人民出版社曾为不天出版一书，未付稿酬，给了几千册书，让作者卖。那些日子，不天上下班路上都拎着一只布包，沉甸甸的，竟压迫得我心里也很沉重。

享誉“电脑专家”的不天，退休前开办开封第一家个人网站。初创期为扩大影响，曾以少女昵称命名；后以“西窗夜话欢迎您”闻名遐迩。如今，“西窗”畔汇集一批志士仁人，那里可谓古城一部厚重之书，却不露圭角。

王不天，原本姓郭，墓生儿。出生后姥爷起名金聚。十一二岁时，母亲改嫁王姓，沿用金聚之名。上高中时他就想为自己改名，一是觉得俗气，二是重名者多，最后他为自己命名王不天。我问过改名的事，他说，这三个字，从字形上看，都是四画，很匀称；从字义上讲，“王”是至高；“不”字，从字形到字义都极具个性，有着独立意识；“天”最大。后来不天查《词源》得知，竟有“不天”的词条，说是某个国君吃了败仗，叹曰：孤不天也，即不能为天所佑。继想，男子汉大丈夫，自当顶天立地，何必要谁佑护？

年逾七旬，不天害了一场大病，先是体内发现了严重病变，很快被转入（ICU）病危监护室。我闻讯后去医院看望他时，不天已躺在普通病床。他笑呵呵地说，中森，你来得真巧，我身上夜个（开封话昨天）还插了好多管子呐，刚刚拍了片子，结果奇迹出现，啥阴影都没有了！上天让我在鬼门关前转悠了一趟啊。我说，不天，你这是善有善报……说到这儿，眼睛湿润了。

或许是这个原因，不天更换了手中的武器。几年下来，他尼康镜头下的各色人物、市井风情越来越有滋味，宛如他小说创作的翻版。我曾赞扬过他一幅拍摄残荷的作品：不老，您若坚持下去，一定会形成独特的风景线。他的回复：花搅哥了。

一个“哥”字，珠落玉盘，心弦轰鸣间，由“王编辑”“不天老师”至“不天兄”“不老”，俩人如此称谓的更迭延续，朝花夕拾，瓜熟蒂落，自然亲切；而那句“花搅”，分明携有历经沧桑的智者略挂麻辣的谦逊与幽默。

附：王不天的博文

小博按语：去年底，老友墨桅以《阳光王不天》为题给我写了一篇，今儿我连评论也原封转贴了。为什么？是因为在我与墨的友谊之上，又累加了博友们的友谊，这双重的友谊，让我都难舍。所以，我转贴的不是一篇普通博文，而是博友间的也是更大范围间的友谊。

我比墨早吃了5年饭，初识于20世纪60年代一个风雪之夜。进入80年代时，我们成了一个屋里办公的同事。一龙一鸡，性格脾气习惯爱好大相径庭，却从没有红过一回脸。

墨还是我的入党介绍人，一天在办公楼前相遇，他带笑说：“不天，支部按规定让我跟你谈话，这就算谈过了吧？”我说：“中。”于是谈话结束。

哈，我敢说，这在中国共产党的党史上，应该是最简短的一次介绍人与被介绍人的谈话了。而这最简短的谈话里饱含的内容，却是千言万语无法表达的。

王少华

从《寺门》浓郁乡情中走出不久，又进入《大河儿女》波澜壮阔的剧场，五月的开封，街谈巷语中，屡屡会听到王少华的名字。这个用文字和屏幕不断打造和提升城市形象的男人，一大清早便厮混在北羊市儿汤锅摊前，用手从容地往云蒸霞蔚的大海碗里掰着锅盔，问小伙计多要了一撮儿芫荽，正喝着汤哩，不防谁朝碗里丢了半斤刚切好的熟羊肉，放下碗，转过脸，恁多熟悉的面孔和背影，你知道会是哪个爷们儿、哥们儿，或者姐妹？

照常是要添汤的，谁说过，来寺门喝羊肉汤，不添汤不是真喝家儿。少华站起身，看到沸腾大锅前汗流浃背的师傅背后，墙上烟熏火燎的《寺门》新书广告被缭绕的雾气蒙上一种神秘，排着队的乡亲也都不闲着，有一搭没一搭地说着夜个儿中央一台播出的那集的故事，也争论，打赌。有人说，那贺焰生，我咋看就是咱沙二哥；又有人亮起高嗓儿，声震屋瓦，说他早就看出贺焰生那钧瓷大鼎里埋伏有炸弹，于是前后便有人起哄，呸！吹牛皮不贴印花儿（邮票旧标），那电视上咋没瞅见缀你的名字？……

少华无声一笑，从兜里抽出一张崭新不打折的20块钱，压在碗底儿（寺门一街的汤锅摊铺，没人会收少华的钱），抹一抹嘴，朝邻座冲自己笑的一对90后陌生男女礼貌地点一点头，做了个手势，悄声离开了座位。

单说寺门的汤锅。

首先说来，《圣经》里也有汤锅这词儿。摩西率众奴隶逃出埃及以图重建家园，不少奴隶忍受不了途中的艰苦饥饿，一个个怀念起做奴隶时的汤锅。

看来真应了那句“存在决定意识”，无论东方西域，有汤锅存在，人们便有理由满足、懒惰、不思进取，哪怕甘愿回到做奴隶的地位。

开封，我们生于斯长于斯乃至逝于斯的这个悬河下的废都，政治、经济、历史、文化、建筑、习俗，以及大多数人的生存状态，太像那沸腾的汤锅了：荤素齐备，作料丰盛；一条长凳上，苦作农工，偷闲皂役，趿鞋款爷，西装官员，一律耳鬓厮磨地哧溜溜唱喝着；意犹未尽者，一声“添汤——”少顷，便有香菜鲜汤奉上；一个个吃得王潮（朝）马汗（汉），脑满肠肥，末了，丢下一团抹嘴的餐巾纸，走人！

笔者少年时，在家门口大槐树下听老街坊说，早年，咱东京汴梁有一家铺子，祖上传下一锅老汤，杀人如麻的军阀拿了几百块现大洋硬是买不下那锅老汤！乖乖，人家才不稀罕白花花的银子，而是要保全那锅原汁原味的传家宝哇！街坊爷说得唾沫星子喷到我新剃的脑门上。

有国粹之说，汤锅，可谓古城的城粹矣。

而今，王气不再，省府西迁，尚保留一个旧字的京城，步履蹒跚地走进网络时代，经济的窘迫使得从政府官员到市井百姓都汗颜不止。我们的父老乡亲兄弟姐妹，在这口硕大的“汤锅”棚下生活得太久太久，人们的历史观、人生观已被熏陶得几近变异：一方面，祖宗传下的“汤锅”，滋润出开封人的牺牲、智勇、豁达、善良，以及对苦难惊人的承受能力。另一方面，开封人得过且过，抱残守缺，吃苦耐熬（请注意不是“吃苦耐劳”），惰性十足。尤其令人不安的是，我们这种因历史悠久而积习的负面的“皇城病”正在影响和渗透着年轻的开封人。话又说回来了，从祖宗支锅、填薪算起，沸沸扬扬、冷冷清清几千年过去，我们这口大锅里所存的养分，譬如我们熟知的“底料”，对于21世纪的市民，到底还具备几多营养功能呢？

这是笔者曾经的认识论。

同样一个话题，少华端起碗来，如同捧起一座城池。他曾有“祥符两坑水，寺门一碗汤”之说。两坑水，指龙亭湖和包公湖；一碗汤，自然是羊肉汤。少华用二者概括了一座城市，也浓缩了古城的历史和现在。综观世界，何尝不是汤汤水水中的风起云涌、沧海桑田？也正因为如此，少华绝无抱残守缺、顾影自怜之态，而是以血浓于水、与这座生于斯长于斯的城市肝胆相照的胸襟，谱写出一卷惊世骇俗、荡气回肠的民族团结奋斗的史诗。

中国作家，太习惯于表现苦难，不惜调动荒诞、先锋、魔幻、写实等笔法，不遗余力。如同看到附骨之疽，掩卷之后，导致出太多的无助与愤懑，实际上这也是作者与读者同样面临的困窘。

其实，少华是这个城市作家队伍中最早投入现代派写作的先锋并出手不凡，几十年的创作实践，渐次给了他一个清醒的认识，也就是他在不久前的一次讲演中说过的那句话："贴着地面混，摔不死！"这句话，已经在开封文化圈广为流传。

少华这里所说的地面，便是安泰与大地不可战胜的神话。《寺门》是如此，《大河儿女》同样是，它们异曲同工见证了作者依赖天时地利人和所创造出的杰作。那一个"混"字，豪放缠绵，苍凉浅近，说白了，不外乎少华从平民的视角，关注历史，从一滴水、一片瓦、一根草、一棵树、一个人入手，贴切众多被遮掩于历史阴影下的芸芸众生，无论文戏、武打，小说、电视，少华舍得倾注心血笔力，借助城市阡陌中布衣百姓的喜怒哀乐、悲欢离合，淋漓尽致地展现一部鲜活的平民编年史。而以草根为主导的故事，则从朴实亲近可信丰富多元的内涵，丰饶巩固了我们早已习惯了的正襟危坐的正史，也无意间锻炼出了作者锐利的批判锋芒。

君不见，白纸黑字和彩色屏幕间，恁多司空见惯耳熟能详的街坊四邻、生活细节乃至民谚俚语，水乳交融般体现出作者浓厚的人本主义的温情与悲悯，这在当今文坛和影视中着实是鲜见的。

尽管历史的经验屡屡证明，大历史往往以牺牲无数民众为代价，那些政治家们也反复强调人民是创造历史的动力云云，而在写作这个行当，真正认识并践行这个真理并为之付出者寥寥。

打住，还是不拽这大道理吧，咱们拿事实说话——

《寺门》刚上书架，就有人自己掏钱买了200套（上、下册），几十部、几部的更是不在话下，还有海外朋友索要的。《寺门》初版，印数逾万，不久告罄，于是再版，创造出当下纸质读物衰微年代的一个奇迹；而《寺门》

出版前后，影视部门争先恐后买断剧本权的现象，也是空前奇观。再观《大河儿女》的热播，其所创造收视率的奇迹，正是老百姓买你的账。而这一切一切，不也正是对少华的大地创作理念的肯定！

回想起20世纪70年代某日，我和少华在鹁鸽市北口相遇，当年作为业余作者，我们都是去相国寺里头的群艺馆，找铁俊民老师送稿。我把手抄的稿子递给少华，他看了看还给我，没好意思让我看他手里的稿子。当时铁老师手头办了一份文化小报。不久，时任15中音乐老师的少华一次讲课，发现后排一位漂亮女生在低头做小动作，走近一看，原来她手头是一页剪报，上面正是我写的那篇《黄河水变的联想》。一向严厉的王老师破例没有批评这位同学，她后来成为省电视台的主持人。

不久，少华因其小说创作在全省崭露头角被调入文联，我和少华成了同事和朋友。

少华从没忘记他在路口相遇的那个长他10岁的男人，他曾试图带领我走影视创作的道路，说，中森，你跟着老三，不出3年，保你买辆"桑塔纳"开回家。但我没走多远就发现自己不适合走这条路，当时我就对剧组一位一直都很关心、帮助我的西安的王鹭毅说，我不会跟你们走太远的。倘若总结人生的话，能比较清楚地选定自己该选择的道路（这中间自然包括自己骨子里顽固的宿命论），也许算是我的优点吧。

弹指间40年过去，这些年极少读长篇，一向不看电视剧的我，看完了《寺门》，又和老伴依在床头一集不落欣赏完了43集《大河儿女》。做了半辈子的文学编辑，如此投入，还真是第一次。

不喷空了，叫上老伴，去寺门喝汤，说不定会碰上老沙和少华哩。

附：王少华的信

中森兄：

好！想念你！

来西安后，顺利通过考试。此次作家班报了五十名，大多是各编辑部的编辑。还有一个泰国姑娘，写小说的，《十月》发过头条。外国人上中国作家班，真有意思。

西大的条件还可以，全国重点院校。目前我们开了四门课：中国文学史、文艺心理学、当代文艺思潮、民俗民风，讲课的都是专家，质量有保证。

西安物价高昂，住宿费也很高，每月要缴60元的房费，不知文联是否照顾？如不照顾可就惨了。管它呢，还是应该学点东西。

你若有机会，带着赵云来西安玩，确实值得一游。

有啥事来信告之。

问嫂子好！

握手！

弟　少华

9.19

王连明

王连明，我是通过杨稼生认识的。第一次读他的作品《开花的课桌》，我被强烈地震撼了，除了破例刊登在当月的《东京文学》上，我还不止一次地向人们推荐这篇真正的美文。也正是这篇文章，让世界认识了一个淳朴善良、才华横溢、评奖后第一次乘飞机到深圳领奖的山区男教师。后来他的不少作品被选入中小学课本，自然我们也成了朋友，无话不谈。

记得一次连明写信告诉我，上级想调他到县里机关工作，他有些担心会被城里的空气所污染。我开玩笑对他说，你权当是打入"敌人"内部。

连明调到省会的一家杂志做编辑后，写信、通话多了。有次省里组织活动，他在清明上河园门口给我打电话，说会上有纪律，无法去看老师，口气中流露出愧疚。我很感动。

这些年失去了联系，一次连明在电话里说，可能要机构调整。也许连明返回了当地？不得而知。打电话问杨稼生，他说我也好多年没有他的消息了。

我至今保留着连明写给我的所有的信，清楚记得第一封信信封上规矩整洁的笔迹：

河南鲁山县　河乡头道庙小学

附：王连明的信

赵老师尊鉴：

收到大札，马上开始物色“失学儿童”（我是代他人联系寻找——墨桅注）。现在是假期，学生与老师住得十分分散，所以了解时耽误了几天。已掌握有失学儿童，但他们似乎都不宜赞助。有的失学时间久了，功课已荒芜，有条件复读的，学校领导也不会让他们返校，怕他们拉学校的成绩。有的干脆是学校勒令退学的，更不宜资助他们了。要找到合适的资助对象，最好到开学报到时，看谁没钱报到，给他雪中送炭。

希望工程救助儿童失学，应该由资助人同受资助人直接联系。我们学校曾得到过一个资助名额，领导将其给了当地一位富裕的孩子，事后还找我代学生给资助人写感谢信，我没写。

这里近几天就要开学，您信中说“尽快”找，不知这样行不行？

赵老师，欢迎您到我们这里来，我家门前有棵枣树，您来了，我给您打枣吃。如果错过了枣季，还可去山上拔花生吃。村子离部队机场不远，那里有航空展览馆（据说亚洲第二）可看。您什么时候来，请事先来个信，我不出门，在家恭候。从前有师友远道而来，因事先未联系，我出门不在家，遗憾得不得了。

杂志也收到了，看了又看，拙作忝列其中，觉得十分荣耀。

关于“失学儿童”若有新情况，我去县城邮局给您挂长途电话告知。（您的信到这里需三四天）

谨祝康泰。

连明敬上

1995.8.18 匆匆

萧 耳

认识萧耳有些年头了，博客上初次相遇，这一名字携春秋旷古之气迎面扑来，接下来是对伊人奇诡俏丽文字的欣赏。因此我向不少朋友推荐了萧耳。有趣的是，她博客左侧的"哥们姐们"栏目，我的名下写着的"生活在宋朝"，这一行字，九百年笔画依旧，宛若古水畔一株老槐，已经沉着地增添了十几圈年轮，只是俩人隔着长江，至今未见过面。

仿佛是一种照应，萧耳居住、供职的单位在杭州，也就是南宋国都临安，这座城市的图书馆，收藏着我所写的北宋京都开封的文化记忆随笔集《宋朝暖水瓶》。

我至今没去过杭州。20世纪90年代初，和妻子到苏州看望上大学的儿子，伫立浑浊的大运河桥头，曾萌生过乘夜航船去杭城一念。

和萧耳真正意义的接触，居然是求援。

2008年，乍暖还寒时，开封一房地产开发商有意为新娶娇妻写一剧本。他找到我，说想以我在台湾出版的长篇小说《李师师》为蓝本，创作一台大型豫剧。开发商的妻子是国家梅花奖得主，理所当然饰演李师师。我接到告知时，编剧和导演都已请到开封，执笔者为当时已颇有名气的年轻编剧余青峰，他是作为优秀人才被杭州市政府引进，之前所创作的越剧剧目屡获大奖。导演亦是著名的金牌大腕，印象最深的一幕，是开发商恭敬地问他喝什么茶，人家散淡一句，普洱。我是第一次听到这个词，顿时陷入云里雾里。

《李师师》剧本拿到后，讨论时，梅花奖得主兰花指翘着，字正腔圆抱怨缺乏主人公大段唱词，要求作者大幅度修改，其实是当场否定了剧本。

我也因此和余青峰相识，并有书信来往。不久，余青峰创作出越剧《大道行吟》，是写孔子的。他把剧本寄来，想让我给写一篇评论，弦外之音，也有对开发商夫妇的示威。

这下我为难了。写评论是我的短项，二十多年编辑生涯，充其量可以称得起“评论”的，是稿签上的推荐评语。水深火热左顾右盼间，书架上萧耳不久前赠我的《第二元素》犹若救星般映现眼帘。这是一部以女性视角评论世界电影的著作。无须引用萧耳文笔睿智中的冷峻与诚实、犀利间不乏深邃诙谐的语言，仅仅文章标题就吊足了阅读者的胃口：冷的匕首和发烫的唇、走在站台边的女人、隔着玻璃的情爱、躲在镜头后的男人……

于是，心存忐忑，给萧耳写了信，问伊能否帮这个忙，也是想到伊正在《钱江晚报》副刊耕耘，一旦答应，发表自然也不成问题。就是这个不无私心杂念的投石问路，很快得到萧耳爽快的答复：先生把剧本寄来吧。

这是怎样一种胸襟的女子哟，尤其处在如此物质社会，而且是来自一个平凡无为的老男人毫无报酬的劳动；如此巾帼慷慨，竟把须眉之我逼到坊墙一角虚汗淋淋。

那一刻，我着实想到了鉴湖女侠，想到了女娲补天。

记起拉斯金 1864 年 12 月 14 日于曼彻斯特市政厅的精彩讲演，他论述到莎士比亚缘何创造了恁多的女中豪杰：《李尔王》中的考狄利娅，《奥赛罗》中的苔丝狄梦娜，《一报还一报》中的伊莎贝拉，《冬天的故事》中的赫米翁妮，《辛白林》的伊摩琴，《第十二夜》中的薇奥拉，《仲夏夜之梦》中的海伦娜……莎翁羽毛笔下热情地讴歌女性的聪明才智与纯洁坚贞，更有她们对国家与男人的拯救与开启；而对于男性，大师则多是纯粹出于舞台效果的轻描淡写。

还处于感慨期间呢，萧耳的文章《唱越剧的孔子》已经写好寄来。

文章好得让我喘不过气来。这里说的好有些包罗万象，譬如作家的气质、敏锐、博览、坦率，剖析入微，鞭辟近里，乃至中国批评界稀缺的《皇帝的新衣》中的大实话。

……千把年前，孔子在路上，十多年的列国苦旅，“大道朝天天有道，一路歌哭一路游”，越剧怎样唱出来呢？

我想这个戏，要演也只能是茅威涛自己演孔子。余青峰的这个剧本《大道行吟》里，孔子一出场就是55岁的老男人了，越剧小生演是不是有些奇怪，那么越剧老生能演孔子吗？

余青峰是这几年崛起的青年剧作家，拿过不少奖，功力应该了得。这个剧本，文白夹杂其间，追寻幽远古意，也旁顾现代性。如此剧本为昆剧而写，也许会完全被沉浸在春秋古意之间，然越剧的出生毕竟是俚俗乡间，编剧自己又是活跳跳的70后，于是“踩过界”之事时有发生。

也许是为了演出时收到荒诞的戏剧效果，剧本里出现了一幕孔子与卫灵公完全“鸡同鸭讲”的可笑困局。一边孔子在那里谈仁义之仁，另一边，卫灵公在那里大唱“杏仁桃仁花生仁”，像个严重痴呆症患者。看剧本到此，我以为传统的越剧也在向解构主义、无厘头、后现代等当下的时髦把戏靠拢了。

一个55岁的男人，跟着一群学生，“只要天下诸侯用我，一国之治，三年定然有成”之志一直无法伸张，好不容易有个红颜南子（春秋这自由时代的有名荡妇）赏识她，欲向老君吹吹枕边风起用他，结果又遇上了宫帏之变，孔子无奈之下只能再次启程，徒添壮心渐老何处归的悲伤，越剧《大道行吟》，全剧是以孔子求仕失败收场。他的思想价值被发现，成为圣人孔子，那是尾声之后的事。

聪明的编剧将《论语》里的一些经典语录穿插在剧中，而我不知道的，这是越剧版的孔子，是不是会比越剧版的孔乙己走得更远……

传统的可以更传统，越剧编剧也不必学宁财神以《武林外传》的方式插科打诨取悦“80后”，更不必指望“80后”会去看越剧。如果编剧能完全营造出一个幽远的中世纪氛围，也许比偶尔冒出几句现代腔，让南子像林志玲那样嗲声嗲气地说“好不好嘛”，或许更能打动那部分铁杆观众的心。

有时候，实验是一种先锋姿态，传统是一种保守姿态。搞戏剧戏曲的人，在当下这个大环境下，总怕被人说不愿革新。我倒是想，当老祖宗留下来的那些手艺正在失传时，后面的多少代，就好像能把一幅名著修补复原，已经是很完美了。而在传统之上开疆辟土，又何其难啊。

（本文有删节）

屏神凝息读完萧文，除了拍案惊叹、钦佩感激，还要深深给南宋的萧耳鞠上一躬！俄顷，扪心自问，今生我又当如何报答伊的侠肝义胆之恩？

杨银娣

远行，避席
人生的两极
这已经构成当今民间辞典对她简约的诠释

总觉得她身上有种俄罗斯作家诗人的特质
而不同的则是她主动流放自我、跋涉苦役
当她从世界最高的公路倾覆的车子里挣扎出肋骨折断的身躯
当她在草原被奔马撞击得血肉模糊双眼瞬间失明……
人们会从她高居排行榜的《远行让我销魂》中
颠覆两千五百年《诗经》“女子如云”的咏叹

捧读杨银娣的书
有一种手掌上落雪的感觉
清晰地感触到雪的冷澈、融化
掌纹的阡陌被她滋润、渗透着
打了个激灵后的读书人
霎时间有一种恍若隔世的清爽
茫然四顾
那远行的银色倩影

可是播撒雪花的女神
而我
可还是原来那个浑噩围城中的那厮

在杨银娣这里
单纯追逐故事会显得你是多么的平庸
一部史诗剧的贡献
是跨出剧场的观众胸臆间燃烧的激情与火焰

长篇小说《避席》中
主人翁晓静纵身一跃
使得作者呕心沥血搭建的“避席”纲领完成了惊世骇俗的升华
虹一样的思考中
猛然想到了那句
人最可怕的是梦醒之后，无路可走
杨银娣则把残酷的现实丢在书中
焚烧掉昨夜全部的情诗与书信
清醒地告别她精心打造的木屋
视死如归
踏上通往圣洁高原的远路

杨银娣
看去似乎浪漫乃至犷野
（网上不少人称她野女人）
实质上这是一位古典端庄的女子
她
率真而大气
高贵而亲近

潇洒而内敛

在纷扰与诱惑下
她淡定地坚持着对唯美与自由的追求
保护着内心的清澈和坚定
谁又不说她一次又一次的远行
不正是她对自已尊崇的生命的旁白与注解
也于无形间
为众多东方循于隐忍、偷生的宿命女性做出了清粼粼的表率

杨银娣，是真正的诗人
诗人，有一颗跋涉的心

附：杨银娣的博文

深深地感谢墨桅老师。我已把此文作为我的新著《此行莫恨天涯远》的序二。

读墨老师的文
字里充盈着诗意
话语典藏着温婉
我的野性徜徉在
这样唯美的
字里
行间
游走
驻留
气定神闲

杨银娣于英国剑桥寓中

杨稼生

老朋友杨稼生新出版了一本书，书名为《北湾》，北湾，也是他被打成右派后劳动改造的地方。

2011 年 10 月 28 日，离稼生大哥 80 岁生日还有 8 天的一个晴朗的日子，舞钢市召开了“河南作家看舞钢暨杨稼生文学 60 年研讨会”。

我应邀出席。

车上

在去舞钢的长途汽车上，同车的一位旅客听说我去舞钢参加作品研讨会，问我是不是杨稼生的作品。他身后一对男女教师是到舞阳下车，居然都知道杨稼生的名字，反复强调舞钢原来和舞阳是一块儿的，看得出他们是为这片土地有了杨稼生而骄傲。回来的路上，临座一位晕车的钢厂女工弱弱地问我是不是舞钢人，我告诉她是从开封来参加杨稼生作品研讨会的。她蜡黄的脸上立刻涌出兴奋，说，我见过杨稼生啊，在垭口菜市场蹲那儿和卖菜的老大娘说话儿。我说杨稼生 80 岁了，她不相信，抢着说我看他有 60 岁，我女儿也读过他的书呢，我知道他有个孙女叫田田，他对孙女咋恁亲、恁细心呢！她告诉我说她是领着女儿去开封看菊花的。我当时的感觉，是自己身旁有好大一片鲜花盛开的花园，白发苍苍的园丁，是杨稼生。

会上

80 岁的前作协主席南丁，说起 20 世纪 50 年代他曾和杨稼生出席过全国第一次青年文学创作大会。会后不久，南丁被打成右派，下放到大别山改造。杨稼生被发落到北湾，在深山荒野，开始他 20 年的垦荒造林岁月。

会上，有两位女子的发言让人听得眼睛湿润。

一位是平顶山文联的曲令敏，1987 年我和她一起来舞钢参加过杨稼生的作品讨论会，她的散文得到贾平凹的赞扬。用杨稼生的话说，曲令敏是发表他文章最多的编辑。杨稼生第一本散文集《海蓝海蓝的眼睛》出版，曾委托她代销。没想到一位住在曲令敏家的亲戚，好心地把地上的一捆书和废报纸、杂志一块儿当废品给卖了。事后，她曾建议杨稼生写报告文学拉赞助以弥补。她说，我明明知道杨稼生是不会做这种事的啊！知天命之岁的曲令敏眼含热泪当场给杨稼生深深地鞠躬致歉。

再一位是周口电视台年轻的编导王文君，杨稼生的那本《叩问童心》成了她教育女儿的"圣经"，而长达 9 年寻找该书作者曲折的经历，着实打动了在场的每一个人。南丁情不自禁地说，你的发言正是一篇优秀的散文啊。正是这位王文君，为了收集杨稼生的作品，废寝忘食，殚精竭虑，跋涉网络，搜寻报刊，硬是把几十万字有关杨稼生的文章、评论整理成册。

我的发言就显得简单了些，是以写给稼生大哥信的形式朗读的。我借《北湾》一书"楔子"为题，说，我认为文学并非多么高贵，它充其量不过是楔入家具榫缝的木片儿，使得日常人们坐以安稳，足矣。像斯陀夫人所著的《汤姆叔叔的小屋》那样引发一场伟大的美国南北战争的伟大著作，目前中国不会出现，今后恐也难诞生。我引用了稼生和我都很尊重的痖弦先生的话作结束："这世界已经很冷，我们以彼此的体温取暖。"

山上

会后，在杨稼生的带领下，南丁夫妇、李佩甫、南豫见、温慧敏、杨林杰、李文君和扶沟电视台一青年摄像（恕我忘了大名）和我，攀登上稼生拓荒植树 20 载的北湾。

来到这儿，人们似乎都没有了任何语言。

漫山的泡桐、青竹、松柏在抒情、吟唱……

稼生说过，春上，竹笋拱出地皮时，最容易被贪嘴的野猪啃噬。于是，他和山上的伙伴儿们每天每夜守候在山上，用石头不停地敲打物件吓唬野兽，一直等到幼笋外壳儿木质化。正是在这样一个近乎于西西弗斯推石上山的神话中，一个崭露头角的文学青年渐次成为满头白发的老者。我在台湾《联合报》1984年发表的散文中曾写到过稼生：“出山后，他话已讲不囫囵，看着人和物时如同盯着一棵树……”

他们的劳动，感动了中央林业部的专家，召唤来北京电影制片厂和省电视台摄制组。1980年植树节，国人看到了融入北湾郁郁葱葱风景的影片《绿化祖国》。

会上，人们愉快得到了杨稼生签名馈赠的30万字的《北湾》。

也有一位曾经有美文镌刻在名胜碑石的大家，“搭车”把自己的书在会上散发。听到他的名字，我把那本递到手的印刷精美的著作扔到了一边。

附：王文君《笔会上赵中森先生的几个镜头》

河南作家看舞钢暨杨稼生文学60年研讨会上，开封作家赵中森先生是唯一一位讲普通话的发言者，很好听的男中音，不急不徐，不过，当时他讲了什么，我已经记不清了，但我记得最后他引用痖弦先生的一句诗作结束：“这世界已经很冷，我们以彼此的体温取暖。”当时我的心一下子紧了，这么阳光的一个人，怎么说出这么感悟冷暖的话呢？他引起了我的注意，不自觉地摄取下了下面的几个镜头。

画字“北湾”

研讨会上，赵中森先生赠杨稼生先生一幅字“北湾”，他说这幅字叫画字。画是字，字亦是画。画幅很大，是一中堂画幅，“北湾”二字却不大，但很清秀，很干净，恰是北湾的山水竹林。

也许是因为北湾给人留下的思考太多，不能用太多的笔墨来挤占，可唯无画处更见妙境。

此画让人看到了一个好有内心世界的先生，我当时有些惊了。

他的画字也恰如他的人，高挑笔直，清秀儒雅。

那天，从赵中森先生手中接画的是杨稼生先生的女儿杨林杰和孙女杨田田，我觉得很有味道：杨稼生的女儿和孙女杨田田已经在接管北湾了。

难忘黄花儿

午饭后，稍作休息，我们便出发前往北湾。

此行去的有李佩甫先生、南丁先生及夫人、赵中森先生、南豫见先生、马永红女士、温慧敏女士、杨林杰女士、何双喜和我，当然还有这个队伍的领头人——杨稼生先生。

正如赵中森先生说的，到了北湾，我们大家都没有了话，但大家全都爱上了那个地方。

我们从竹林回来的路上，我和赵中森先生是同时注意到了路边的一朵小黄花儿，它的叶片几乎被行人践得面目全非了，但那朵小黄花却开得格外的好，亮丽的黄色耀人眼目，赵中森先生不由自主地蹲下身子，深情地凝望小花儿，努力用镜头摄取它最美的瞬间。

这个细节摄住了我的心，眼睛也一下子潮湿，赶紧示意同伴双喜拍摄下来，可惜没有抓住，但这一个场景却在我的心里定了格。

赵中森先生今年已经66岁了，他的这个举动更让我觉得生活中真不是缺少美，是缺少体会美的心啊。有的人就爱收集些负面的信息，那不就是收脏吗？而有的人只选择好的一面入心，就是在聚灵啊。

丢下的书

赵中森先生因开封朋友的女儿结婚，今日清晨5点要搭车返程。

我昨晚说今晨要送他的，但他说舞钢大酒店离汽车站仅隔着一条马路，不用了，孩子，你早点休息吧。听他这么说，我也没再坚持，若再执意就有些做了，大家彼此也会很不自在。昨晚也算是道别吧，今晨他早早地走了，轻轻地离去，没惊醒他同屋的双喜。

早餐时候，双喜给我说，赵老师把昨晚舞钢文联主席送他的一本书落在了宾馆。

我想起昨天温惠敏拿书来赠的时候，赵中森先生一开始就回绝。我当时心里还觉得这老头怎么这么怪呢，对别人的好意还不领情。也许怕伤了美丽的文联主席的面子，赵中森先生勉强接了书。我和双喜倒是很感谢呢，每个人得了一本包装精美的书。想到这，我心里一下子明白了，赵中森先生不是落的，可能是他有意丢下的。这个细节让我对赵中森先生肃然起敬：他的真诚，他的率直，喜欢就是喜欢，不喜欢也不掖着藏着，不喜欢的东西拿在身上不如丢掉的舒服。

赵中森先生的走，让我的心里一时间空落落的，不知是否还有缘再见他。那个倔强的、历经岁月仍保有纯真自我的人，您好让人敬佩。

附：赵云《〈两岸书〉体味》

爷爷去世后，父亲的情绪一直不好，几天前他接到老友杨稼生寄来的快递，是新出版的《两岸书》（痖弦、杨稼生著，河南文艺出版社，2014 年 3 月第 1 版），说稼生想让他写点文字。父亲把书递给我，说，你先看吧，稼生来过咱家，你读过他的书，痖弦是载入中国文学史的诗人，先生也给我写过信，书看过后有话，就替我说几句。

窗外淅淅沥沥，一种雨打芭蕉的诗韵袭来。书静静地摆在面前，始终没有翻动，却感觉已经和这本书似曾相逢，因为所有的因缘和相遇都是一种重逢。透过淡雅的封面，想象着书信的内容，经年的友谊透过片语只言，如凌晨时分窗外传进的清脆鸟鸣让人心头一暖，生命的美好以这种不经意的方式展现，虽然时光如逝，但这一刻可能长于百年。在这个物质的时代，书信是一种奢侈，它的形式已经远远大于内容，它的意义已经远远高于载体。一封书信摆在面前，其实无须阅读，它透过时空使我们找到了安身立命之所。面对这样一部书我多的是感动，看到时光荏苒，人生像一次流放，走了多远也需要回归。而书信是回归中的风景，如山涧间的清泉引我们前行，如夜晚的灯烛温暖我们的心灵。现代的我们缘于自身的浮躁，也缘于文化的缺失，在返家的途中迷雾缭绕。所以这样一本跨越时光的书使我产生无限遐思，甚至想象自己年老后有这样一个平台追忆似水流年。

书信不同于故事，现代人沉迷于故事，因为故事中穷尽了一切可能，即使我们在现实中黯淡无光，故事中解构了一切因果，即使我们在现实中无所前行。但书信本质上是真正的生活，故事可能如夜空绚烂的烟火，充满艳丽的邂逅相逢，但生活更多的是无奈前行。所以书信给我们一次契机，让我们向意义回归。

时间如流沙滑过指尖，记忆从不会消失，只是分门别类储存于一间间的客房，随着年龄你可能永远找不到打开它的钥匙，任由岁月剥离掉雕梁画栋上明亮的油漆，最终荒草掩门。但书信为我们提供了这样一种可能，你再次听到了曾经不经意的慨叹，再次看到了早已消逝于记忆的风景。这里没有山雨欲来，因为这里是世界尽头，是你的精神家园，窗外桃花灿烂，云卷云舒，春来花自清，秋至叶飘零。

书信成为了一种意义，乃至一种信仰，它的意义不可言说，如佛祖所言：心行处灭，言语道断。我们初学佛时，诵经苦读，文字指给我们一条返归自己内心的道路，明心见性，向自己的内心深处去找寻般若。但一旦我们明了般若，就要立刻舍弃文字。因为文字载我们过河，过河后就成为包袱。心不累境，心非见也，境不滞心，境之相也。只有心无挂碍，方能远离颠倒梦想，究竟涅槃。

面对这本书，我只静捧着，体会某种自明的因缘，体味书信带给我的感动，与两岸作者在时空中拈花一笑。

郑克西

重阳节游园，听老诗人李怀发说，郑克西老师不久前去世了。顿时，觉得满目鲜花肃穆了许多，万紫千红的菊中，活着老师的形象。

郑克西老师是上海人，生于1929年。20世纪40年代末由黄浦江畔来到黄河边的古城工作。诚实地说，对于老师的经历、著作知之甚少。20世纪80年代文学复兴时期，开封文联举办笔会，我有幸陪老师逛书店街，得知他一个“完璧归赵”的故事。

书店街，是克西老师年青时代流连忘返的文化绿洲。1958年，随省会西迁调至郑州工作的克西老师来开封出差，在书店街一家古旧书店发现了人民文学出版社出版的一套五册《契诃夫剧作选》，喜出望外。封面左下角，戳有一枚原藏书者的印章，仔细辨认，原来是一位故交，他在前些年的政治风暴之中遭遇迫害。克西老师手中沉甸甸的书的封面上，契诃夫画像神色忧伤，似乎在哀叹生活的不幸。“十年浩劫”过后，那位好友恢复了名誉，克西老师在每一册书的封面上加戳了自己的印章后，完好地赠送给原书的主人。只此一件往事，足可以感受到克西老师做人做事滴水之映辉。

亲自感受老师的恩泽，是1986年。那年我告别诗坛，中篇小说处女作《崩溃的楼阁》在《花城》发表后，不久便收到时任省作协副主席郑克西老师的亲笔信，信中说省作协有意近期召开城市文学讨论会，要求我做好准备，在会上做一次重点发言。

很快，省作协城市文学讨论会在郑州召开，省作协特地买了一批刊登我作品的当期《花城》发给与会者。

我不擅演讲，对于城市文学创作理论更没有发言权，只结合作品谈了当时开封业余作者尴尬的生存状态。不想克西老师突然拍案而起，大声批评起开封市文联领导。我至今还清晰地记得他红着脸膛提高了嗓门的那句："××同志，你应该保护你的作者嘛！"

严格说来，作为编辑的我，在小说写作上还属于业余状态，加上我写作一向很慢，不善于编织故事，纯粹是抒写个人感觉。《崩溃的楼阁》后，断断续续发表了《雕塑女人》《白石榴》《母魂》等中篇，大大辜负克西老师对我的殷切期待。

后来，在我和克西老师的通信中，依然不断得到他的关怀和指导，并为我推荐要读的书。

不久前，王少华的小说《宣和画院》问世，立刻得到克西老师的热情赞扬和鼓励，并对其中以藕丝做印泥的细节津津乐道。

克西老师走了，他依然活在我和接受过他关爱的人们的心中。

附：郑克西老师的信

中森同志：

你好！

王秀芳同志向我推荐了你的《崩溃的楼阁》，我是一口气读完的，真为你感到高兴。我省小说创作的优势是在农村题材，城市文学是为薄弱一环，手法也较一般。你在这两方面均有突破，值得祝贺。倘若说新潮派小说，《你别无选择》为代表，写了当代青年知识分子的苦闷心态；继之出现的《无主题变奏》，则写了普通劳动青年的愤懑，甚至矛头指向某些阶层的人物。你作品中的主人公，却从苦闷、愤懑中终于看到了自身的生活道路，从崩溃的楼阁走向招待所客房，是难以求得个人和事业的发展的。他终决心走向河源，那哺育我们民族的生命和文化之源。我的理解这并非皈依自然，或者寻根，而是本着新知识的武装去探求历史和现实。他一旦归来，必将对其他不同类型的青年带来积极的影响。这也是你的理想和生活追求吧？

上月，我曾去上海参加城市人生态与心态（城市文学）研讨会，九月份我们省作协和郑州市文联也将召开一次同类性质的会议，届时拟邀请你和不天等同志参加，并请你围绕《崩溃的楼阁》谈谈你的观点，务请认真准备。

为了给与会者以参考，《河南作家通讯》（本年第四期）请有关同志撰写并选载了几篇文章，下周即可印出寄给你。我希望会议能开得生动活泼，畅所欲言，展开争鸣，以期推动我省城市文学的创作。你对会议有何建议，也望来信。

匆匆，祝

好！并颂

撰安！

郑克西

一九八六年七月十六日晚

周同宾

和同宾大哥交往不多，如同同村的人，一年半载也许说不了一两句话，可乡脉人情在，永远也不会生疏。

每次我给同宾大哥约稿，他从不让我的话掉地上。那次他寄给我一组《皇天后土》系列的稿子，编辑、画版、插图，全是我，那几天，就仿佛是和同宾大哥在村口的饭场，与几个乡亲蹲在树下，一边往嘴里扒饭一边说着什么；稿子中的每一个字都蒸发出朴实与亲切。

一次作协开会，晚上有节目。我前排一个女孩儿回过头来，问了句："你是周同宾吧？"那一刻我真有些受宠若惊。当我回答说我不是周同宾后，那女孩儿有些失望。一旁有人提醒我，说那女孩儿是乔叶，修武县写散文的。十几年后，成名的乔叶来开封参加关于《认罪书》的研讨活动，结束后在诗云书社和大学生见面，我应陈尧社长邀请出席。会上主持人刘军介绍我时，我说了这档子事，乔叶只是笑了笑，没说话，想必她一时也找不出该说些什么。

说起开会，我注意到一个现象，每次和同宾大哥一同出席，无论台上谁在做报告或者讲话，他都低着头安静地看书，而且都是那种可以夹带在会议文件中薄薄的小 32 开版本的书。

有年，看报纸上周同宾的新书出版，就汇款买了一本。不想同宾接到汇款后在寄来的书中夹了一张便笺，说，中森你太客气了，来信说一声，我给你寄一本就行了。他同时还给我寄了一本他写的童话，说给你的孩子看吧。我把那张便笺粘贴在同宾大哥的书的扉页上，作为一个特殊的纪念。

最近整理信件，看到廖华歌、张克峰等文友，还有当时在南阳师专当教师的胡述范的好多信，想起不少有意义的往事。我的电话本上至今还保留着周熠办公室和他家里的电话号码。

周同宾是南阳人。我是在当兵时第一次听说南阳这个地名，倒不是卧龙岗诸葛亮，而是我当兵时正赶上全国人民都在饿肚子的岁月，可有谁说南阳人用红薯干烧锅，因为地处盆地，粮食运不出去。还有，就是著名的南阳牛，会让人联想到那里的人们的性情。现在听不到盆地这个词了，可我还是觉得南阳是聚宝盆，这话用在后来形成的南阳作家群身上，很合适。

附：周同宾的信

中森兄：

久疏问候。昨日去文联，才拿到你的信。（应当说是华翰或华笔，太美了，是件艺术品，有收藏传世价值；打死我也写不出这么生动的书法，你随意一挥就几近神品，汴京毕竟是出苏黄米蔡的地方）。

我多天才去单位一次。年过花甲，“蒙恩”尚未退休，可以多领几个薪俸，却一直不坐班，“坐家”嘛。

《大河报》的编辑约我写专栏，就写了四位文友，均一般化，应命而已。老了，怕是弄不出像样的东西了。

身上毛病不少，但没有马上要命的病，似乎还能苟活一些年。老朋友，咱都保重。

便中问天仓、树田、令更诸友好。

即颂

秋安！

同　宾

2003.10.9

赵 瑜

翻开赵瑜撰文（周令飞主编）的《鲁迅影像故事》，如同推开里弄熟人家的院门，连主人家的犬儿也温和地上前舔着客人的鞋子，从敞开的屋门里飘出新沏的清茶的香氛。那门楣上吊下的防蚊虫的竹帘，千百竹篾过滤出的声音中，传出鲁迅、许广平、周海婴的说笑声。

不久，许广平哼唱起她自编的催眠曲：

小红，小象，小红象

小象，小红，小象红

……

唱完以后，海婴便睡着了。

好温馨慈爱的一幅画面啊！

“没遇到许广平之前，鲁迅骨子里是一个悲观主义者；而遇到许广平之后，生活有了力气，便也转悲为喜了。是啊，在《两地书》里，鲁迅早已经大声喊过：‘我可以爱！’”

这，是70后作家赵瑜笔下的鲁迅；是继《小闲事——恋爱中的鲁迅》博得社会欢迎而再版之后，赵瑜和鲁迅长孙周令飞联手向读者奉献出的“一个幽默风趣、热爱生活的鲁迅，一个有血有肉、饮食男女的鲁迅”。

15万朴实无华文字，100多幅原版照片，将尘烟往事揭开，使得读这本著作的人们很自然地和那个被时代神圣化了的旗手与斗士的鲁迅一瞬间亲近了许多，熟悉了许多。随着书页的走动，人们仿佛听到了先生日常的读书声、恋爱声、玩笑声、骂人声、争论声、为帮助年轻人出书奔走的脚步声，以及病中的咳喘声……而照片上的20多幅面带微笑的鲁迅，也一下子将先生以“横眉冷对”著称的僵硬形象给解放出来。

说心里话，在得知赵瑜要给我寄书的口信后，有一个我十分关注的话题，而立之岁的高产的作家，会不会避开那个敏感的事件，诚实与务实，往往是检验一个作家最起码的品质。这里要说明的是，收到赵瑜寄我《小闲事》时，我正巧动身去北京看望海婴先生，就把这本书当作礼物送给了先生，海婴先生当即签名将所存无几的毛边书《两地书·原信》委托我转赠给赵瑜。周令飞和赵瑜第一次见面，还专门提到在父亲那里见到过《小闲事》。海婴先生健在时，不止一次和我谈起一件事情：鲁迅先生的死因。

那年，我读到海婴先生寄我的《鲁迅研究》，首篇是周海婴的文章《一桩解不开的心结——须藤医生在鲁迅病重期间究竟做了些什么》，一口气读完，白纸黑字已经形成讨伐致鲁迅之死的日本军国主义分子须藤的檄文！

我们不妨暂且把周海婴的文章视为一位普通的国民的一纸诉状。说到这儿，油然想到中国那些不幸的慰安妇东渡扶桑状告侵华日军败诉的旧闻，还有一个叫张纯如的中国女孩儿因揭露侵华日军暴行最终不堪重负而自杀的事件——当时，周海婴先生已是望八十岁的耄耋书生，依然据理坚持追查其父之死因疑案的真凶，如此颇似“秋菊打官司”的东方执着与老百姓的“认死理儿”，也只是为了“讨个说法儿”。况且，鲁迅先生的光芒早已超越了周氏家谱。显而易见，周海婴的举动早已经不单单是他个人行为。周海婴用详实而可信的证据告诉世人，一代伟人，居然因为一个连起码医生应有的道德职责都不具备的日本医生不清不白地给“治”死；用专家的话，鲁迅先生至少还可再活五六年甚至渐渐恢复身体。这样，不仅鲁迅先生的亲生骨肉，就连我们这些被鲁迅思想滋养着的国民，也应该拍案而起，声援周海婴，追究杀人犯。

但是，这一正义的要求、这一法律的权力与人伦的责任以及自由和尊严，却遭到某些部门的阻扼，堂而皇之的理由是“影响中日两国关系”。这就怪了，丁是丁，卯是卯，想当年国际法庭追究战争国与战犯罪责，以及终审判决和执行时，是不会顾及国家关系而笑容可掬；而一个有严重谋害病人嫌疑的医生，和他所属国籍与其行医的异国，又怎么能上纲上线牵扯到国家关系？罪犯是罪犯，国家是国家，二者有甚可以“关系”？顶多可冠以某国罪犯罢了。若硬要联系的话，也不是不可以，那就认真地盘查两任日本民议会员、担任日本退伍军人组织乌龙会副会长（乃日本军国主义组织）的须藤本人的来龙去脉。

周海婴先生苍老而充血的诉说，不是中美乒乓外交，亦非友谊第一、比赛第二的政治虚荣，而是一位中国老知识分子义愤填膺的呐喊，而这声理智正义的呐喊在这个寒冷的冬天显得那样孤单和凄楚！稍有良知的人都会禁不住地发问，烈士屈辱地牺牲了，百姓吃蘸着他的血的馒头无言地活着，就该是正常的符合时宜的结局?!

赵瑜没有让海婴先生失望，更没有让国人失望，他在详尽列举了诸如1936年6月15日鲁迅先生胸透X光片、《鲁迅日记》、周海婴《鲁迅与我七十年》、萧红《回忆鲁迅先生》以及须藤本人的《鲁迅先生病状经过》等大量历史文献和影视资料后，写道：“这位老医生（后来许广平请来的中国医生），还亲口对许广平说过：‘过了明天就好了。’然而，第二天凌晨，鲁迅先生便离开了人世。”

于是，赵瑜大声疾呼道：“这怎么能不让人怀疑！”

在这里，我向70后作家赵瑜鞠躬。

不久前，我在央视著名的读书节目里，看到了年轻的本家朴实亲切的谈话，说的内容，就是他用快递寄给我的《小闲事》。

附一：赵瑜的信

中森我兄：

特别感谢兄为我和周海婴先生引线。

对鲁迅先生我偏爱已久，却迟迟不敢动笔。

本次写作也是无意，却被北京这家颇有实力的公司看中，并大做宣传，现在又要加印，也是奇事。

我有志于写作一部鲁迅先生生命最后一年的书，以后如需至真的材料，可能会通过兄与周海婴先生联系。

希望没有过分打扰。

赘，中秋大安。

赵瑜

2009.10.9

附二：刘海永《赵中森，开封文人的良心》

昨天在网上与赵瑜联系，这枚同学正在鲁迅文学院进修。谈及春节期间本来要到开封与我等小聚的，时间关系终未成行，赵瑜说赵中森老师发来短信说他食言了。（“原来我说的是回开封和你们见面的。”）我当时说赵中森老师是开封文人的良心，赵瑜也很认可，说：“是的。我感觉到了。”王立波这枚同学也多次流露对中森老师的景仰。

我与中森老师未曾真正谋面，偶尔在中州国际见过一次也是三言两语，匆匆握别。但是从他的为文中我们感到了他的为人。常言说文如其人，赵中森老师一边拯救着古城的文化，一边不断提携无私帮助后人。

王不天老师多次感慨再也没有20世纪80年代那样的好编辑了，以我看来，赵中森老师还是一如既往地像过去一样，无愧于文化，无愧于友朋，无愧于自己的良知。泰山不言其高，万山崇朝；东海不言其广，万水归宗。浮躁的时代仅有喧嚣是不够的，当浮华过后唯有寂静才是本真。先生之风，高山仰止，景行景止，虽不能至，然心向往之。

刘海永

2010.3.18

张 瑞

有必要说到张瑞的写作的缘起。

单位一位丽人，被上司看重，提拔，让张瑞有了不小的波动。诚实地说，张瑞出色的工作能力，在文联、在文联所处的机关大院是经得起打听的。除去本职工作的干练，上百人的会议，接待、经费、协调，看似大大咧咧中就圆满完成了。有年岁暮，张瑞硬是凭自己的能力从财政局划来三万块钱（她没拿一分钱的回扣！），让清贫的文联过了个富裕的春节。在完成市政府“帮困”工作中，文联包干的社区，她做了不少工作，为此上了央视。但是，由于僵硬、不乏浑浊的体制的制约，她这位有才华的女子，直到退休还是一名工人。

而重要的是，有时我们可以从一个人身上看到一批人乃至一代人的命运，也许这正是笔者在书写这篇文章时始终处于冲动之中的理由。说穿了，我不过是一名普通的平民，所写的东西也是大多老百姓心中有而写不出来的话。我这一生大抵就这个样子了。有人会说这些文字欠缺所谓的理论色彩，可我眼见我们太多的光彩理论经常会成为社会大多底层无权者的海市蜃楼，这样的理论还不如孩童打水漂儿的瓦片儿！长期以来，我们的领导已经习惯教育部下要具有“孺子牛”的精神，但是从来没有哪一位领导会关注牛吃青草如何生长出白色的牛奶的问题；当然这也丝毫不会影响他们对服务生彬彬有礼地说黑椒牛排要七成熟。46 岁时的张瑞是以她处女作的朴实而凄美的文字震撼了开封文坛，使得那些以写作为职业的同事们刮目相看。同事王少华专门在报纸上写了文章，他说出了我也想说出的话。

以后的几年间，张瑞所创作一批非功利的闪烁着朴素美学色彩的作品，实际上是一种维护自己尊严的劳动。同时，她也摆脱了最初写作阶段的冲动而进入自觉创作的领域。

写作的女人是美丽的。

灯，需要自己点亮。

张瑞，证明了自己。

张瑞有着与他们那一拨同龄人相同的经历，生活给予了她太多的磨难，我参加过张瑞家的两次葬礼和一个婚礼。爱憎分明、嫉恶如仇的张瑞没有想到（许多人也没有想到啊）的是，这一切会成为日后她写作的素材。

这，也告诉人们一个朴素的真理：

人们啊，你要发现自己！

在实际生活中，许多人的一生都在“沉默”着，尤其是女性。张瑞，则以牛反刍的形态，回顾并书写着人世沧桑的苦况和诗意。从这个意义上讲，张瑞的贡献甚至超越了她写作的本身。

我很赞同张瑞以自己积极的方式抗拒着社会的不公乃至虐待，同时我也更多地看到她乐观开朗的精神层面。那天在路口她愉快地告诉我，她正在学习唱歌，跟老师练习发声。发声，我想大概是要讲究气血贯通的吧，这起码有益于健康，而健康对于退休的女人来说，是阳光和雨露。

张瑞作品中有这样一段话，它让我阅读时有了禁不住的泪水，在结束这篇文章的写作时，我读给朋友们：

> 我的嘴和鼻子连续冒着哈气，冒出的哈气粘在睫毛和刘海上，刘海上的冰溜越粘越长，挡住了视线，用手轻轻一碰，刘海断了，声音很脆。
>
> 收工后，紧忙往炕上爬，头上的雪融化了，顺着刘海滴到了炕上，脱鞋时，袜子拿不出来，一看，袜子和鞋冻在了一起。
>
> 挖河的事过去多少年了，夜沉天净时，会突然想到，人生不也是条河，也得不断清淤、挖掘、开拓，一旦挖不动了，人生的戏也就散场了。

附：张瑞《关于中森》

德国作家亨利希·曼说过这样一句话：男人的骨气不表现于外表，他们都隐藏在女人的眼睛里，男人的品行在女人眼睛里的定位是准确和赤裸的。

中森就是女人眼睛里的男人。

中森属鸡，一米八的大个，清瘦笔直，已是花甲之年。

自从和中森相识至今，改变他的只有时间流逝留给他的皱纹，其他方面几乎没有变化。中森行为举止讲究，无论是家里还是单位，只要他在的地方，东西摆放得井井有条，洁净温馨，就连看不完的书页，都会放上书签做记号，不会故意折叠它。细腻的行为远远超出一般的女性。无论春夏秋冬，一身浅色着装，白或棕色皮鞋，绅士风度，心态很年轻，和“80后”“90后”的孩子也可以做朋友。

中森长我一轮儿，在正规场合我称他老师，私下里直呼其名，他也从没和我计较。虽然年龄有差别，高攀一下，还算是同代人。中森性情耿直，为人真实，看似并不刚强的外表，有着硬汉的骨气，是我欣赏、崇拜的偶像，也是我和中森成为朋友的根本。

十几年前，第一次登门拜访，中森还住在空分厂家属院，五楼上面，四户人家，一眼就能辨明方向，旧式木门上张贴着现代风格的手工绘画挂饰，内容记不清了，那印象却历历在目，很显然，中森风格。

中森生活低调，从不张扬，往往把自己称为老百姓，会计每月发工资，他会早早地去，帮会计数钱。用他的话说，老百姓的事，咱不帮谁帮。

中森不善言语，其作品却洋洋洒洒，字字珠玑。我喜欢读中森的文章，给人以畅游文海的快感。精美干练的语言，深奥彻切的哲理，血和肉的亲情见诸笔端。激动、心跳、落泪的感受越久越发浓重。我无权对中森的作品给予评价，中森的语言的确是我一生追求的榜样。

中森接触过许多文学青年，最后都成了他的朋友。

文代会期间，和新叶在一起聊天，新叶对中森的评价更为贴切，说，中森的人格魅力和他的作品一样厚重，令人折服。

河南大学教授刘恪老师在参加开封作家的作品研讨会上，对中森的作品给予了高度的评价，并叹息开封没有把这么优秀的作家推出去，深感遗憾。那天我在场，有种想哭的感觉。

一个人未必是官做得大就有人敬佩，未必是钱多就有人羡慕，只要你是真实的，光明磊落的，就会有心交心的朋友，就会得到大家的尊重和敬仰。

中森就是这样的男人。

张 瑞

艺术家

毫无疑问，这是一个融入禅思与哲学意义的认定，一种宿命；亦可断定是已经跨越了辞典诠释的『度』。无论是出发，还是归来，人生若度，艺术若度，空间若度……而唯有度人乃至高境界也。自然，度亦有『度』，或许真正的度，则是无度；人，或者艺术，若刻意地追求度，则永远不可能抵达『度』之界。

——墨桅

曹俊亮

12 月 15 日，零下 5 摄氏度。上午，去城东看望老朋友大曹。

这些年，大曹（即曹俊亮）已经有了不小的名气，其雕塑作品二度进驻东方卢浮宫——中国美术馆；国家级报纸、省市电视台对大曹时有报道。著名雕塑家钱绍武先生肯定了他的成就。

从大相国寺藏经楼东院（当时开封群艺馆所在）由徐玉庆、景新生老师引导他第一次触摸红泥(那天我也去了，最终我选择了写作)，30 多年过去了，1 万多天啊！生命的价值并不在长寿，而是衡量它是否拥有真正活着的内涵。大曹，这位伟岸的穆斯林，如一头朴实而倔强的山羊，无论征途的荒凉、贫瘠或者偶尔间的水美草肥，他都始终不渝地跋涉着（有趣的是大曹曾徒步赶过上百只羊前往郑州屠宰厂）、探索着，并且如饥似渴地弥补先天的营养不良。大学进修、外出观摩、登门求教……大曹不是那种天才，他必须花费超人的努力。你可以留意那一双做过工厂最苦最脏的管道工的大手，入夏仍然残留着的冻疮伤痕会默默告诉人们他许多奋斗的情节。他曾在驱车途中一头栽在北羊市的马路上（后查出为良性脑瘤，已经成功手术）。此刻，他工作室木架上正昂立着穆青、邵华泽、焦裕禄、姚雪垠、翟俊杰、金泳三（韩国前总统）、连战、李公涛等人的雕像。

大曹，是一位与其年岁乃至所处时代不相称的男性，他至今甚至还执拗地认为跳舞是一种不洁行为便是佐证。这也注定他必然选择开辟荆荒的创业精神，得学会咬紧牙关，得不断去舔干裂充血的嘴唇，得善于咽下屈辱与辛酸，这大概也是世间平民艺术家的必经历程吧。试想，今天的大曹一旦沾染上某些艺术家的那些洒脱倜傥，他立刻便会在阳光下蜕化成另外一副模样！

如今面对这一斑驳陆离之世界，大曹身心只有两组单色：红与白。

红：他耳鬓厮磨的泥土和艺术家的热血与激情；

白：为作品造型石膏以及创造者的傲骨与坚定。

这次与大曹小聚，得知他被某艺术院校请去为雕塑系的学生讲课，出乎意料的是，他的朴实与坚实的艺术风格与实践，在最高学府赢得了师生的一致赞誉。多少天过去，不断有学生来到他的小屋拜访他，他的手机里保存着同学们对曹老师感人肺腑的语言……在辅导课堂上，他走近一位做作业的漂亮女生，指了指她手上的两枚戒指，风趣地说，会沾上泥的。女生当即取下了戒指。

有时间走近大曹，他那敞开的木门会扑面袭来一种审视与拷问，满身红泥与白斑的艺术家宽厚的笑容，会让你立刻检讨自己的懒散与敷衍，每一回造访都会形成一次友谊的滋润与激励。

在成功和荣誉正在开始向大曹铺展红地毯的季节，大曹仍然固守在他所在计算机研究所的 308 号 10 平方米的"蜗室"（最近，所里又给他调换到了一楼，15 平方米的工作室）。他始终怀着报恩之心，感激所领导对已退休的他的关照。大曹有些口拙，从不会当面许诺报答一类的言辞，大曹是属于那种永远不会忘恩负义的大丈夫，这在日益物化的今天已非常难得。

原谅我没有列举给大曹带来荣誉（几乎没有任何奖金，相反，他个人还要比书画家多出几倍甚至几十倍的投入）的作品的名目；我还在思考着，大曹这 30 多年以及今后的岁月，理应是一部厚重的平装书（绝对不会是精装烫金的封面啊），书的名字，是用红与白凝铸成的两个立体的大字：坚持。

曹增军

记得是20世纪70年代末，我专程去郑州《奔流》杂志社送诗稿，正赶上几个编辑在座位间传阅下一期杂志的校样，封底是一幅水粉宣传画，作者是曹增军。我知道这个名字，一个英俊的小伙子，好像是开封化肥厂的。这是我和后来成为一生重要朋友的增军的第一次接触。

再一次，是开封电视台拍摄诗人陈雨门的专题片，记不清当时是增军还是张利生叫的我，那时张利生刚刚推荐增军到电视台，利生后来被调到了央视。当时增军的绘画、摄影在小城已经很有些名气，而作品能刊登在省级刊物上者，在开封实属凤毛麟角。

紧接着是配合博物馆的丘刚拍摄启封古城的专题，增军特意叫上我写解说词。拍摄间隙，增军会随手抓拍一些我的镜头，这也成为我生命相册中最优秀的作品。我初建博客的题头照片，就是增军的杰作。妻子说过我不上像，可增军拍摄的我的那幅肖像，好多人说看上去像个大导演，这自然是摄影家的功力。

后来与增军合作的《开封城墙》《年画人家》《聆听会馆》《开封有个包青天》《和谐之舟》等文化专题片，都获了奖。

我和增军都是那种不善言辞的男人，做起事来，又都属于拼命三郎，无私，忘我，敬业，追求完美。有回增军破天荒给我打电话，述说郁闷，我放下电话，立刻给当时在电视台“执政”的一个朋友打电话，说增军和我都是那种只顾干事儿而不多事儿的人，关键时刻，别让老实人受欺负。很快，那位朋友给我回了话，让中森大哥放心，说事情已经妥善解决。

记得《年画人家》获奖，去省里领“大河奖”，我和增军从二七塔徒步走到邻近高速出口的省电视台，那一程路，得有十几里。路上，有时三言两语，有时俩人就默默地走，谁走快了，会自觉地停下脚步等一等。

一次，接到一个电话，没有语言，只听到好一阵子海浪的啸声。少顷，传来熟悉的声音：中森，我在鼓浪屿呢！

有朋宴请，增军总是和我坐在一起，替我斟一杯啤酒。拍《年画人家》，住在穷乡僻壤民间艺人的家里，俩人挤在一张床上睡觉。在黔东南完成央视布置的拍摄民俗文化的专题片，黎明时节俩人就爬起来，扛着机器攀上山头峡谷，选择理想的角度。脚下，炊烟升起，红日高照，增军会递我一支烟，打着火机。我一向不吸烟的，这时候会欣然接受。找块石头或树桩坐下，和增军一起吞云吐雾，如同田间场里两个把酒话桑麻的农人。

20 世纪 90 年代初，少华筹拍西北军的片子，邀请我和增军入伙。在天津拍外景素材时，我无意看到街口路牌上的“张自忠路”，正好和后面临街的“台湾小吃”铺子毗邻。我给增军指了指，增军露出一个会意的微笑，即刻把摄像机瞄准了那个有着特殊寓意的景物。在回宾馆的路上，增军说，中森，你搞摄影吧，我很欣赏你的构图。我没有接话，当时还没有数码相机，拍摄要用胶卷，更别说购买相机的高昂费用，我玩不起。孔令更、张真宇考察黄河，我送他们的路上用的“海鸥”是借厂宣传科的，可买 120 胶卷，一个月的工资搁里还不够。

增军头上有了白发，而硕果累累的摄影家依然带着他那标志性的微笑行走在城乡阡陌。不久前他在新浪开辟了“大梁啸台”的博客，以其独特的视角和诗意文字引起人们的关注。新近，由于女儿在法国安家，增军镜头下又增添了异国色彩。

增军有一副嘹亮的歌喉，高音区我绝对是跟不上的。上班时偶尔有人请去唱歌，我一定叫上增军。他只唱一首：《与往事干杯》。以我看来，这也是他艺术和写作不断创新与进取的宣言。

有时候，真想和增军找一家咖啡厅坐下来，好好说上一席话。

附：曹增军《大哥中森》

赵中森，作家。

我习惯直呼：中森！

他有一笔名：墨桅。是诗人郎毛在黄河边送给他的。问起缘由，中森淡淡地说："墨桅"就是"末尾"。中森的父辈是民间手工艺制墨师。大哥的"墨"一定有着四十年代古城那间天成元墨庄的"胎记"……

中森从不张扬，仅将言语赋予文字；不善言语的我爱将言语赋予画面。与大哥相识二十多年了，特默契！两个不会说话的男人在一起，靠的是：心！

人说，瘦瘦挺拔的中森是"玉树临风"；我说：见过浊浪滚滚的大河吗？见过黄河残红的落日吗？"长河落日圆"中，一只破浪的船坚韧艰辛，竖起的桅杆——笔直笔直！这才是"墨桅"！

中森，特纯净，用一尘不染形容不为过。着装洁因为心洁，文字净因为心净，孤傲不俗是因为内心的正直和强大……其实，纯净的中森是坚韧的！

初识中森，是20世纪90年代初一起去采访古城文化老人陈雨门先生。当见到久病卧床的先生时我感到震惊，陈老骨瘦嶙嶙面色灰暗，一双眼睛却闪烁着智慧与顽强的光芒。我的一位同行随口讲了一句不太合适的话。没想到，平时文静内蕴的中森立马向我表达了他的"震怒"。我深深感到了这个清瘦汉子内在的力度和对文化人的尊重！从此认识了正直的大哥，也认定了一位师长般的朋友。

一次，一同到天津做电视采访，我们参观了天津女子监狱。中森照例走在一行人的"末尾"……我看到一个细节，中森走到一位在监房门口值班站得笔直的女囚面前，掏出一把普通的小梳子送给了她，没有言语……她闪烁着一种复杂感激的眼神。我与中森对视了一眼，也没有言语……我理解，这是一种人性的关注和关怀。也许会对她的认识、人生和生活产生不可估量的影响……

与哥并不常照面，却不时会打个电话：“是我，最近忙什么呢？可好？”男人的对话，有事儿直说，极少情调，没事儿，报声好就成。三言两语后放下电话，心中是恒久的温暖与感激……

一次，难受的我半夜惊铃，向中森讲了工作中一件烦心事，平时心如止水的他竟拍案而起为兄弟鸣不平……

中森家有一“文学阳台”。他在那里观察生活，思考人生，挥洒笔墨……那是我向往的“圣地”！特别是我在人生思绪难平之时，觉得有很多的话要对中森讲。一旦真的坐在阳台小凳子上，端起哥沏的茶，立马觉得不用多说什么，一切尽在不言中。

真的，见到中森，踏实，心里特踏实！不管遇到什么事，听到大哥几句磁性的男中音，抿口大哥沏的清茶，读一读他的纯净的文字，心里就会很静、很暖……

中森，是我最敬重珍视的大哥！因为，在那里，是可以走心和放置灵魂的……

哪天，我会不期而至，坐在大哥家的阳台上，一起品茗观涛，修身悟道，放飞思绪，磨砺人生……也许，不用言语，用心交流。

2014.5.19

蠡 风

一

为蠡风的诗集《逛荡·咣当》写序《寓言外的断想》过后两年，我对他说：我写不动你了……

说这话时，蠡风看着我，仿佛还在等待着什么。

我说，给你写信吧。

在如同朱仙镇木板年画一样的小城，蠡风是我写信最多的男人，而且每一次写信都不逊于写情书。

但是许多日子，则是蠡风在鼓励着我；而那用钢笔、圆珠笔、毛笔、中性笔表达的文字背后，更多的是我担忧自己知识谫陋、思想僵化会对一位进取心旺盛的年轻艺术家造成的桎梏。

蠡风一双细眯的眼睛，时常会让我想到电影院那没有拉严实的窗帘所渗透过来的光束。那种光芒会让许多等待故事的观众不舒服，蠡风恰恰是一个从不看重平庸故事框架的人。他更珍视自己所刻骨铭心的日日夜夜对艺术的探索与创造。

路边一堆坐待腐朽或做柴火的枕木，成为蠡风《度》系列作品创作的骨干元素；也正是这厚重的木头承载了他艺术行程一次重要的飞跃。

蠡风的创作灵动往往发生在路上。那些个旅游者在纵情于山水或艳遇之后，迟早是要回家的；而作为朝圣者的蠡风势必一生都在路上。这，也油然令我联想到曾参与那一批作品完成后的命名，最终是由蠢风敲定了《度》。毫无疑问，这是一个融入禅思与哲学意义的认定，一种宿命；亦可断定是已经跨越了辞典诠释的“度”。无论是出发，还是归来，人生若度，艺术若度，空间若度……而唯有度人乃至高境界也。自然，度亦有“度”，或许真正的度，则是无度；人，或者艺术，若刻意地追求度，则永远不可能抵达“度”之界。

不久前，当一阶阶攀登上蠢风那九鼎雅园充溢着墨汁与莫名馨香的阁楼时，我已十分清醒实际上自己是在完成一次陷入——那种与我年岁不相符的按捺不住的惊叹和冲动，致使我真正跌落到良久无言的境域！

诚实地讲，这些年来，蠢风给我一次又一次的惊喜，而我已经没有太多的语言储备来面对他。我宁愿选择缄默，用我一双已经开始昏花的眸子默默地注视着他，一直到我永远合上眼睛的那一天。

我很感激冯骥才先生对蠢风热忱的肯定。那年他亲临开封，可爱可敬的大冯推迟红毯政要的接见而走向一旁的蠢风，拥抱后在草地上促膝谈心。我很感慨这两个男子长达四小时的谈话，我至今不甚明确这次对话是否抵达佛门中所说的醍醐灌顶的境地。然而正是这次碰撞之后，蠢风完成了他艺术人生的一次超凡脱俗的“度”。

于是，我为我的无话开始感到欣慰；也把这些文字，作为信。

二

一天，蠢风和他的朋友邵波、弟子三风来竹韵郫。

在古城，我能坦然称之为学生人的不多，蠢风算一位。大概这辈子不会变卦了。

他刚从徐州考察归来，给我带来了新年礼物，是黄永玉的《比我老的老头》。接过沉甸甸的赠书时，我觉得自己已经是货真价实的老人了。

和过去蠢风在马市街的农家院不同，这些日子见面稀了。那时节，散步途中，看到小院亮着灯，或者听到“徐富贵”（蠢风爱犬的名字）的低吟，会叩开门小坐些时辰，喝几泡铁观音就走。如今蠢风有了像模像样的“度”空间，声名愈来愈大，且来往多鸿儒。我这习惯谈笑有白丁的性情，加之路远，自然聚会就少多了。

这是一位注定不断给我带来惊喜的汉子。

从第一次见面至今，可不二三十年了。我对他有冷有热，通常是他热时我冷。一次他从北京获大奖归来，禁不住说他见了某某名人、大师，我自始至终铁着面孔没接茬儿。后来他告诉我回家路上心里凉透了。他冷时，我倒坐不住，心里热辣辣的，会忍不住写信给他，也知道他不会回信，只是想寄去我牵挂的寸心。

几个人在我家阳台上说话时，北京石虎大师的电话打来，要蠢风第二天赶到北京，商量下步美展的事。石虎很欣赏蠢风，是肯定他的拼命劲头和艺术的通灵；还喜欢他本真的歌喉，说想让蠢风在北京多住些日子，调养好嗓子，哪怕是半夜觉得有灵感了，他会通知手下让录音师在北京最优秀的录音棚给蠢风录音。

在这儿不想提及蠢风近来颇丰的成果了。在他平静说到明年（我纠正他说是今年）要做的若干件大事时，我尽量让表情温和一些，我内心也十分热忱地祈望他能取得更大的成果。

我还是没忍住对蠢风说了，我喜欢你马市街原来的那座小院儿。

我当然明白蠢风一定要走出狭小的农家院落，迈向新时代宽阔的天地；实际上他已经走在通向世界的路上。

附：蠢风的话

一眨眼，我就过了与中森老师初识时他当时的年岁，快30年了。

这么多年来，于文化落寞的古城，他的灵魂和日常过于苛刻的洁净性情影响了许多胸怀志向的人。而我却是被老师一直洗礼着的一个摸爬滚打于民间的脏人。对于这样两个交往了近30年的性情截然有别的忘年男人，不少人心里是个谜。

虽然我们生活在一个城池，他给我写过许多封使用了多种书写工具的信，我却从来未曾回复过。犹如雨雪，常来过，你却无法回复。信，在古代和民间是一种剧毒，然而毒药在古代往往会作为某种重症的药引子。

20多年的光阴，退休后的老师呈出了孟元老式的《宋朝暖水瓶》，而我拿出汉铭瓦当古陶博物馆，事实上这是不一样命名的同一条路径。我们不仅成了这座文化枯萎城市的见证者、发声者，也十分含蓄地成了少有的记录者。

他从来不会失约或迟到，哪怕和小于他50岁的小朋友约见。这种生活严谨习惯使他身边少了许多随性放浪的人，我却成了唯一。他不怎么会开玩笑，也不太幽默。某年我们在黄山一次笔会期间，我说老师您别凡事太严肃，要幽默松弛一些，结果他直愣愣地看着我好一会儿，一本正经地说我是在讲笑话儿。当然我们两个谁也没笑。

我不得不承认，在我成长、奋斗的青春岁月，有几年的情感上我是依赖过他的。

我父亲叫西（喜）森，老家西邻的主人叫东森，年少时一直想那中森会在哪儿呢，后来就真的出现了且结下如此深的缘。可是，莫名其妙地我还是更偏爱他墨桅这个笔名。这两个字中有种古典的、这座城池所稀缺的文人的气和节，皆让他在生命中给承载了。

慎独、自律、信守、安贫乐道将构成他的一生。

蠢　风

甲午年七月初八

胡秋萍

几年前，书法家胡秋萍送我一部诗集：《秋歌——浸月斋诗稿》。

读朋友赠书是一种分享，亦是造化。丙戌春夏之交，胡秋萍君白衫黑裙携新著飘然而至，可谓名副其实以文会友。

是晚有雨，点点滴滴篷声，使阅读成为一种动态，15万字书海夜航泊岸，早有一洗襟怀之清湛，更有几多慨叹倾诉。窃以为，书法乃一门高贵艺术，书家须是知识分子，最好为学者。纵观千年书法，堪称大家者，皆士大夫文人，亦有个别皇帝如宋徽宗等，他们无不学识渊博，融会古今；横视当世，无计老少拥挤于笔画小道，而功利则成为大多人发奋图强的养料或者罂粟。自幼从父亲那里听到过“敬惜字纸”的教导，作为华人，是必须写好汉字的，但并非人人都成书法大师，一如金字塔之构成。世界无数画家，唯凡·高笔下的向日葵成为艺术王国的皇冠。

书法家的灵魂应该是高贵的。所谓高贵，绝非权势与金钱象征，古今不乏拥有高贵品节的贫寒之士，才艺超群，名垂青史。书法乃五千年华夏文明之精粹，有着宗教般的神圣与博大，她苛求着每一位朝圣者的虔诚与坚贞，也审视着书写者的人格与素养。那些个不读书不看报，只是案头备有“书家必携”、不时也能获奖者，只能算作“写家”。

让人欣慰的是，秋萍君除去几十年坚持不懈博览临池，近年又不断深入最高学府访学，聆听沈鹏、欧阳中石、吴冠中等大师教诲，谈笑有鸿儒，往来多名士，如此耳濡目染，洞悉奥窔，而这一切，皆在秋萍君渐臻佳境的书法作品中映现，有目共识。

有先生风趣地谈及秋萍的名字：“秋天的浮萍，太凄凉了。”其实，“白山黑水”书界，岂止秋之凄凉，更多的乃是冰天雪地，寒江独钓。真正的书法家只有冬季，默然无声冷寂中，唯有青灯苦读与心灵在宣纸上跋涉，直至双手钤上心血烙印，方完成万里翰墨苦旅之一步，个中辛苦，局外人难以想象。

偏偏这是一个物欲横流的时代，书法又最容易媚俗。君不见铜臭浊气已袭入书香国，而字画成官场商界打通关节的硬通货已是不争事实。缘此，掸去书法表层的尘埃与伪饰，保持澄明与高洁，对于书法家已是刻不容缓！也正是如此形势之下，秋萍君脱开体制优惠，舍弃报人丰酬，毅然迈入冷清幽玄的黑白疆土，是一种牺牲，更是抉择，亦是大多人难以抵达的精神境界了。

那日卧龙街分手，秋萍轻轻对友人说，我要去医院一趟……“雏既壮而能飞兮，乃衔食而返哺”，文友们都知道作为长女的秋萍对待高位瘫痪父亲的深厚感情，亦传阅过报刊上秋萍君感人肺腑的《敬畏生命》《感恩生命》，雨夜再读，已是声声血、字字泪。目送秋萍远去的背影，脑海渐次彳亍出一个冷酷现实：世间有多少人，一生也没能写好一撇一捺的“人”字啊！

宣纸如雪，砚田苍茫，秋萍的足迹清澈、从容、坚实。万籁俱寂中，忽有穿云裂石吟声：

墨生五色意空蒙，
纸荡云烟塞外风。
一曲胡笳肠断处，
红巾也唱大江东。

这，是秋萍的诗。

李抱一

30年前就知道画家。

大街上，人们喊他李国庆，一个循规蹈矩的名字。

那时候他画油画。他创作的参加全国美展的《毛主席和船工》，由于“红太阳”没有屹立在画面中心，受到上下不少责难，自然也落了选。如今再读那幅画（我至今仍记得画面上的细节），禁不住为极左年境刚值而立之岁的画家逆潮流而命笔的超凡胆识所折服。细忖来，有些东西也许生就属骨子里带来的。

弹指间，那个20世纪红彤彤的童话已成为历史，花甲季节的李抱一先生及其作品已蜚声海外。

一年前有幸走近画家，随他参加了一次“寻找小芳”（借用抱一儿子之语）的艺术之旅。出发前，出于职业习惯，认真读了画家在海内外出版的画册。我从起初的参观者，不经意间成为一名参与者，成为涛峰浪谷间的船工，成为黄土塬上沧桑父亲背上的娃子，甚至成为一截缆绳、一把胡琴、一支唢呐、一袋旱烟……那种如诗如画的气势与细节所营造出的氛围于无声处震撼着你，感染着你，昭示着你；有时甚至大气都不敢喘，却又分明在与画家一道哭喊，一起思索。

一路上，抱一很少说笑。他观察着、揣摩着一座山、一条河、一口井、一架辘轳，乃至一棵树、一头牛、一只鸡……他一直寻觅着那个叫八里胡同的古渡口。当年，写生途中的画家，风尘憔悴、跋山涉水，风雪交加之夜，曾在那儿住过一宿，著名的《黄河魂》便孕育诞生于此。

抱一先生有他终生厮守的精神家园，一如其九死不悔的艺术追求与人生信念，那便是：黄河！几十年来，他浓墨重彩描绘着大河的执着与神情，亦同时铸就新文人画家的哲学思索和人格魅力。我想，这注定是那些于舒适画斋成批生产或索性只须画家签名的画与画家永远不可抵达的境界。虽然抱一的选择由于他的坚守而孤独而悲壮，但这才是人民的画家，这才是把人民视为生身父母、视为绘画中心从而同舟共济的有良心的艺术家。而眼下浮躁、日趋商业化的创作思潮也很容易联想人类急功近利所酿成的水土流失。邻国（日本）的一位前经济计划厅长官、收藏家相尺英之曾说过一番很耐人寻味的话："今天被称为没有英雄的时代，世界美术也毫不例外。在这样的时节，在邻国中国，出现了一位水墨画家引起了热烈的注目，画家的名字叫李抱一。"

千里行程，终该有一个句号，我却久久不能平静。艺术是人类文化的精神丰碑，它更多的是植根于民间广阔沃土。绘画大师伦勃朗，居然把圣母画成尼德兰农妇的形象（这让我再次想起那幅落选油画，挽裤赤脚的船工成为中心的历史），每当大师肃立画架前，心中常浮现着土地上躬耕的老农、风雨中古老的磨坊、柱杖的村妇、乞讨的孩童……也正因为如此，伦勃朗终成为世界级绘画大师。

中国画坛，同样呼唤世界大师。

李抱一先生，他已经走向世界。

李中华

平时我有个习惯，会把近期要读的书码在桌右。李中华新赠我的砖红色封面的《汴梁城的稀罕事》，一眼就能瞅见，顺手抽出翻上几页是常事。家里订有《汴梁晚报》，书中许多的篇幅副刊上早已读过，每每走进书页，竟有种盛夏俩老街坊端着荆芥麻酱拌捞面条儿凑到树荫檐下“喷空”的情趣。

杜康酿酒、儿子造醋、唢呐有五个名字、两千万刀刻出《清明上河图》……百篇故事，大都耳熟能详，一些故事中的人也熟悉，包括恁多故去的老艺人。

我20世纪60年代初当兵时，一次到许昌团部出差，十字街头，见里三层外三层的群众围观什么。凑近看去，场地中央，面熟的、花白头发的杨宝璋先生正在演出，表演的是他的拿手戏，用白沙在地面写出空心字：

画上荷花和尚画，书临汉书翰林书。

眼前与侯宝林大师同辈分的艺人，掬笑的黝黑国字脸膛，掩饰不住几分的落魄。地面上的白沙，有些像伤口上撒的盐。而今，开封曲艺界泰斗的故事被晚辈写进著述、载入史册，九泉之下，宝璋老也该扬眉了。

然而，婆娑书页间，最鲜活的，莫过于本书作者李中华在我记忆相册中的身影。

中华小我6岁，没打交道之前，印象是东京汴梁城鲜见的英俊小生。

倒是结结实实碰过两次面。一次是在北京长安街由西往东的公交车上，我一上车，就看见亭亭玉立手抓安全环的同乡，两人目光相遇后，都无言语。一是不熟，再者俩男子汉都有些孤傲，单等着对方先张口。照面过后，十里长街，竟然谁也没再看谁一眼。再次相遇，是在劳动路的市文工团排演厅，我和恋爱中的女友看一场演出，全场观众仿佛都成了身心投入的演员，红宝书、语录歌潮水一般此起彼伏，当然热恋中的我俩也毫不例外。偏偏我看到李中华一个人冷冷地坐在那里，仿佛这一切与他无关，好一副众人皆醉我独醒的样子。我有些看不惯，和女友小声嘟嘟囔囔了几句。

或许正是书的封皮的颜色，很容易就让人陷入那段火热的回忆。历史潮起潮落，人生被裹挟进去，浑噩中又做出过几多荒诞的事儿。反观动荡年代，中华弟居然不随波逐流，该是怎样的一种精神世界？或许也正是斯人的这一面，使其于急功近利的物质时代，勇于扛起古城保护非物质文化遗产的责任之旗，并用功写出百十篇文化“干货”。

敬佩之余，想到帕斯卡的那句名言：我们的全部尊严就在于思想。记得有年马龙·白兰度荣获奥斯卡奖，但他拒绝领奖，而是派一个印第安女孩儿登台，控诉了白人的罪行。

李中华，无疑是一位有思想的文化工作者。

书的副标题有“剪影”二字，以上也是《汴梁城的稀罕事》之外，作者留给我的深刻剪影；如果不是这个机缘，或许也就乌墨了中华弟的清风峻节。

关于书，程民生、王少华都说了话（见该书序一、序二），书出来后，中华把书送到手上，非要中森哥说两句，寻思半晌，索性就借有回中华弟在群艺馆导演一场大戏收官时用开封大本腔说的那句：

“可得劲！”

孙　戈

2009年11月20日，我意外地收到联邦快递的邮件，是广州画家孙戈的四本画册。

说来有趣，是一次近乎无望的纸条信息；我无意看到一个网名“孙哥”的，每日一幅漫画人物，简练形象，怦然心动，便有心请画家为自己画一幅，并承诺会寄“润笔”银子。不想几日过后，孙哥根据博客上的照片画了我一幅钢笔肖像发布，且客气地拒绝了“润笔”。画像粘贴到我的博客上以后，好评如潮。我为画家无私的劳作所感动，遂连夜制作了几件手工寄上，聊作报答。

不久，我应邀为家乡一名画油画的女孩写评，题目为：《媛媛画室门前的玉米》（见本书《赵媛媛》），不足千字的文中，提倡艺术家要善良。想不到的是作为学者型画家孙戈看过这篇小文后，居然有意寄画册给我，想让给他写评。我做了二十几年文学编辑，除了稿签上的评语，从未写过大的评论。依然是出于感谢，我这个绘画门外汉答应试试看，说实话起初也曾想着不过是画家的客气而已。

我收到由孙嫂寄来的快件附信后，知道孙哥乘坐的飞机刚刚从我头顶飞过，他继10月俄罗斯访问后，又要赴西班牙、葡萄牙采风。

我从网络上了解到，孙戈，广州书画研究院书记、副院长，国家一级美术师。

7岁的喜欢画画的康康，在奶奶擦得如镜面的客厅地板上，恭敬地一折折打开画家近 7 米长的手卷集《街头巷尾》，55 个不同职业乃至国籍的栩栩如生的男女人物，散发着南国苍生情趣与都市阡陌生机的热潮在雪霁后的清冷中扑面而来，我和喜形于色的孙子仿佛此刻也置身于画卷之中。

从某种程度上讲，孙戈的朴素劳动，也是对这个时髦“娘娘腔”的文化艺术界的一种无声地蔑视与抗争。

而当我读到画册《墨分五彩·岁月无声》（西泠印社出版社 2003 年版）中画家 1984 年的作品《硝烟初散》时，整个身心为之震撼，缄口良久……这样一幅完全可称得上上乘之作的水墨丹青，似乎今天连作者本人也并未特别重视它；可作为读者，我居然在关掉天然气壁炉的寒夜，几回披衣下地，最终于黎明前的黑暗中起床，记下这辗转难眠中的感慨。

画面上，一位荷枪实弹的士兵只身“闯”入满地狼藉的高大的图书馆，寒风吹荡着窗帘，耳畔还有零星的枪炮声……他（无论文盲或者识字的他啊），着实被眼前的这一幕震惊了！

毫无疑问，战争是摧毁文化的恶魔。中国历史上图书的几次浩劫，无不与战乱与农民起义军有关。“焚书”悲剧的重演，至今还让广大知识分子心有余悸心痛不已。今天，面对这样一幅卓尔不群的优秀作品，又如何不令人思绪万千呢?

我并不反对由政府提倡的表现宏大主题或历史事件的绘画创作，然而现实生活中大多细琐、偶然、平凡而有着人们体温和社会气象的“题材”，同样构成历史画卷中的“主角”，也同样检验着画家的品德与造诣。这也是我格外敬重孙戈微笑地把手伸向那些马路上派广告者并体味他们人生的艰辛的理由。

《硝烟初散》无论思想内容、文化含量还是艺术价值，丝毫不逊色陈逸飞的那帧人民解放军占领国民党总统府的油画。我甚至由衷地钦佩 25 年前孙戈酝酿这幅作品时的构思冲动。意味深长的是，这一理应珍藏于国家或军事博物馆的佳作，却平静地安插在西泠印社出版的画册的第 53 页；这，也许不失为当下浮华的商品社会中温文尔雅、淡薄名利的孙戈的一种写照。当然，也正是这一幅画，使得一册 60 页的古朴线装书发生了倾斜！

在收到快递后，我立即按货单上的号码拨通了在北京的孙戈的手机。寒冬中，两个当过兵的人同样偏男中音的简单对话，注定会铸成友谊的回音壁。我也决定从今以后，管小我 8 岁的孙戈继续唤“孙哥”。

附：孙嫂（孙戈夫人）的信

中森老师：

您好！

如此个性的信函会让孙戈自信大增。毕竟未曾谋面，作品（指孙戈创作的我的肖像速写——墨桅注）能让中森老师认可，我们真的很高兴。

读您的来信带点压力，因为老师太客气了，特别是您答应对孙戈的作品作评论，更觉有愧您对他“淡薄名利”的赞美。但无论如何，作为朋友彼此真诚尤为可贵。

孙戈今已去京参加艺术活动，月底还要赴西班牙、葡萄牙采风。

“孙嫂”代回信请见谅。

2009.11.16

孙润田

相遇很偶然，是在禹王台采访几位抖空竹的人。草坪上，唯他抖擞一小石磨般大小的空竹，很像《天工开物》中某幅绘画。他的“石磨”在诸多灵巧空竹高歌旋舞后，才渐次发声，音韵浑厚悠远。

那次邂逅，知道我俩相差5岁，虽不同学校，有趣的是却在同一所小学，同一个班主任，她姓金，已逾八旬。后来他在电话上纠正了我一篇写“文革”文章中的偏差，知道他曾住在我家后院邻街的胭脂河。我想，说不定孩提时代俺俩还在相国寺同一书棚下听过纪万春、段绍周的评书呢！

几日前，第一次突发奇想的造访，让我真正认识了这位说话声音低于空竹歌吟的开封人。没有寒暄客套，他赠我一部两指厚的新著，签名钤印罢，又在书的末页郑重印上压脚章“悟味斋”。诸多师友赠书，唯此一例，亦可见作者做人处事之风。

而触动我心灵电火雷鸣的，则是他激动地揭开罩布，现出靠墙而立的一块老匾：“河南旅社”。书法我不识汉魏，但那从容遒劲的笔墨，虽历沧桑而丝毫不减其宽博俊逸。霎时，自幼熟稔的那座青瓦红楼棂窗，铺有木地板的一楼三院中州旅栈头牌名店，海市蜃楼般浮现在眼前！我清晰记得初中一同学曾亲口告诉我，他的母亲为蒋介石做临时文秘时曾住此店。民国时期至新中国五六十年代，这里是政要名流、富贾红伶下榻首选。听老街坊说，日寇侵汴，驱散店员，易名“帝国旅社”。近年，老店拆除，新厦巍峨，他奔走呼号，坚持沿用老字号的杜鹃泣血之旅终化泡影。如今，唯有这斑驳老匾日夜慰藉着他饱含文化良知的苦心。

笔者以为，不少省市在千方百计维护老字号，偏偏文化古都不屑她文化价值与历史传衍，因一时趋应潮流而从此葬送一个传统名牌。我们丧失的已经太多太多，有不少已经彻底灭绝于我们手上！文化高于国家，一座丧失文化本位的城市，从某种意义上已形同“行尸走肉”。城市品位的提升，绝非富翁比例与酒店星级的数，而是具备文化觉悟者阵容的量。

实际上，他的坚守已筑成战士的悲壮。他的这种俨然顽强士兵的坚持，最终构成“集结号”的绝唱。

依然回到让笔者沉重并为之哽咽的那老匾的命运！我知道，当年与河南大旅社遥相呼应的两颗明珠之一的“大金台”，其老匾已经被肢解不知下落。恕笔者饶舌，天津劝业场的老匾，则享受着国宝文物级待遇，陈列于商厦正厅。

在他简洁的办公室里，我看到与老匾比肩的经他抢救的一把险些被烧掉的具有明清风骨的官帽椅，它，孤独而凄凉。

按说，他完全可以不去做这些，大多辛苦并不能使其政绩增值。但自幼文化熏陶浸润，加之根深蒂固的文化良知与道德素养，使得这样一个从骨子里挚爱这片热土的“老开封”做出了一个惊世骇俗的决定，自筹资金，建立饮食博物馆。而今，这座开封第一家私人博物馆已经誉满中外。

这一次老同学的亲密而感伤接触当夜，我做一梦：一只比磨盘大的血红空竹在哭泣，声震天中！

一 了

他专门来到这个城市看望一个叫蠡风的人。

他在那正在装修中的800平方米工作室下的栅栏外叫门，等候将近两个小时（蠡风说过两小时对于他相当能创造5至6位数以上的价值）。这个刚烈的西北汉子完全有理由怒髯（此公有一颗洁净的头颅）冲冠或拂袖而去。事实上，一行人傍晚在一个偎依明城墙的祥龙斋饭馆用餐时，他敬了这位他要看望的人而没有听见叫门的弟子一杯酒。墨不想用那句俗套的古典来形容，因为他根本不需要卧龙。他博客里释放的歌曲中有地球人都耳熟能详的句子："从来就没有救世主"。

墨被他郑重唤去。

因了不久前墨用汉简形式为他手工做了一枚书签，见面后他认真地说这是这个时代已经看不到了的礼物，都装在了心里。说着他躬身用手心贴在胸口，明眸里驻着墨能感染得到的真挚。

这一晚他说了好多的话。

在这之前他也曾一连滔滔不绝说了13个小时的话，声带充血嘶哑的他让那个称墨为师长的人一夜之间醍醐灌顶。不久后，在与他促膝谈心的人所开创的十方艺术馆展出的《度》系列作品，一鸣惊人。

走出饭馆，铜壶滴漏的时间似乎没了刻度，仿古城楼虚张声势的灯火根本无法引导人们温习水井宋词，耳畔却一直醒着失聪的他的那些振聋发聩的话语。

菩提本无树。依靠回顾去写他说了什么似乎都不再重要，正如没必要去关注一株根深叶茂的树上结了多少银杏。果子是暂时的，生命之树则是永恒的。

这注定是一个能改变他所倾注心血的人的命运的好汉。墨甚至丝毫不怀疑他会影响乃至改观一个地区的文化建构（这一慈悲和博爱恰恰与那朴素的歌词水墨交融），而这种时候再去罗列他的扬誉日、韩、欧、美的艺术成就多少就显得做作。

他毅然告别生于斯长于斯的清澈上游故乡而筑巢大河最浑浊的悬河下的中原。这本身就是以自己灵肉做出的义无反顾的庄严宣言和卓尔不群的行为艺术。

墨不久前在他的博客里留言道：“一了是这世界笔画最单纯内涵最深厚的大师。”

他离开古城的第二天发生了日全食。

走在街上的墨,很自然地就联想到他用如椽之笔写的那个圆形的“囚”字。

张家顺

几年过去了，一直想写他。

我没有他的电话和家庭地址，只是在新年将至，一张贺卡，写上感激的话，寄到市人民政府。

他是一位诗人、学者、书法家、副市长；他姓张，拥有一个很家常的名字：家顺。

古人曰，百无一用是书生。到了当前这个物化的社会，一个从事文字工作的普通人的处境，更是可想而知。临近孙子康康上小学的年龄，我们家附近没有合适的小学。康康妈妈单位附近倒是有一座学校，如果能上，孩子接送便省去爷爷奶奶好多事。可这是一座全市有名的学校，普通人想送孩子入学是很难的，托人找关系、请客送礼也不一定能如愿。

一日，在市里一个活动中，文友新叶、可洁几个人说到孩子入学难的话题，提到中森大哥为孙子上学犯愁的事，正巧副市长张家顺在场，问道，是赵中森吗？给他说，我帮他。

朋友把这一消息通报给我，起初，我以为是开玩笑，因为我和张副市长并不认识，更谈不上打过交道，只是十几年前，大姐的同学在市政府担任有职务，我送她新出版的《雕塑女人》和《楚天战鹰》，想到和大姐一块儿办公的抓文化口的张副市长，顺便让大姐转送给他。至于和张副市长见面，也只限于电视和报纸新闻。

康康顺利地走进妈妈单位附近的小学。作为答谢，我在一家西餐厅宴请张副市长和新叶等朋友。因为事先约定好了时间，张副市长是在出席省人大会议中午的间隙从郑州准时赶回来的。记得他点了一份中式套餐，饭后要了一杯红茶，几个人下来，总共花了180元。

张家顺，原来是河南大学中文系恢复高考后首届古代文学研究生，学养深厚，为人谦和，是王立群教授的学兄。我遇到过他的学生，说张教授讲课，教室总是坐得满满的，也有不少其他系的同学赶来听课。新近听朋友说，张副市长人好，乐于助人，家里老人有病，他背着老人上下楼。20世纪党中央要求配备党外人士充实政府的政策下来，教授成了市长。现在，张家顺已经退休，仍热忱地关心着城市的文化建设事业，不久前，他托人转送来参与校注的近60万字的《庆湖遗老诗集》。

在这个腐败深重的社会，一个学富五车的政府官员，不求回报，力所能及地关怀一名无职无权的平民，这让我想了许多许多，恁多赞美感恩之词似乎都觉得肤浅。

也许，正因为张家顺先生是一位真正的学者；

也许，正因为他是党外人士；

也许，是他读过我的书；

也许，……

附：李新叶《由墨桅先生〈张家顺〉博文所触发的思绪》

墨桅先生是我十分尊敬的一位老师，我对他的评价是："骨头最硬，心肠最软。"

上午，看了他写的《张家顺》一文，有感而发，我这样留了言："我转载了，以表示我对您、对张市长的尊敬！

您写得很真实，您用最朴素的情感、最纯净的文字，写出了一个真实的张市长。

我也应该写一篇的，既写他这些年对我工作的支持和帮助，也写写他的人格魅力。

记忆最深的是有一次，在一家茶馆，我邀请他接见新东方的副校长杜子华。那天，他是打的过去的。我问他，要不要找车送他回去？他说，星期天，要让人家司机休息休息，打的能花多少钱？

很多年了，这个细节我忘不了。这是因为我时常见到不把司机当人的领导。

很小一件事，足见一个人的善良！

所以，您写的张市长，非常有意义。”

赵世超

去年，我出版了一部关于文化记忆的书，曾取名“叫魂”，本意是：文化古都汴京，靖康之后，文脉已断；当今，物欲横流，我想以文化拾荒者的身份，用卑微的力量，为这个信仰茫然、道德失序的时代叫一叫魂。

我所说的叫魂，也是古城的一个民俗，谁家的孩子走失，或者被惊吓，便以为魂不附体，这家的大人会运用一种疑似迷信的仪式祈祷，呼唤魂兮归来。出版方则认为，这个书名，阴气太重，而且也不利于市场，我只好随意在书中找了一篇文章的温暖的题目做了书名。

得知世超先生的第二部篆刻集即将出版，猛然记起他浩瀚的金石著作中，有一方“老拙可为石招魂”，即刻与拙著当初的命名擦出光芒，云蒸霞蔚，脑海间悠然驶来一叶白帆。偏偏这一段时间我注意到了书法界争鸣不已，又加上这些年诸多作家名流挥毫弄墨，更有刚获诺奖者一字万金的传闻，大有巧夺翰墨天地风采之势，世超先生的著作淡定问世于我，仿佛失衡的心态，有了压秤的砝码。

前些年，学生蠡风出差西安，在一次聚会中，当地几位艺术界名家听说他来自开封，立刻上前打听赵世超先生近况，席间，对先生治印、学识与君子之风赞叹不已。把这说给世超先生，只是恬淡一笑，我不过是一个刻手章的。社会上也不乏称世超先生大师者，回答更为简洁：世超乃一印奴也。

这些年间，在与世超先生谈话中，听他出入秦汉、涉足殷商、亲近宋元、拥怀明清之经历；继而如数家珍三代吉金、两汉石刻以及诏版、古币、铜镜、砖铭、金甲篆籀细节，恍然置身七彩长虹世界，流连忘返。联想到社会上恁些胸无点墨，依赖一杆羊毫，成为飞黄腾达载体，可谓有辱斯文。平心而论，五千年间，彪炳史册的文人，哪个不是善书者。而金石界更有邓石如、赵之谦、吴昌硕、黄士陵，谁人不是学富五车的鸿儒？坊间确有某国家级书者潇洒挥毫罢，竟不识得白宣墨字如何读法的传闻，贻笑大方。

世超先生有一方"治印恰似修身"缪篆，亦是先生人格境界和务本情操之写照。这也决定了其作品气象高旷而不入疏狂，心思缜密而不流琐屑，趣味冲澹而不近偏枯，操守严明而不伤激烈。自古有文如其人一说，当然亦应有印若其魂灵之论也。君不见，金明池畔，铿锵金石之声中，自闲堂主赵世超，六十余载，唯印是好，淡泊超然，锲而不舍，在历史文化名城刻画出卓尔不群一方分红布白天地。

世超先生十分赞同赵之谦"印外求印"主张，这也正合"功夫在诗外"之古训。世超先生渊博学识，恰恰是为其印田躬耕积累了雄厚的精神资源。当然，这与世超先生十几岁学刻印伊始便在导师教诲下熟读诸子经籍有关。有趣的是，先生一向疏远照本宣科，而是谈笑于乡音俚语之中，使得堂前国学经典自然而然进入寻常百姓家，无论孔子语论、老庄典故，往往信手拈来。不久前有同学问及"呆若木鸡"，自以为完全贬义，请教世超先生，电话那边立刻说到《庄子》"达生"篇纪渻子为齐王驯养斗架鸡的故事，不禁叹服。一次谈及李清照，大多人喋喋不休于"人比黄花瘦"字字俱妙，先生以为偏偏忽略了作者孤苦黯然煎熬背景，把个绝代词人瓣瓣苦香心绪剖析得鞭挞入里，而谈吐间所用的皆是祥符乡音，如同瓜棚豆架下听邻里花甲老者闲话，亲近，自然。

家父是做墨出身，我却不懂书法，至今总把印章的朱文白文给弄混淆，故对于当下书坛纷繁现象，不敢妄加评论。

想到癸亥三月十三日，康有为先生登临开封龙亭，俯仰今古，感喟沧桑，在龙亭东侧石阙门留下千古绝唱，我之所以愿意抄录下来，也是它符合我对当今书法的一种认识：

中天台观高寒，但见白日悠悠黄河滚滚；

东京梦华销尽，徒叹城廓犹是人民已非。

好在废都有世超先生这样淡然世俗、治印修身之士，承前启后，刀耕不辍，使得浮躁喧嚣书界有了一泓澄澈的“瓦尔登湖”。

赵媛媛

媛媛画室门前，有一小片土地，种着几株玉米。这在水泥化的城市很难得。

一天，她画室里养的小鱼死了，她伤心地把它埋在了那里。回到画架前，“画布上的水珠儿突然像极了彩色的泪”。这一天，是 2009 年 5 月 29 日。

我之所以注重这一细节，并非作家的习惯，是对画家的尊重。

还有一次，媛媛和朋友去酒店吃饭，席间使用了牙签儿。席散，一伙人谈笑离座时，媛媛折回身儿，把剩下菜肴里完整的牙签儿捡出，掰断了丢在垃圾箱里。同来的朋友不解，媛媛认真地说，酒店的剩菜是要被农民拉走喂猪的，长长的牙签儿会扎坏猪的。朋友们一个个学着媛媛的样子，把剩下饭菜里和自己座位前的牙签儿掰断，丢在垃圾箱里，也在心里播下深深的感动。

艺术家必须善良。

幼年的媛媛，老师在黑板上写着字呢，她已用课本搭起屏障，开始画花儿、鸟儿、王子、公主……10 岁年纪，媛媛已经能临摹贝多芬石膏像了。老师看到小画家的“走神儿”，默默地踱到她的座位旁，还未批评她呢，一双抬起的美丽大眼睛中闪烁的惶恐与愧疚的泪花儿，让班主任收敛起了威严。

热爱绘画的丫头长大了，有天她看到电线杆上的广告，是教画画的，就拉住姐姐去报了名。后来，不满足这种启蒙教育的女孩儿，报考了这座城市的艺术最高学府。用一位叫山彦教授的话说，媛媛是这里最用功的学生。在求学中，媛媛时不时会“串门”，溜到高年级的教室听课画画儿，以至于那些大哥哥大姐姐几天不见媛媛会想念她。写生时，她不扎堆儿到时尚男生女生那儿,而是虔诚地跟随授课教师,凝睇他们的一笔一画……至今,爱弥儿(媛媛的英文名)已经在古城新开发区开起了画室，教她画画儿的教授讲师还会从城市的东北角跑来，看她的作品。一天，教油画的周教授驱车赶来，认真观看了学生的肖像画，禁不住用乡音说道，乖乖，以后你干脆替我画算了!

有时，媛媛的画室会走进一对说流利汉语的黑人，男的叫爱匹，女的叫苏，他们是喀麦隆籍的英文教师，媛媛跟他们学英语好多年，成了好朋友。玩到忘我时分，爱匹会跳起非洲剽悍的迪斯科。如今媛媛也学会了这种舞蹈，使得她的同学看了后一阵欢呼雀跃。

我们还是回到画家的画面世界吧。

媛媛的系列油画的“处女航”，恰恰是在鱼殇后的7月。人们注意到媛媛早期的作品中，有带翅膀的鱼乃至花朵，这实际上也是作者理想主义的无意识隐喻。作为《度》系列中的主角——那个连上帝也无法命名的飞禽，自然也涵盖着媛媛艺术的世界观与方法论。大凡优秀的美术作品，无不暗喻有作者本人某种特定的哲理意蕴。媛媛画笔下那只截至目前尚未张扬过一回羽翼的“度”(姑且先这样称呼它)，它那处在云海、太空间水晶玛瑙一般“载体”上的姿态，观众能直接读到的恁些不安、骚动、压抑、迷惘、憧憬的复杂和矛盾，无一不是为将来的飞翔甚至涅槃而完成的心路历程。无论人与鹏鸟，飞翔的真正意义，是为了摆脱桎梏，奔向自由。媛媛目前在画布上的辛勤耕耘，也就显得格外重要和迫切。而完成这样的劳动，又必须摆脱目前物化世界的种种诱惑。精神的高洁与自然的和谐是孪生姐妹。那些惧怕“无功而返”结局的人们，往往满足于急功近利的收益。他或她，也绝不会去关注一株玉米与一尾小鱼!

2009年岁末，媛媛带着她入选的油画作品《初冬》和《涅槃》，走入河南省新人油画展；与此同时，美丽的画家也正在步入她艺术的真善美的春天。

窗外

设想着穷乡僻壤，
一位勤恳的老人，
下雨天撑一把红伞走在乡村泥泞的阡陌，
会是多么美好的一幅油画。

——墨桅

李师傅

我之所以把这个真人真事放在书中，是诗人蓝蓝在北京的一次诗歌讲座中讲到了这个故事，并说，这是中森笔下的诗。

我从工厂调杂志社做编辑，文联一直没有解决住房，在原工厂生活区住了 20 余年。上下班路上，遇到熟人，还是互相称呼师傅。

李师傅，原来与我同一车间，南方人，六级车工，技术精湛，禀性刚烈，不善言谈。

早年，李师傅曾带一漂亮女徒，学工时她不慎指头挂彩，涕泪交流，屡劝不住。后来家长闻讯也赶来，不依不饶的，闹得车间几乎停产。李师傅缄口良久，静静地拿过一把新磨的车刀，在车床上当着母女俩，将自己左手食指一节截断，然后平静地对女徒弟言道：师傅赔你了……

李师傅从此拒绝收女徒弟。

李师傅早已退休，在生活区相遇，我从不忘给他打招呼。

他，常常淡淡一笑而过，依然无话。

他走路时，习惯把左手握着，别人看不到他残缺的手。

老葛

国人历来遵奉先哲伟人名言，有些乃构成一生的座右铭带入坟墓，如前国家主席刘少奇那句“做党的驯服工具”。“驯服工具”，自然而然地就让人们想到踏实、隐忍、无怨、无悔、忠厚、慈善、老黄牛和一颗永不生锈的螺丝钉什么的，唯独不见笔画最单纯的“人”。

一日，在生活区遇上两位年轻女工，搀扶着一位头发、皮肤乃至衣衫皆白的蚕一样的老妪走来。那老人细眯起双眼，显然是在暗处或是病房生活得太久。待走近，我几乎惊呼出声来：老葛！

老葛，一位4000职工大厂的文具员。

老葛年轻时，做打字员，渐渐眼花了，领导就让她改任文具员。文具室就在办公楼三层西头那间密不透风的北屋。做文具员挺辛苦的，是那种将辛劳丝丝缕缕编织于细琐日常而不显功劳的差事。老葛算是我的“邻居”，我当时在厂毛泽东思想广播站做播音员。正值“文革”盛期，笔墨纸张的消耗惊人，全仗有老葛这灰白剪发头的女性一日日购进着发放着。有时夜半遇有“特大喜讯”或“政治事件”，我是打开广播，老葛则总会被人叫来张罗达旦。

老葛发放文具手续很严，无论生熟面孔，领条填罢，所领之物须一一对照方可出门，我有时套套近乎想走后门，总是碰壁。

家家都有本难念的经。身为党员的老葛因爱人的“政治问题”一直独身，一个因工伤致残的傻儿子至今终日在街上游荡（是被行车上掉下的枕木砸中脑袋），另一女儿曾跟我妻子学钳工。

厂里人都尊敬老葛。我家影集中，有一张妻子当姑娘时与老葛等人参加一个学习毛著积极分子代表会的合影。

我与老葛有过一次不愉快：那天我见厂长办公室的人领“鸵鸟”墨水，便跑去找老葛要，不料她给我一瓶普通墨水。我不依，老葛说，你写稿用得忒费，本地的就中了。我临走时悻悻地说：老葛，你偏心眼！老葛眼皮一耷拉，噼里啪啦拨起算盘珠子。

几次想写写老葛，一直不知从哪儿下笔，想着想着，渐次觉得，老葛的名字是与那文具联结在一体的，正如我们说惯了的“倪志福钻头”。

女清洁工

楼下，小区的垃圾堆得高出垃圾筒好多了。

已经熟悉的小区收垃圾的老人，一连两天没有出现，心里有些担心她。直到新的收垃圾人出现，并以机动三轮替代她原来的人力三轮车，也证实了一个不幸的消息：老人清理过早晨的垃圾后，和丈夫走亲戚，回来的路上，他们乘坐的电动车翻了，她当场被砸死……

她接手小区垃圾清理有两个年头了，我总是在去晨练的途中和她相遇，俩人从来都是互相招手致意；也总是在我归来的途中，看见她着手第二趟垃圾的清理。她的车子总是装得满满的。

眼见她赤手从垃圾筒里往外掬那些流质的垃圾，很是心疼，也怨恨那些随意丢弃垃圾果皮的人。你无法约束别人，就只有要求自己家做好，每一次都用垃圾袋装好垃圾，往垃圾筒里放时手要轻。人们要特别注意对那些做服务性劳动的人的尊重，这也是做人的最基本的要求。

就在几天前，我把一件“长城”牌风衣搭在她的三轮车车把上，说让她改成工作服穿。妻子送过她毛衣和一块新布料，还有一包杂色毛线，想着她家的女儿有时间可为母亲织一双手套。

就这样，小区失去一位每天为他人带来清洁的老人。

我问过传达室值班人她的姓名，说不知道她叫啥，年龄多大也不知道，只有每月领 170 元工钱时在本上画的“ √ ”。

张 斗

那年清明，十个姊妹为母亲扫过墓后，我从许昌搭上去禹州的长途汽车，去看望郎毛在乡下的父亲，这是已久的心愿。

老人的名字叫张斗。

其实早已见过面的，而且是一家三口，农历大年三十赶到那个叫郭庄的乡村。那年，我的孩子正上小学。

记得郎毛说话利索、衣着整洁的母亲，心疼地抚摩着我妻子被类风湿压迫得佝偻的背："就直不起来啦？"妻，只笑了笑，她感觉到了温暖。那几天山乡的日子，也必将温暖着我的一生。

临走前夜，一对老人乐呵呵掬来好多礼物，我都谢绝了，怕伤了老人的心，就说，要不，把那面瓢带走吧。是个巴掌大的半个葫芦，一看就是用过好久的。郎毛的父亲连忙把面缸上的那瓢拿起，用菜刀小心翼翼刮去上面的面垢，又拿干净毛巾擦了几遍，郑重地递我手上。

它，轻得几无分量。

郎毛父亲的手有些凉，收回去后好像找不到放回的地方。他喃喃一句："俺真宇（郎毛出道前的原名）啥时间能出去呀……"这是一位智慧的中国农民，他在20世纪60年代河南大饥荒来临之前，凭着敏锐感觉，果断率领全家闯关东。他返回故乡的时候，看到村口多了一些坟头。

他的这句话很重很重，这是一个有沉重心事的传统的中国父亲的话语。这话语击打得我的回答竟有些轻飘："会的……"如同瓦西里的那句台词。

那瓢，妻用了十多个年头，直到一天早晨它无声地裂开，粘补也无济于事。这期间，郎毛读完武汉大学，并在省会谋到职业，出版了《流浪的诗学》和《传说中的痛苦》。

戊子年八月，郎毛驾私家车陪我去看望住在郑州城南的他的父母。郎毛母亲一眼就认出了我："咋老成这啦！"还那么干净利索，一句话说得我哈哈大笑。走时非送我下楼，楼道里的脚步数她最响。那天，郎毛的父亲"出场"稍晚，他从里间走出来时说的头一句话，让郎毛也吃了一惊："你上次走时撇那儿一把伞，一下雨就想起你……"

是一把乳白底大红花尼龙布伞，八成新，用手开合的那种大雨伞。

我不大喜欢"滴水""涌泉"一类的江湖语。寻常人大多行为只是本能的一种心态，流水落花，并无功利。也正是无数这样的细节，滋润着人生，抚慰着心灵，也见证着一个个人和家庭的兴与衰。

坦白地说，那次去郎毛家，我是有意要给老人撇下一点"念想"。设想着穷乡僻壤，一位勤恳的老人，下雨天撑一把红伞走在乡村泥泞的阡陌，会是多么美好的一幅油画。

郑德存

有尸骨未寒一说。

我却是零距离感触到了遗骸的炙热，而且是一次对于生与死的切肤体验。

郑德存，我妻子的大哥，中科院的一位平凡科学家，他的工作就是每日在显微镜下观察经历原子弹洗礼的生物的基因变异。那年，他平静地为我运用了一个比喻，就是研究如何让蜻蜓的绿眼睛变为蓝眼睛。我注意到说这话时他显然忽略了作为主语的“我”。也是，任何一项科研项目的成功，无不是一大批乃至几代科学家的心血结晶。获得诺贝尔物理奖者有几人？

从他进入火化炉到推出来用了50分钟。

陪他去的衣物和栗色的薄棺已灰飞烟灭。

清晰可辨的，是头盖骨和完整的腿骨，状如未经盗墓者骚扰的骨骸。偎依灰白色股骨头处有一发黑的T形金属物，无须他人口述，我知道那是当年国家为他更换的进口不锈钢股骨头。他的遗孀和后代都没有提出保留它，说明它已成为真正的“遗物”。

我凝睇那长方形铁床上沙盘一样的“人”字示意图，我活着的灵肉久久战栗！从母亲子宫挣脱出的血肉模糊生命的第一声气壮山河的啼哭，到这灰白色人生的无言绝唱，他，用了66年。

殡仪馆的工作者用铁锤和铁板把发烫的尸骨拍击成粉粒。那刺耳的响声引起我周身骨骼的阵阵疼楚（有一刻，我居然走神，思想到自己的城市对生者封闭的火化过程，某一日儿子虔诚捧回的父亲的骨灰，也许会是他人的灰烬！）。

我尊敬那几个冒着高温工作着的年轻人的劳作。哭声和哀乐构成他们谋生舞台的单调伴奏。当他们拖着疲惫之躯回家时，衣褶或鞋子里会散落死者的骨屑。其实，每一位生者都会或多或少保留着死者的某种信息，而逝者则是完全彻底地诀别世界，我不相信天堂和地狱说。

我在告别那远离京城的简陋殡仪馆时，分明看到蓝天上飞翔着无数蓝眼睛的蜻蜓。

周海婴

拜访先生的愿望已久，可由于为我和先生架桥的中冰，几回由布达佩斯直接飞抵上海，我又不好意思独自前往北京，这事儿一搁居然几年。

和先生相识，应该说是沿着鲁迅的红线的。那年，回国的中冰把我新写的《妹妹在乡下》带给周先生。妹妹下乡插队时，买了鲁迅的《野草》。我是在帮妹妹搬家时看到的，当目光落在书页上那用廉价圆珠笔画出的断断续续的重重线条时，做大哥的眼睛湿润了：是鲁迅陪伴小妹在乡下度过了人生那一程艰苦的岁月。不想先生读罢，很快回复道：

> 打开附件我读了“在乡下”，颇为感慨。这几十年来，多少人依仗鲁迅的思想，激励他们的人生，实令人庆幸。父亲原本希望他的著作，不要“生存”那么久远；也就是社会的变革比他的期望更迅速，但是历史的发展史有它沉重的锁链拉扯，绝非人力所能扭转。三十年前我着急过，今日感到只能顺它的惰性轨迹曲线，听其自然地滑动。我们，在历史的长河中，比不上一粒菽米，只好“由它去吧！”草草顺复，祝好！
>
> 海婴于寓

也就是从这儿开始，先生源源不断地给我寄书和杂志，其中《鲁迅与我七十年》《两地书·原信》，为印数极少的毛边书。我哪里捧得下如此厚重的馈赠啊！我也做手工（书签儿、贺卡等），寄给平易近人的先生。让人意想不到的是，临近八旬的老人，电话里的声音竟然洪亮清晰，笑语爽朗。

2009 年 9 月 25 日上午，我和中冰在北京会合。中冰向周先生报到时，我清楚地听到话筒里传过来的那熟悉的声音："中森来了吗？"下午，中冰、我，还有专程从天津赶来的两位牌友，从宾馆步行去复兴门大街周先生住处。先生和中冰他们是在网上打桥牌结识的，知道先生是鲁迅的儿子都很晚。先生网上的名字叫周老汉，报的岁数是80岁，就有网友问他，是不是"80后"？周老笑得好开心，以后对话也不时称自己为"80后"。

说来也巧，就在我从开封动身前的几小时，收到寓居海南的河南作家赵瑜寄来的《小闲事——恋爱中的鲁迅》。我还没来得及看，就决定转送给最应该得到它的人。接到这一见面礼，先生显得很高兴，说按理我也得回赠送人家一本书的。说着立刻到卧室取来仅存的毛边书《两地书》，签过名后，嘱我回去后早些寄给赵瑜。有趣的是，《小闲事——恋爱中的鲁迅》的作者正是从此书中获得的素材与灵感。先生给每一位客人都预备了礼物，并和大家合影或分别留影。我提出要和先生照站立的全身像，说要让开封的朋友知道周先生有多高。先生愉快地答应，拍照后看了回放，不甚满意，又建议拍照者调整了角度，补照了两张。

他们打桥牌时，先生还专门招呼我说，中森，你可以在屋子里随便走走。

我在周先生的书房、客厅拍了几张照片后，来到马老师的房间，这位和周先生相濡以沫六十余春秋、毕业于北大俄罗斯文学系的老人，刚刚在丈夫的催促下看了牙医，不大好讲话。一个人在屋里的电脑前安静地玩足球射门游戏。

厨房玻璃窗上的身影吸引了我，我走进去，和那位中年女子交谈起来。我问她知不知道这家主人是谁，她说不知道，只说爷爷待人很和气，一家人的晚饭从没谁说过这咸那淡的。只是刚才在厨房择芹菜时，奶奶手把手教我掰短些，个头大致匀称，要抽去丝。她是江西吉安人，说家里穷村里人会看不起，老人在家照顾俩上学孩子，男人和两个小叔子都出门做建筑工。她来周家一个多月了，做一下午家务，上午至1点在博物馆洗菜。来的路上我注意到，这儿离博物馆顶多半站路远。她不让我插手，一边认真地擦着玻璃窗，一边和我小声说话儿，挪动时脚步很轻。

晚饭周先生执意由他在外面请客，说这顿饭不做东会憋死我的。周先生和他的最小的儿子女儿，加上我们共八个人，只儿子一辆车。先生让中冰他们四个男人先走，拉上我和他的女儿打车。出租车没走多远，先生说，你这车的离合器有毛病了。司机一脸诧异。小女儿笑着说，我爸会修车的，自行车、汽车都能修。这使我油然联想到先生幼年便喜欢装装拆拆，热衷无线电，后来居然自己成功组装了电台。曾有一个传闻，新中国成立后，钱三强教授有意调周海婴去主持物理研究所的工作。由于司机路不熟，周家父女也不知道饭店详细位置，一车人迷路了。司机有些抱怨，周先生拍了拍司机的肩头，安慰他说，我们谁都不想犯错误，对不起呀，主要怨我们。司机挠挠头，竟笑着说了句，我车上的离合器就是该修了。

吃饭下楼之前，周先生叫住我，递给我几个扇面，要我带回去写，并叮嘱我，一定不要花钱配扇骨，不要密密麻麻写我父亲的文字，选些闲适一类的内容就可以。我说开封有书法家朋友，请他们给先生写。先生说就你中森写，再三叮嘱写好后不要装扇骨，先生是怕我花钱。打开不足六寸高的折叠扇面，那有着整齐波纹、散发着淡淡纸香的素净屏面，好一湾风平浪静的海面。我联想到鲁迅先生给儿子起的朴实而美丽的诗一样名字——海婴，顿时觉得好温暖，好辽阔。

次日下午，老人一定要回访我们，也是顺便在我们住的宾馆跟四个“空中牌友”打一场桥牌。因为住得不远，80岁的老人坚持步行。路上，他握着我的手，不紧，也不松。9月末的北京，气候已凉，那只把握着我的手暖暖的，也好柔和。

我太熟悉老人的这双手了。

多年来不断给我写信，寄书刊，发Email。我的书架上，他邮寄给我的书占了满满一层，还不包括杂志、画册、报纸、光碟。第一次寄书，他在电话里笑着对我说，我这是宝剑赠英雄。

从他家的北窗，能看到马路对面老人发送邮件时邮戳钤印地木樨地邮局，木樨，会让人们想到丹桂高雅的清香。

去宾馆的路上，温和的声音在耳旁响起：“中森，上下台阶，你提醒我一下，我的眼睛不好使。”我答应了老人，老人遂把手放心地递给了我，两只手和谐地相握在一起。人行道上，凡遇上、下，我会及时用手提示老人该下还是该上。一路上，我努力和老人保持着步履一致，俩人的手也始终没有松开过。

约定好了下一次在北京相聚的日子，不想，2011 年 4 月 7 日 5 时 36 分，老人撒手人寰。当晚 8 时 20 分，我收到 zhhai@188.cmde 的邮件，这是再熟悉不过的老人的电子邮箱，内容是有关他逝世的讣告和生平，并有一条注明："此信箱将停止使用了。"目光停留在这九个字上，泪水模糊了视线，一时间觉得心胸空荡荡的，好冷！

附：墨梳《妹妹在乡下》

小妹乔迁，忙乱中我看到一册书，封面印有鲁迅头像的浮雕，书名为《野草》。扉页上写的钢笔字为：

赵玉梅购于尚屯新华书店

1976 年 3 月 25 日

书的版权页那儿另印有"睢县尚屯供销社宣传站营业专用章"。这是人民文学出版社 1973 年出版的鲁迅著作单行本，定价 0.20 元。发黄的书页，第 1 页与第 60 页已脱开，书钉锈蚀了，能辨出书页上脱落时的"伤口"，先生赋予生命的纸页，那一刻会痛楚吗?

20 世纪 70 年代中期，已是全国规模的知识青年上山下乡运动尾声，小妹是家里第三个下乡插队的。妹妹至今也没有说过在乡下的事情，这似乎与她快人快语的性格不符。姊妹中她一向是话尾落在感叹号上，在母亲的坟前，小妹的哭声也最响。

读到第 54 页，妹妹用显然下油已不畅快的圆珠笔，在以下文字下面重重地画着杠杠："可是做工是昼夜无休息的：清早担水晚烧饭，上午跄街夜磨面，晴洗衣裳雨张伞，冬烧汽炉夏打扇……有时还挨皮鞭……”我想这杠杠上面负载的文字中，“有时还挨皮鞭”断定不会是事实，而它以上的内容，应该是他们那一拨儿知青心灵上重重的烙印。

无论历史如何评价那场被称作“浩劫”的运动及与其联系着的“上山下乡”，作为小妹的大哥，我却始终认为年轻人成长的道路上，是必须经受些磨炼的，正如一枚硬币有两面的道理。我想，大概小妹平凡勤劳的人生中最富有意义的季节，要算是在尚屯接受贫下中农再教育的日日夜夜了吧。

小妹在乡下，能读鲁迅的书，证明她没有消极、没有退却；而舍得用一两个工分的价值去买一册《野草》，对于当年心灵贫瘠的知青，也算作一种奢侈了。我很为25年前小妹在沉重劳作之余读书而欣慰，尤其是能读鲁迅的《野草》。自然，读到小妹断断续续画在先生76年前句子下面的横线，亦有一股股酸楚涌上心头，毕竟那时她还小，十几岁，是少不经事的女初中生。我能感触到小妹当年在煤油灯下用廉价的圆珠笔画那一道道短促线条时的心情与手势，她那磨出茧子的右手在结束最后一道时力透纸背！

有年冬天，小妹被贫下中农推荐参军，体检也合格了。大队干部特意赶到开封，给家里人打声招呼。看上去都是些淳朴厚道的庄稼人，匆匆吃了顿饭，留下专门捎来的红薯、花生，当天就赶回去了。正如社会上许多屡见不鲜的结果，小妹的名额让上面的人的女儿顶了，小妹永远失去了一次宝贵机会。后来，由于社会上种种流言，一家人劝父亲提前退休，让最小的女儿接替他在玻璃厂上班。小妹在厂里是生产注射用玻璃瓶的，在车间一直是骨干。几年前小妹下岗了，未看见她低落消沉，卖羊肉汤、摆日用杂货摊，干得风风火火，我想这无疑与她在乡下经历的那一层锻炼有密不可分的关系。有趣的是，小妹下乡时，和如今在小城参加诗歌朗诵、写作小有名气的陈可洁同在一村。我问过小妹，她说和她们玩不到一块儿，他们爱说爱唱的。这时我才猛地想起从来没有听小妹唱过歌。

鲁迅先生在《野草》末篇中，在灯下捏着青烟缭绕的纸烟，用浓郁的绍兴话吟道：

“各样的青春在眼前一一驰去了……在无名的思想中静静地合上了眼睛，看见很长的梦。忽而惊觉，身外也还是环绕着黄昏；烟篆在不动的空气中上升，如几片小小夏云，徐徐幻出难以指明的形象。”

感谢先生，是您指引小妹走过那一程艰苦的岁月啊。

赵明善

久居汴城的作者与下车伊始的记者们，往往下笔前已大致筑就“造屋”的骨架，这源于约定俗成的传统概念及根深蒂固的历史演义，如此以来便极容易落入屡见不鲜的厚古薄今的俗套。抚今追昔，栏杆拍遍，我们这个年代太看重物质了，除去考古学上的意义，我们有一万个理由应当把“厚重”二字凝睇于创造历史的人民身上。

儿时如履平地的大相国寺，至今已有10多年未走进去了。看《大河报》才知新添置了鲁智深的铜像。殊不知重镀金身的千手千眼佛曾目睹过一位工匠史诗般的创造，而这是与那倒拔垂杨柳的鲁达不可同日而语的。有“给我一个支点，我可以撬动地球”的名言，而开封一个叫赵明善的人正是这一神话的实践者。

让我们把日历掀回20世纪80年代初的早春二月——

占地864平方米的相国寺核心建筑八角琉璃殿，由于道光间黄水没城，泥沙淤积，殿基埋没地下1.67米，成了老百姓说的“老和尚的帽子——平不踏”。为此，中央决定拨专款彻底大修这一东方古建瑰宝。如此体积庞大结构复杂的殿堂，全拆重建，劳民伤财不说，也难以保全原貌；整体吊装，受场地、机械所限，稍有闪失，极容易断裂拉伤，一失手成千古恨。这时，有着丰富古建修缮经验的68岁的赵明善，大胆提出撬杠跃升法，经科学论证后予以批准。于是在赵明善的指导下，泥工先拆除殿顶琉璃瓦与脊兽，固定屋架。然后，外殿96根廊柱分组，以撬杠置于每组两个“金柱”受力点，随着统一号令，撬杠启动，立柱与屋梁架檩徐徐上升悬空，随即垫上砖石……30多天过去，整座外殿榫眼完好无损升至1.70米预定尺度后，平稳地坐落在及时完成的新殿基须弥座。接下去又以赵玉祥千斤顶升高法，安然无恙地把中心亭与千手千眼观音菩萨顺利升高落实，随后校正、加固、更新朽木、挂瓦、彩绘、贴金……整个工程历时10个月，一座精美绝伦焕然一新的宝殿拔地而起，震惊中外。

我有理由坚信，置身于佛的圣殿的劳作是神圣的，虔诚的；而工人们的贡献精神更值得敬仰，且这种平凡的尊敬不收香火钱，也不接受顶礼膜拜。让我痛心的是，千古名刹巍然屹立后7年，积劳成疾的赵明善无声无息地走了。在这之前，他家的房子还漏着雨……

不奢望能为赵明善塑雕像，哪怕是在八角殿檐下立一块青石碑。我们的记者也确实该在恁多生花妙笔中腾出一片瓦的位置，写写中外建筑史罕见之杰作的作者赵明善的事迹。

怅然中，记起有人说过：“历史在一页一页地掀过，伟人的足迹被保存下来，而成千上万的平民，却渐渐退隐到了久远模糊的幽暗之处……人民，创造历史的主人，但作为个体，他们注定要被遗忘。”可谓切中时弊。

好在尚有歌颂这位当代鲁班的民间故事流传市井：那些日子，每当夜深，东海八仙便相约聚会相国寺，每位大仙托起八角殿一角，最终托升起宝殿。因铁拐李腿瘸，他负责的西北角稍有偏差。翌日清晨第一个来到工地的赵明善，一眼便发现西北殿角倾斜200毫米，立刻和赶到的徒子徒孙推拿扶正。并非诗人联想，我笃信，若赵明善健在，一定会在拯救意大利比萨斜塔上有所建树。

然而这一切一切，皆不如一个900年前酒肉穿肠过的花和尚惊堂木下的传奇，呜呼哀哉！

其实开封这个地方是很难为作家记者的。前些年风头出尽的余秋雨先生，《五城记》首写开封，风尘仆仆800字交差，居然没道出个所以然，只以一句连中学生也会说的“我报到，我的祖先”煞尾。我市散文家夏影老师坦诚地说，我写了大半辈子开封了，至今也没读懂它。我想究其缘由，不外乎笔墨囿于“见物不见人”的围城，一写到古迹，一个个庄严肃穆，旁征博引，单单漠视了创造历史文化的人。文化是一个民族城市的生活样式，优秀文化根植于民间，鲜活于百业生生不息的民众。在城摞城旷古奇观的两千岁开封，我以为考古发掘中，以城墙上的“永盛窑匠人陈子坤”“义盛窑匠人汪元”等城砖铭文的发现尤为珍贵，因为，它们为布衣民工立了碑。

赵福运

古驿道上，他，头剃得泛着光，如晨霭中的青葵。他双手紧攥一槐木独轮车车把，步履押着那轮的韵，朝北方走去（那姿势酷似今日赛场上的竞走）。车上，载着妻和一双儿女，更有那颗开拓事业29岁的蓬勃的心。

青年的前景是多彩的，他偏执地择了那黑。

他和哥本该是种田人。哥考上黄埔军校，留下一册红皮的同学录便一去黄鹤；他，新婚后去了漯河，殷勤地投师学习做墨的技艺。

他惊喜地看见了铁塔那琉璃瓦的尖顶了。

他做的墨在古城有了名气，渐次，冀、鲁、皖一带总有来“天成元墨庄”提货的。那时原料是美国进口，断不了奔上海、南京的洋行，他原先的卧室有一帧背景为中山陵的戴礼帽着长衫的照片，他儒雅的微笑着。

“天成元墨庄”在相国寺那条横街上，街很整洁，有郁郁葱葱的槐，绿荫下有跑步的拉黄包车人，也有牵驼者、道士、卖琴人和旧时的妓女。黄昏，漫天穹老鸹野鸽，聒噪些时辰，柜台煤油（那时称洋油）灯下已有了雨打芭蕉般的算珠声了。新中国成立后的“天成元墨庄”生意兴隆，那时节小学生还一律用毛笔写作业。一次，开封搞评论的李树友告诉我，他小时候还去过我家打（买）墨汁，一瓶墨水也就一二分钱。

公私合营了。

那每月来收电灯费的女孩儿把“天成元”填成了户主的姓名。十多年过去，成了女孩儿妈的女人斜着脸窃语：天——有这姓？

换上蓝领，掌柜成了二级工，炼玻璃，用嘴吹出装墨汁、糨糊用的瓶。不久厂里引进上海技术，领导派他做了配料工，一配就是二十几年。他有查不出原因的头晕病，有次连班，犯了，倒在料房，没人知道。醒后，不好意思地晃晃头，就把黑夜当成了白昼，直到妻子去厂里寻他，才觉得头隐隐地疼。赶上大炼钢铁，是那一年拆的独轮车——他亲手做的方舟，炼钢当柴烧了。烟气是紫黑色的，漾着浓郁的槐香。火色舔着他的脸膛，清晰地显现出那脸上很深很深的皱褶儿。

他一直是厂里的先进工作者。

…………

转眼他已是九旬开外的老人了。

前些年，他只身旅游北京，后来各景点纷纷寄回彩照：蓝帽、中山装、布鞋，还有一根拐棍，只是没像当年那样笑。他特意给孙子们一人买了件印有“我登上长城了”的汗衫，还破天荒地吟道：“不到长城非好汉！”

那年，他儿子墨桅小说杀青，兴冲冲读给父亲。他正蹲在盛开着的大理花丛前，调一辆天蓝的“凤凰”。儿子读到“后院的海棠花儿悄悄地开了……”他突然刹住那“聋”了的轮圈，有些气：“没有……没有！那院只有白石榴和我种的香椿，也早死了。”手松开了闸，接着一根根调那辐条。一旁亭亭玉立着一个女高中生。

退休后，他将临街的屋做了修车部，招牌是全国有名的书法家王澄先生写的，不知是有意还是巧合，招牌竖在地上，当年墨庄的招牌也是这样竖着。小城骑自行车的多，修修补补的活总做不完。

他每修完了车，总在门前绕一半圈试试，再把写了工钱的纸片夹在车把上。他自己设计制造了一辆能折叠的三轮车，居然能在车水马龙的路面从容地表演一阵两轮着地的特技。有次正巧让宾馆里涌出的外国人瞧上，拍摄了几个镜头，他很是得意。

当年的黑漆柜台早已露出茶色的木茬，最里的抽屉里常有外文的身份证和护照、租车的押金。他很熟练地和外籍人打着招呼，左手伸出一个指头，右手比出四个指头——一小时四毛钱租金，偶尔还运用简单外语礼貌地答话。

他习惯剔净头发，穿布鞋。春节了，仍坚持用砚研出的墨汁写春联。研墨的水忌茶与烫，撩几指清水，冬天会滴入几滴白酒，然后做入定状虔心地运动那裹着半截牛皮纸的墨锭，屋内便也旋着沁人心脾的墨香。

墨，是以松树焚烧时形成近乎于尘芥作原料，胶着后做成的，再有以桐油燃烧的烟屑为原料，故分出松烟与油烟。这是至今“天成元墨庄”的后代所了解的有关墨的全部知识。令我不解的是，为何当时做墨的原料皆由美国进口。我结婚时做立柜用的装板，还是伯攒下的印有USA（美国）字母的白松木货箱板。现在看去，倒也不失为一种节约本国能源之举。而如今日本国使用的一次性筷子，木材都由中国进口，又让那种解释蹩脚。

他那临窗柜台暗屉里，至今还珍藏着几锭古墨。他说过，做这种墨，是要掺入麝香的，那是祖师传下的。

他，是我父亲，又不仅仅是我父亲。

他是这个城市最底层的也是最勤恳的建设者。

我觉得，父亲犹如一锭古墨，他研着自己，在小城这块砚台状的土地上，执着地写着自己的历史，用小楷；而把父亲放在这本书中，纯粹是因为那墨的缘故。

赵博文

《四岁有谋》在“百姓茶坊”见报，几位文友建议，不妨把小不点儿的故事写上几组，学舞阳杨稼生出一册书（《叩问童心》，大象出版社 2000 年出版），不失为老少皆宜读本。其实，本人倒乐于这种“述而不作”的形式，为家乡父老的茶道续一匙童趣，添一层品味。

丙戌秋日，我携四岁的孙子于大梁路散步，眼前清寂人行道上，几只麻雀在活泼觅食，引得童心雀跃。小孙子嚷着要去捉一只鸟儿，好带回家玩。爷爷心血来潮，说回到家，有比这更好玩的游戏。

上楼后，爷爷开始为自己精心设计的游戏一丝不苟地忙碌起来。先是找来晒豆子的箩筐，又寻一根长绳，一端系上根竹筷，然后用筷子把箩筐支起一个斜面，由小孙子在客厅沙发后埋伏，拽住绳子另一端。爷爷找来一只玩具鸭子当鸟，佯装在筐下撒一把米粒作诱饵，遂俯下身子，送“鸟儿”一步一步走近“陷阱”。待“鸟儿”笼罩在箩筐下时，爷爷一声令下，小孙子及时拽那绳子，“鸟儿”被生擒了。六旬老人故作欢呼状，一边热情讲述少年时经历，一边用事先预备好的床单罩住“机关”，小心翼翼伸进手去掏那猎物。

当把“鸟儿”递给小主人时，如此邀功请赏之举，却换来懒洋洋一句回应：

“爷爷，我觉得呀，你们那时候的人，还有鸟，都特别傻……”

万籁俱寂。

六旬老翁被四龄幼童一句话打击得灵魂出窍。

良久，一种醍醐灌顶之感袭来，它让我不得不去思考，我们恁多古老蒙学教育手段，现如今又有多少适用于21世纪的孩童？而它的价值取向、文化含量、审美格调乃至游戏规则，究竟具有几多现实意义？

我很庆幸啊，天真无邪的童心，幸亏没有识破大人捕杀生灵的愚昧、险恶、残暴。眼下地球变暖、山水污染、物种灭绝、灾难横生……哪一样又脱开急功近利、自私贪婪的人类造孽！

立竿见影的说教，往往浅显而恶俗，寓教于乐的蒙学，常常掩饰本来的因循守旧。

“子不教，父之过”，如今颠倒过来，四岁童端的完成了一次对六旬翁的生动家教。

梁 园

梁园，曾是西汉梁孝王刘武的封地，刘武是汉高祖刘邦之孙、汉文帝之子，因他仁慈孝顺，死后被追封为孝王，后人称之为梁孝王。因他功劳显赫，再加之窦太后的宠爱，所受赏赐无数，封疆于大梁（今梁园），并且得赐天子旗。出入时护卫千乘万骑，与皇帝一样，出殿言“蹈”，入宫称“警”。到了京城，他时常与皇帝同乘帝辇出入宫门。梁国当时富足强盛，为诸侯国之首，府库的金钱、珠玉、宝器比京师还多。梁孝王死后，所有宝物都埋入了墓内，史书记载，曹操盗掘此墓时，“得金宝十万余斤，运七十二船”。

1980 年 10 月 10 日，“文革”后恢复的开封市文联创刊《梁园》杂志，双月出版，成为文化古城一件盛事。刊名，是集鲁迅的字。1983 年牡丹诗会，我遇到诗人流沙河，先生说所赠刊物每期都收到，封面上那俩字太像“果园”。后来刊物陆续请王澄、赵岚写过刊名，美编白峻岭还专程赴京带回李苦禅大师的题字，记得庞白虹老看到后曾赞不绝口，终也没有坚持下来。直至与原地区文联杂志《中岳》（前《遍地红花》）合并为《东京文学》。

《梁园》创刊伊始，可谓筚路蓝缕，公章是装在办公人员口袋里的，一辆市里分配下来的半旧华沙牌轿车，大家很少坐的。办公地点是临时租文化局招待所的房子。外地来了客人，通常是与谁接头由谁“集资”请客。住，就在招待所楼上，只是特意嘱咐服务人员换上新洗的被子床单。我从工厂转过来的工资是每月四十几块钱，比我早调来的王不天错不几块钱。冬天，编辑部值班，要负责生火、续煤、掏炉灰、接电话、收发稿件报纸文件。

那时候编辑部调动人，过程很干净。我被选中做诗歌编辑，事先一点儿也不知道。还是厂宣传科长“花搅”（开玩笑）我说，中森，活动得咋样了？问得我“丈二和尚摸不着头脑”。最后还是科长挑明了，文联的人来厂里调查你，要调你去做编辑。

第 1 期《梁园》作者、作品阵容强大，楼适夷、戈宝权、端木蕻良、苏金伞、青勃、任访秋、周启祥、陈雨门、牛光甫、李根红、王大海、李蕤、李晴、肖正义、王怀让等都慷慨赐稿。我市作者王不天、余辰、李允久、屈春山、张绛、郑纯方、邬显荣、魏世祥等也闪亮登场。责任编辑还特意把我的诗排在德高望重的苏金伞的作品下面。

记得时任省作协副主席的郑克西老师曾建议，河南郑汴洛三家刊物，《百花园》可主攻小说，《牡丹》开辟诗刊，《梁园》树起散文大旗，如此一来，定会在全国造成声势的。可惜并未引起重视，倒是《百花园》顺应潮流，在刊物如潮的今天办出了特色，名利双收。

“梁园虽好，并非久恋之乡”的古典已成黄卷，三百里辉煌梁园也早掩映于历史深处。一座城市，从某种意义上说，正像一册经典杂志。

说起《梁园》更名《东京文学》，还有一段“故事”——

初期宣传，我，一辆自行车，背负装满广告的书包，车篮里一桶糨糊，我分工负责把广告粘贴在城东区至自由路东段所有的电线杆上。当时围绕《东京文学》的命名，曾有一场声势不小的明争暗斗。先是《河南日报》发表署名文章，批判广告词中宣扬的“包公风格”；紧随着《光明日报》副刊也发表了署名文章，针对《河南日报》的内容给予反驳。当年暗中策划、参与这场争执的人，如今都还生活在这座城市，不知桑榆之年回顾这一段历史，该作何想。或许早都淡忘了，也好。

烟 花

那些年，她，总亭立或端坐在自己家门口，仿佛一年四季总是在打毛衣，嗑瓜子。象牙色的藤椅后，是座朝西的小院。院子不大，有一株梅，已过了花期。在小城很少有女人吸烟的年月，她那比雪白烟卷还修长的兰花指夹烟的手势，成为老街上最优雅的舞姿，那袅袅的烟雾则是舞娘的水袖。

没有人详细了解她的历史。

但似乎又都知道她的过去。

已近半百的妇人，保养得依然滋润，皮肤白得有些过，使得那层冷傲有了些凛冽，不易接近。先生是卖水果的小贩，衣着整齐，一年四季殷勤，相貌在老街男人之中够得上堂堂。

至今令我纳闷的是，她，还有老街另外我称作“大大”的两位女人，在那个“打倒一切”的日子，街道居然没人给她们戴牌、挂鞋、游街、剪头？我明白，这不仅仅是普通百姓邻居的善良与宽容；可这又是什么呢？与此同时，武装到牙齿的两派斗士们是会毫不犹豫把长矛戳入敌人的胸膛。

她居住的院落，如今早已被一幢高大建筑所覆盖，不知她是否还生活在这个城市。有时从她原来的家门口路过，会想起她的。

我所熟悉的另一位大大，后来老街扩建，她正巧搬到那位美人家对面。那天，我回家看望父亲时正好遇上大大，我半蹲下来，握住她的双手。她用略挂南方话的口音唤我的小名，俩人说了好一会儿家常话。她八十几岁了，牙齿整齐洁白，皮肤白润，也许少女时江南水土的滋润的缘故；或许是生命途中那一程风花雪月的训练的底蕴？和街东的那位有着同一经历的大大生育一双儿女不同的是，她后来领养一个男婴，和娶她的男人把孩子培养成了博士之后，那位在国家机关任职的敦厚，一说话儿头上总冒汗的男人就去世了。我笃信他们肯定有一段鲜为人知的动人爱情故事。多少年过去，漂亮大大热心为街邻服务，傍晚吊上门帘儿在红木盆泼泼洗澡声，和为了要孩子服药后的呻吟，还时不时回响在耳畔。

不久前，我在一册纸页发黄的资料上读到：

> 一九五一年七月二十一日，是开封广大妓女毕生难忘的日子。封闭妓院的行动于这天凌晨四时开始，到七时结束，一举完成了封闭妓院的全部任务。计解放、收容妓女八十九人，幼女五十四人，戏曲教职员二十人，伙友、干娘三十六人，计一百九十人。逮捕老板五十人。千百年来摧残妇女的娼妓制度，在开封这块土地上从此被最后铲除，妓业被彻底取缔。水深火热中的广大妓女，从此得到翻身解放，开始走向新的生活。

那年，我六岁，依稀记得大妓霸尹跃宗和杜康氏公审后游街被枪毙的情景。

开封当年的妓院，多集中在七街八巷的第四巷和会馆胡同，都取了个书香味的名字，如豫新书寓、燕洛书寓、新华书寓、海棠书寓……第四巷后来改名生产街，颇有些脱胎换骨、生产救赎的意味。

不知号召发展文化产业的政府有没有胆识，在原第四巷恢复一定数量的“书寓”，作为博物馆性质对游人开放。无论如何，妓女，毕竟是陪伴人类几千年历史的“烟花”而形成的凄艳文化，人们没有理由忽视。

王不天先生记忆力超群，得知我写了《烟花》，特意告诉我，他家的老宅，曾做过书寓，至今仍记起大门上楹联：

桃红复含宿雨

柳绿更带朝烟

京都偶遇

20世纪90年代初，正是国民思想空前活跃的时期。靠形象思维的文人自然是最不安分的一族。小城不少记者、画家南下，一开始只是像是在试探一下水性，有些人成功了，而那些个不适应岭南水土者，最终还是红着脸回到了原来的单位。

我之所以选择北上，是缘于朋友的盛情邀请，要我参加他们正在筹划的季羡林麾下的东方文化书院开发的“神州文化集成”丛书编辑工作。仅仅编委的名单就构成了巨大的魔力：季羡林、张岱年、庞朴、汤一介、乐黛云、周一良、侯仁之、任继愈、阴发鲁、朱伯崑、吴良镛、厉以宁、杨宪益、金开诚、叶朗、启功、谢龙、李泽厚、孙长江……能在这些如雷贯耳的学者身边哪怕是踮起脚尖的走动也是一种营养与滋润。

朋友答应我，每月200元津贴，包食宿路费，每部书的编辑费300元。尽管文联当时的领导规定我借调期间，每年要向单位上缴2000元，我还是快乐地去了。虽然到头来每部书的编辑费一分未落实，吃住环境相当简陋，一年下来的津贴几乎全部上缴，可每次前往学者的府邸送取审定书稿的过程，都不啻一次朝圣。两年下来，跟着导师学者，耳濡目染，受益匪浅。与此相比，朋友的不可信赖的“君子协定”与盈利后他们所暴露出的贪欲与冷酷简直算不了什么。

这一切原本是不愿说出的，导致泄密的是一次我给北京一位叫陈昭的老者写信，他当时担任书稿的最后校对。信中说到一次我去长安街电报大楼给家里打长途，服务员让事先缴押金50元，我红着脸退出大厅，一个人走回住地。因发信时心情所致，竟忘贴了邮票，信被退回。同室的王不天那天值班，以为是稿件给拆开了，看过后，没出声，扭身递给了藤椅背后的寄信人。

自然，在京师期间，也有着小城永远不可能经历的许多事物。单单去海淀的公交车或通往劲松的地铁上，就有不少至今难以忘怀的故事。编书的日夜，屈辱的经历，大概此生我不会写出来了，人生有许多故事是不能变成文字的，主要是牵扯对他人的认识和切身的体验，有些苦涩还是自己咽下，默默消化掉，排遣了，足矣。相反，那些行走间的意想不到的境遇，我倒乐意说给朋友，就当是茶余饭后的“段子”。自然，都是些事后追记的片段，也无需润色，在这里如实地抄下来，构成画家的一幅幅速写，还是有些意义的吧。

之一

去北京大学汤一介教授家取书稿的公交车上，忽然觉得有张熟悉的面孔在车窗外不时地闪现，恍然梦境。

两辆车时远时近，有时觉得已经错过不再会相遇，突然间又靠拢了，颇有些二三流国产电视剧的意味。一次在白石桥塞车，两车居然平行，定睛看去，嚯！这不是张艺谋吗？

他明显的风尘仆仆脸膛，依然那颗标志性的平头，人很憔悴，目不斜视。外衣是浅咖啡色夹克，内穿红衬衣。他坐在一辆丰田面包车的副驾驶位置上。但更吸引我目光的，是后排座那几只大纸箱。其中临后车窗的一只的箱盖儿，随着车子的颠簸也在一张一弛着，上面用毛笔明显写着“巩俐”两字像是展翅欲飞的模样，不过只是一面的“翅膀”在扇动。我认出其中的“巩”字是繁体，字写得很见功底。

写过诗的我即兴想到几句毛糙的句子，主要是那只书写着“巩俐”芳名的纸箱子太富于诗意的联想了。

我极不情愿在这里显摆那些破句子。两个当时热恋得全球人羡慕的情侣，有谁能想到日后会劳燕分飞呢？可我的那些句子中，偏偏就有那只写有巩俐名字的空箱子羽毛般飘逝在红高粱原野的成分（我甚至还想到有朝一日卖废品时他们会不会把写有巩俐名字的那扇纸箱盖儿给撕去或者有哪个幸运儿拿去拍卖等）。

不久前随河南大学一位“80后”去看他俩的《归来》，那位博士哭得稀里哗啦，还不忘中间递给我一张纸巾，我虽眼睛湿润着，却没掉一滴泪水。这也是一种归来吧，无论如何，还是要真诚地祝他们幸福，两人走到今天都不容易。

之二

我们编书的地方，是在北京丰台区一个叫沙窝的地方，门口路过的公交车为35路。所租的编辑部和住宿地，是北京某建筑公司三楼面南的空余房子，吃饭也在其公共食堂。

100部书稿编辑过半，开始考虑发行。住在我隔壁的女子，是某文工团的演员，东北人，高挑身材，人很漂亮，独身。对面住的单身职工们很喜欢趴在水泥护栏上看她，听她在楼道和洗手间练发声。当然百无聊赖的男人们也免不了指指点点的。

碰巧，一天吃过晚饭，我俩在公用洗手池洗衣时，她说到和赵忠祥很熟，称一个电话，不出10分钟赵就能赶来。我立刻想到这儿离央视不远，赵忠祥正做着红火的《正大综艺》，如何不利用好这层关系，好把分给我的图书发行任务完成。

不想，她很干脆地答应了。当时走廊里就一部座机，是编辑部自己花钱装的。她爱打电话，有时是和她在美国的中年男友通话，她总是会在开始时声明“对方付款”，对此我很新鲜。

傍晚，楼下一阵高级摩托车的温柔声音响过，我想到这会是赵忠祥来了。

果然，不大会儿，隔壁房间就回响起《动物世界》里熟悉的纯正的男中音的声音，不时夹杂着两人朗朗的说笑声，也有安静的时分。墙这边的我很激动，想到即将走近的成功，以及很快和同姓氏的著名主持人零距离的接触，还不免有些紧张。

一个多小时不觉过去，楼下摩托车温柔的声音再次奏响。

第二天见到在洗手池漱口的她，我没再主动和她说话；用家乡的话儿说，这女人不人物。静下来仔细想想，觉得自己又犯老毛病了：轻信。

回到小城后，在一次央视的广告中见到过她，明显地见老了。

后来赵忠祥出书，还有赵饶事件，乃至钱文忠告诉我赵忠祥头上戴的是进口高级假发，以及近来在上海“舞林大会”上出洋相，我并不觉得意外。

之三

《神州文化集成》精装版出版后，我应邀出席新闻发布会，住牡丹宾馆。楼上住的是红火一时的连续剧《大宅门》的执印人郭宝昌。出宾馆门往右，再左拐，走上千儿八百步，是一家粥屋。虽是粥，一顿下来，也要花上百十块的。

那日黄昏，坐定后发现，玻璃屏风对面是金铁霖教授。他宽厚的背影笼罩着一位身材容貌俱佳的女孩儿，她眸子里始终洋溢着“渴望成名”的光泽。金教授则用略挂沙哑的甜厚中音循循善诱……

不知哪根筋作怪，我突然对着金教授的方向冒出一句：“中国的歌坛都让这主儿给带坏啦！”朋友慌忙朝我使眼色。接着我又有一句：

“本来就是嘛！”

我与金教授毫无芥蒂。

我的一位朋友的女友，曾经和彭丽媛一同拜师金铁霖，她一次告诉我金老师要求学生唱歌时，嘴角要往上翘，用现在网络流行的符号，即☺。

正是金老师金子一样的教学思想甘霖，导致一个泱泱大国的歌坛一派甜腻之音！

记得是一次“感恩”汇报演出，粉墨登场的“甜歌王后”“甜妹子”们几乎占据当代中国歌坛半壁江山！看到百花簇拥着的金教授幸福的笑容，我却在暗暗叫苦！当下无疑是新中国经济迅速发展的时代，同时也不可避免出现“礼崩乐坏”局面。经济指标的升腾与文化素质的衰退，恰恰正是这样一个社会舞台以“天天都是好日子”的甜歌响彻云霄，似乎全民各声部合唱《欢乐颂》的时代早已到来。

突然想到那首流传已久的《走西口》。

今天就没有走西口的哥哥了吗？今天就没有痛苦、别离、漂泊了吗？唯有正视苦难，才会珍惜幸福。

歌声是来自灵魂的回声，它使得“在路上”跋涉的男女会深情地驻足聆听；尼采、叔本华不就是在绝望的途中不约而同地逃往音乐？

有“喜洋洋”亦有“江河水”的音乐时代才是正常的。千人一声的同时，也意味着如此的“百花‘齐’放”多少有些个贬值。

当甜歌成为时代的“方便面”，创建甜歌乌托邦时代的金教授该作何想？

短论中森

何　弘

赵中森是一位正直、纯粹的文人，长期任文学期刊编辑，是新时期以来河南许多重要文学事件的亲历者，也与全国许许多多的诗人、作家有着文学内外的多种交往。作者文笔简练而意蕴深邃，描写随意却生动传神，他善于把握描写对象最具特色的细节，寥寥数笔即刻画出人物性格鲜明、特点突出的简笔肖像。这些文字是对一个时代的记忆，勾勒出了一个时代文学的发展轨迹和真实面貌，非常珍贵。

中森其人其文

王立群

为中森的著作说话，有点偶然。

说偶然不免有些见外。不久前中森写了一篇关于我的文章，提到我们的交往，清淡如水，纯属君子之交。书中所讲述的人物、往事，有些较为熟悉，亦见证了中森谈笑有鸿儒，往来有白丁的真实文字生涯。而给我印象深刻的则是中森的文字，笔调清雅散淡，颇具晋人风韵，纵论同道，不吝笔墨，而他却把自己隐藏在竹林深处。中森是一位不大热衷于群聚雅集、多少有些孤僻的文人。

那次分别30年后的相聚，中森送我一部他写的书：《宋朝暖水瓶》，正像我的同校学者刘恪先生在序中所说的，此书堪称当代《东京梦华录》。回到家里，才发现书中夹一书签，是中森手工制作的，用了两层双色很讲究的纸，装裱剪裁，工细精美，上面抄写了我文章中的一段话，字体仿佛汉简。那一瞬间，我心头暖暖的。半个世纪的睽隔，草草重逢，却是为了他的学生创建瓦当博物馆而邀我去作所谓的指导。从这类小事上，足可看出中森的为人之诚、处事之密。

中森的这部新著，我的第一感觉，竟回到了他在写我那篇文章中提到借录音机的往事。《诗歌编辑札记》，正像一台古老却绝不失真的录音机，它记录了一个时代的故事，唤起人们太多温馨的记忆；而把那些稍纵即逝的诗眼一般的细节，娓娓道来，如数家珍地诉说给世人，延续了中森一贯的行文风格。在人心日趋浮躁、动辄以大师自诩的当下，的确很难见到此类佳构了。

从另一个角度看，作为一位资深诗歌编辑，中森所做的功课，无疑是对中国诗歌史的一种默默而伟大的贡献。

期待老友中森有更多的作品问世。

乙未谷雨前三日于北京

白衣羽士

——墨桅印象记

谢景和

印象中的中森兄，身板挺直，言语隽秀，衣着非灰即白，举止文雅，谈吐不俗，颇有古都世家子弟风范。接人待物，真诚不伪，绝对是个讲义气、有品行的人物。行文谦恭，却熟谙迅翁所谓白描功力，不加饰染，极本色到位的汴梁语风，端的令人品味再三而感叹：地道！

与中森兄交往是在河南大学出版社任特约编辑之际，资深编审刘小敏学姐特意推荐，一个为人特别本分文字又极具特色的作家。受命与之交谈，才知道是《汴梁晚报》副刊的著名作家墨桅，其胸襟气度、见识修为深受我家泰山翁青睐，常恨铁不成钢地揶揄我：你别光看外面的，也了解点本地的。忝为责编，恭读书稿《宋朝暖水瓶》，肃然起敬，竟由此结为至交。这才有了作者执意在大象出版社出版收山之作的愿景。

20世纪70年代中期高中毕业前，母校三中组织业余作家介绍创作体会。作家姓甚名谁已无印象，只记得一人放谈张永枚的诗报告《西沙之战》，继而大谈京剧《平原作战》，思路跳跃之快让人咋舌。另一人则低调本分，创作前先讨好媳妇儿："啊老伙呃，多辛苦，晚上我用灯！"其声调平和，先对自己不干家务深表歉疚，无端觉得与中森兄的口吻、行事做派极为相像。

大学时期，同室好友程光炜和邻室易殿选兄钟情诗歌创作，与艺术系留校的孔令更组织诗社，曾动员我加入。我正在书海徜徉，已近痴迷，哪还顾得上，只作为爱好者听他谈些趣闻。从中森兄的札记中读到他仨的交往细节，对学兄李焕振、学姐胡述范的夫婿郎毛及学妹兼嫂夫人康洁与其结识的印象，乃至对业师张俊山、张家顺先生的记叙，无不格外亲切，感怀甚深。

大学毕业在商丘师专执教，研究现当代文学，恭从业师“取乎其上仅得其中”的教谕，潜心读书而不过问文坛八卦。敬从父命调回开封，娶妻生子后，陡遭父丧，心境大折，只想读书养性，潜心执教。无意发现许多同学痴迷诗歌创作，屡加棒杀而不改其习，只好为之辅导、修改，并创办了《星河》诗社，请旧时同事好友耿兄占春、宋兄立民来校讲座，针对学生特长即席辅导，学姐曲令敏、学弟宋立民又把一些诗歌推荐《平顶山日报》《商丘日报》发表，也算为河南省中专语文教学领域填补了空白。默茗之谓，即起于此时（本意是有名，谐音）。

这些薄绩，与中森兄相比，顿觉眼界太低，何啻于坐井观天。读这本书则可知，其交游既广，又能安守本分；才情很高，却还虚怀若谷……在那个纯真的诗歌创作领域，他尽情徜徉，谦怡自守，甘以“墨桅”为名。由此觉得我俩交往有个共识：不愿显摆，低调从事自己心爱的专业，唯恐损折了业师名声。

蓦然想起，中森兄的尊翁是经营砚墨的名家，他耳濡目染，以墨冠名，可谓家风本色传承，荣莫大焉。其立身行事，又是磊落君子风，坦荡丈夫行，真可谓白衣羽士。忆及民国高贤瞿秋白被捕，其黄埔学生范希濂恭执弟子礼，一旦劝其自新，则慨然曰：“请不要弄脏我的羽毛。”墨桅之命意，又何尝不若此？古都东京汴梁，世称矛盾之城，今日文坛，几人能具如此风骨修为？砚墨世家长子，径以清白行世，故敢遣不才之笔，妄充骥尾，聊供诸君一哂。

丙申年夏至

后 记

不知是谁说过，一句话可以影响一个人的一生。不管这话对于别人如何，于我则是何等的灵验。尽管当时并没有太多的体味，然而随着岁月的延伸，拂去沙絮，越发显现出水晶般的光芒。

16 岁投笔从戎，头脑中并无多少保家卫国的概念。每月 16.3 元的津贴，一定抽出 10 元，跑到山坡下一间门面的邮电所（所里的老营业员居然是开封穆家桥人）寄给母亲。余下的数目，就期待着周日天气晴朗，几十里外山下县新华书店的人骑车带着书箱出现在连队，把新书摊在篮球场文书给预备好的铺板上，凑近翻阅那些中外名著时的心情，如同扑入盛大的节日。

记忆很深的是一本书，书名忘了，其中写有邹韬奋做编辑时说的一段话:

给作者写信，不逊于写情书。

当兵时由于通信免费，曾有过一天写 20 封信的记录，以至于出现过信笺装错信封的喜剧。写信的习惯缘此形成，一直保持到现在。半个多世纪以来，我究竟投递过多少封信、曾给多少人写过信，应该不是个小数。说来也怪，做编辑之后，无论诗坛泰斗还是草根作者，每每伏案铺开信纸，邹韬奋的那句话就会萦绕耳畔。

不过本书中有关书信的独立章节，倒是出自老友周同宾一次通信中的提醒。

拙著间百十篇人物故事，又有多少源自叶茂根深的尺牍阡陌。

而今信息时代，我依然坚持书信，回复大多是手机信息，以至于衍生出采用南丁前辈与何弘院长的回复作序的诗意构思。

事实上，本书中的绝大多人我们确实有过鱼雁往来。从某种意义上，这部书稿也是我写给他们乃至读者的一封封信。

我是旱地拔葱，由蓝领直接走入编辑岗位，因了有着为他人作嫁衣裳者的金饭碗，写作属于副业。几十个春来秋去，一同起步的文友先后获奖、开作品研讨会、媒体采访、作家班深造等，我则一直坐在半旧的藤椅上看稿子、给作者写信，从未受封、获奖。灵感走近，会动笔写点或长或短的篇什，直至风平浪静驶入退休的港湾。在编写《111 粒沙子》时，碰巧读到司汤达的墓志铭，拍案叫绝：

活过，爱过，写过。

不过对于我，还要添加上：编过。

我说过，自己永远抵达不了著作等身的境界，倒是书柜间瘦且直的几册书，特像我。

敏感。

迟钝。

倔犟。

矜傲。

轻信。

挑剔。

义气。

悲悯。

呆板。

自卑。

坦率近愚。

认真若痴。

渴望浪漫。

恪守道德。

我是和开封这座城市矛盾纠结的名字一样的男人，这自然也会不同程度地反映到我的写作与处世中。我无数次演绎过东郭先生的故事，却从未有滥竽充数之举。

关于本书，文字归文字，冷暖拙雅，任人评说。按捺不住的是书本外恁多让我感怀的往事和情节。

与德高望重的南丁先生真正意义上的接触不多,或许与自己的性格有关。郎毛于行走黄河时为我起的墨桅雅号，尽管张扬着帆樯般诗情画意，而我内心所接受的还是“末尾”,实际的行走和平素的处事,我习惯把自己置于最后。但南丁先生却总惦记着我，除去书中提及的被当时主编删节的那段珍贵见面，先生会在不同的场合说到我，比如在集会中提到中森的字写得好等。有关南丁先生的著作、文章已经不少，但先生还是让张颖给我打电话，说记得中森曾写过他的文章，想再看一看。那是一篇600字的速写，文中先生也仅有两句话(见本书《南丁》篇),这自然是先生对中森的一种发自前辈内心的重视。于是，我索性寄上了一组文章，这也意外并荣幸地收获了代序之一的经典。

在此，我特别要感激刘恪先生，用诗学理论家耿占春研究员的博士研究生、藏族同学邦吉梅朵的话说：“刘教授来河南发现了两个人，一是老张斌，再一个是赵中森。”刘恪初到河南大学任教，便在市政协关于落实开封作家队伍建设的一次座谈会上畅所欲言，限时40分钟的发言，他竟30分钟讲到中森的文字。那时我们还没有见过面，给我通信儿的文联会计打电话时都快要哭出声了。第一次相聚，他便强调指出我正在写的文化记忆系列且不可小觑，文字可再放开一些，要避开政治文化情结，要超越孟元老的《东京梦华录》。闻知《宋朝暖水瓶》书稿成形，他爽快地说，我要给你中森写一篇序。据我所知，至今刘恪极少主动为人作序题跋。

与温文儒雅的何弘，纯粹乃君子之交。仅有的两次文学活动，几无对话。那次乔叶来开封诗云书社做《认罪书》的宣传，座谈结束回家的半路，我接到一个电话，开门见山：“中森，你走到哪儿了？”竟是何弘的声音，他诚挚地请我返回吃顿晚饭、说说话儿。2014年5月7日入夜，我收到何弘一则回复信自：“……我与你虽相识较晚，但很有一见如故之感。交流虽不多，心中常挂念。”我也是后来知道，作为河南文学院院长，鲁迅文学奖、茅盾文学奖评委的何弘，还是这部书的外审，这也足可以看出大象出版社领导对拙著的推重。据说何院长洋洋洒洒写满了两页评价，并提出作者需要修改的详尽意见。至于拿来作代序中的文字，虽短短不足200字，却凝聚着一位真正的学者与文学组织者内心的博爱和学识之明达。

著名学者王立群与我同庚，早已声名显赫，千头万绪的学术事务缠身，还能静下心来关注一位普通编辑的精神履迹，足以说明他的为人，也不失一次于我的“洗肺”了。

巧合的是本书的特约编辑谢景和，也是我上本书《宋朝暖水瓶》的责任编辑。这位小我一旬、与我家一条马路之隔的资深编辑，阳台上，我时常能看见他骑车或步行到对面李家馍店买馍的身影。正是他兄弟般的提醒让我在文字中避免了一些狭隘和意气用事，懂得了用于写作的锥画沙、屋漏痕。

在此我表示最衷心的感谢，尽管与他们的厚爱相比显然微薄，即便用这部正好赶在我本命年前问世的著作作为虔诚回报，也还是无以报答他们源于纯然天良人性的恩德。按照常理，人与人的交往本该互相受益，事实上我获得的最多而并没有给对方做出过什么，这将是中森心中永远的愧疚。历史残酷，生命脆弱，文字单薄，然从他们身上释放出的温暖和微笑，已让我看到凡世的美丽、真诚、无私与善良，并筑成镜与灯，照彻我生命之路，亦督促我甘愿做一个给天下加西亚送信的人。

最后，我想说一件事——

一天我接到一个文友的电话，说中森你整天写那些东西有什么意思？我不假思索答道，在写到老诗人李根红咯嘣一声嚼到米饭中的沙粒默默咽下时，我掉下了眼泪……为曾经遭受屈辱和受伤的人们分担痛苦，是一个作家最起码的品质。还有，中森也着实是想给这个社会留下一些真实记忆（我的几部书国家图书馆，河南大学图书馆，开封、杭州两地图书馆都有收藏），努力把所经历的人物、事件写好就是。再说了，咱们都是进入不了文学史的人。对方听不下去了……

我其实是一个没有雄心大志的人。小时候刚记事，同院一个曾救过我的命、从不多说话后来神秘失踪的男人，留给父亲的一双新皮鞋，就搁在我睡觉的阁楼皮箱上。我常常想这辈子能有一双这样的鞋，每月挣 60 块钱就满足了。当年所住的院子，坐落在古城一个叫耳朵眼的巷子里。长到读诗的年龄，置身《渔夫和金鱼的故事》，目标也只是延伸到拥有一座木房子便再也不要什么了，而且保证无论刮风下雨都会照常出海打鱼。

我一向认为，以文学救世济人只是一种理想，鲁迅、但丁、索尔尼仁琴、阿赫玛托娃也只能是寥若晨星。我承认，在做编辑的那些岁月，从来稿中发现了一些人才，但极不赞成那是培养。写作必须是要有天赋的，愚公移山绝对不适合文学创作。我编辑过其作品的恁多作者，有些已经过世，不少人如今已经成为所在领域的中坚；有些人，今天已完全可以做我的导师，能和他们有着书信联系和朴素的友谊，是我一生的荣幸。这些年来，我始终对那些发现和关注我的前辈、良师、益友，以及“70 后”“80 后”乃至“90 后”的粉丝心存感恩，原谅我不在此恭敬地列出他们的名单，中森敬重并真挚地爱着你们之际，双手合十，默咏阿弥陀佛。

墨　桅

2016 年 8 月 10 日于汴京竹韵邨